COLLECTION JULES VERNE

COLLECTION JULES VERNE
BAND 11

Die Kinder des Kapitän Grant

Band 1

Pawlak Taschenbuch Verlag, Berlin, Herrsching

Nachdruck mit freundlicher Genehmigung des
Verlages A. Hartleben, Inh. Dr. Walter Rob, Wien I.
Die Vorlagen für die Umschlagillustrationen der
Collection Jules Verne sind Jules Verne Bänden,
erschienen im A. Hartleben's Verlag, Wien, entnommen.
Umschlaggestaltung: Bine Cordes, Weyarn
Die Orthographie wurde der heutigen Schreibweise angeglichen.

Gesamtherstellung: Elsnerdruck GmbH, Berlin
Printed in Germany
ISBN: 3-8224-1011-X

Inhalt

Erstes Kapitel

Ein Haifisch

Am 26. Juli 1864 dampfte bei starkem Nordost eine prachtvolle Jacht über den Wogen des Nordkanals. An der Spitze seines Hintermastes wehte die englische Flagge; am Ende des Hauptmastes las man auf einem blauen Stander in Gold gestickt mit einer Herzogskrone darüber die Buchstaben E. G. Diese Yacht hieß *Duncan;* Besitzer derselben war Lord Glenarvan, einer der sechs schottischen Pairs, welche im Oberhause sitzen, und das ausgezeichnetste Mitglied des im ganzen Vereinigten Königreiche so berühmten »Royal-Thames-Yacht-Club«.

Lord Edward Glenarvan befand sich an Bord derselben nebst seiner jungen Frau, Lady Helena, und einem Vetter, dem Major MacNabbs.

Der *Duncan* war neu gebaut und machte eben seine erste Versuchsfahrt außerhalb des Golfs von Clyde. Im Begriff nach Glasgow zurückzukehren, hatte er schon die Insel Arran im Angesicht, als der wachhabende Matrose einen ungeheuren Fisch in der Richtung der Jacht signalisierte. Der Kapitän John Mangles meldete es sogleich dem Lord Edward. Derselbe begab sich mit dem Major MacNabbs aufs Hinterverdeck und fragte den Kapitän, was er davon halte.

»Wahrhaftig, Ew. Herrlichkeit«, erwiderte John Mangles, »ich denke, 's ist ein stattlicher Haifisch.«

»Ein Hai in diesem Seestrich!« rief Glenarvan.

»Ganz gewiß«, entgegnete der Kapitän; »der Fisch gehört einer Gattung an, die man in allen Meeren und unter allen Breitengraden antrifft. Er heißt ›Schlägelfisch‹, und irre ich nicht sehr, so haben wir es mit so einem Kerl zu tun! Wenn Ew. Herrlichkeit es gestatten, und es der Lady Glenarvan beliebt, einem merkwürdigen Fang zuzuschauen, so werden wir bald wissen, wie wir mit ihm daran sind.«

»Was meinen Sie, MacNabbs?« sagte Lord Glenarvan zu dem Major, »sollen wir das Abenteuer versuchen?«

»Ich bin der Meinung, welche Ihnen beliebt«, erwiderte

ruhig der Major.

»Übrigens«, fuhr John Mangles fort, »sollte man nicht genug hinter dem abscheulichen Getier her sein. Benutzen wir die Gelegenheit, wenn es Ew. Herrlichkeit beliebt, so wird es ein reizendes Schauspiel und zugleich eine gute Handlung sein.«

»Ich bin es zufrieden, John«, sagte Lord Glenarvan.

Darauf ließ er es der Lady Helena melden; sie kam auf das Verdeck und hatte in der Tat große Lust zu dem reizenden Fischfang.

Das Meer war prachtvoll; man konnte an seiner Oberfläche die raschen Bewegungen des Tieres, das mit erstaunlicher Lebhaftigkeit untertauchte und wieder emporschnellte, leicht spüren. John Mangles erteilte seine Befehle. Die Matrosen warfen über das linksseitige Geländer ein starkes Seil, woran ein Haken mit einem dicken Stück Speck als Köder befestigt war. Der Fisch, obwohl noch fünfzig Ellen weit entfernt, roch die seiner Gefräßigkeit dargebotene Lockspeise, und kam rasch heran. Man sah, wie seine Flossen, die unten schwarz, an den Spitzen grau waren, heftig die Wellen schlugen, während sein Schwanz ihn in schnurgerader Richtung hielt. Sowie er näher kam, sah man seine großen vorspringenden Augen, von Begierde entflammt, und seine aufgesperrten Kiefern ließen, wenn er sich umkehrte, eine vierfache Reihe von Zähnen erkennen. Sein Kopf war breit und wie ein doppelter Hammer am Ende eines Stiels gestaltet. John Mangles hatte sich nicht geirrt, es war das gefräßigste Musterexemplar von der Familie der Haifische, welche die Engländer Schlägelfisch, die Provenzalen Judenfisch nennen.

Die Passagiere und Matrosen folgten mit lebhafter Achtsamkeit den Bewegungen des Tieres. Nicht lange, so befand sich das Tier bei dem Köder, legte sich, um ihn besser zu schnappen, auf den Rücken, und der ungeheure Brocken verschwand in seinem weiten Schlund.

Alsbald hakte er mit einer starken Erschütterung des Taues sich selbst fest, und die Matrosen zogen das Ungeheuer vermittelst eines am Ende der Hauptrahe befindlichen Zugwerkes herauf.

Der Hai zappelte gewaltig, als man ihn seinem natürlichen Element entzog; doch ward man seiner Meister. Ein Seil mit einer Schlinge faßte ihn beim Schwanz und hemmte seine Bewegungen. Nach einigen Augenblicken war er über das Geländer gehoben und lag auf dem Verdeck der Jacht. Augenblicklich trat ein Matrose, nicht ohne Vorsicht, zu ihm heran und schnitt mit einem kräftigen Beilhieb dem Tiere seinen fürchterlichen Schwanz ab.

So war der Fang getan; es war von dem Untier nichts mehr zu fürchten; die Rache der Matrosen war befriedigt, nicht aber ihre Neugierde. Es ist in der Tat an Bord jedes Schiffes Brauch, den Magen der Haifische sorgfältig zu untersuchen. Die Matrosen, welche ihre gar nicht wählerische Gefräßigkeit kennen, sind auf einen Fund gespannt und finden sich nicht immer getäuscht.

Lady Glenarvan hatte nicht Lust, dieser widerlichen Forschung beizuwohnen, und zog sich aufs Hinterverdeck zurück. Der Hai schnaufte noch; er war zehn Fuß lang und wog über sechs Zentner. Diese Größe ist keine außergewöhnliche; aber gehört der Schlägelfisch auch nicht zu den riesenmäßigen, so zählt er doch unter die fürchterlichsten der Gattung.

Nicht lange, so war der enorme Fisch mittels Beilhieben ohne Umstände ausgeweidet. Der Haken war bis in den vollständig leeren Magen gelangt; offenbar hatte das Tier schon lange gefastet, und die in ihrer Erwartung getäuschten Matrosen waren im Begriff, die Reste ins Meer zu werfen, als sich die Aufmerksamkeit des Rüstmeisters auf einen ganz von Eingeweiden umwickelten plumpen Gegenstand richtete.

»Ei, was ist das?« rief er aus.

»'s ist«, erwiderte ein Matrose, »ein Felsstück, welches das Tier als Ballast in sich genommen hat.«

»Schön!« entgegnete ein anderer, »es ist nichts anderes als eine Kugel mit einem Stiel, die der Kerl in seinen Bauch gesteckt hat und noch nicht hat verdauen können.«

»Schweigen Sie doch!« versetzte Tom Austin, der Schiffslieutenant, »sehen Sie denn nicht, daß das Tier ein Erztrunkenbold war, der, um keinen Tropfen zu verlieren, den Wein samt der Flasche verschlang?«

»Was!« rief Lord Glenarvan, »eine Flasche hat der Fisch im Magen!«

»Eine wahrhaftige Flasche«, erwiderte der Rüstmeister. »Aber man sieht wohl, nicht so, wie sie aus dem Keller kam.«

»Nun denn, Tom«, versetzte Lord Edward, »so nehmt sie vorsichtig heraus; Flaschen, die man im Meer findet, enthalten oft kostbare Urkunden.«

»Sie meinen?« sagte der Major MacNabbs.

»Ich glaube, es ist wenigstens möglich.«

»Ei, dem will ich nicht widersprechen«, erwiderte der Major, »und es steckt vielleicht ein Geheimnis darin.«

»Das wird sich zeigen«, sagte Glenarvan. »Nun, Tom?«

»Da ist sie«, versetzte Tom, und zeigte einen unförmigen Gegenstand, den er nicht ohne Mühe aus dem Magen des Fisches herausgenommen hatte.

»Gut«, sprach Glenarvan, »laßt den häßlichen Gegenstand abwaschen und auf das Hinterverdeck bringen.«

Tom gehorchte, und diese unter so besonderen Umständen aufgefundene Flasche wurde auf einen Tisch gelegt, um welchen herum Lord Glenarvan, der Major MacNabbs, der Kapitän John Mangles und Lady Helena Platz nahmen, denn eine Frau ist, sagt man, immer ein wenig neugierig.

Auf der See erregt alles Aufsehen. Einen Augenblick schwiegen alle. Jeder untersuchte mit den Augen das zerbrechliche Strandgut. Enthielt dasselbe das Geheimnis eines Unglücks oder eine unbedeutende Mitteilung von seiten eines müßigen Seefahrers?

Indessen, man mußte doch wissen, woran man war, und Glenarvan schritt unverzüglich zur Untersuchung der Flasche; er ergriff übrigens alle in solchen Fällen üblichen Vorsichtsmaßregeln; man hätte ihn für einen Kriminalbeamten halten können, der die besonderen Umstände eines verübten Verbrechens aufnimmt; und Glenarvan hatte recht, denn das scheinbar unbedeutendste Anzeichen kann oft auf die Spur einer bedeutenden Entdeckung führen.

Ehe man das Innere der Flasche untersuchte, prüfte man

das Äußere derselben. Sie hatte einen engen Hals, an dessen starker Mündung sich noch das Ende eines verrosteten Eisendrahtes befand; ihre starken Wände, welche den Druck einiger Atmosphären auszuhalten fähig waren, wiesen klar auf einen Ursprung aus der Champagne hin. Mit solchen Flaschen schlagen die Winzer zu Aï und Epernay Stuhlbeine entzwei, ohne daß sich nur eine Spur von Sprung zeigte. Diese hatte also unverletzt die Zufälligkeiten einer langen Reise aushalten können.

»Eine Flasche aus dem Hause Cliquot«, sagte einfach der Major.

Und da er sachverständig sein mußte, so wurde seine Behauptung ohne Widerspruch angenommen.

»Mein lieber Major«, erwiderte Helena, »es kommt wenig darauf an, was es für eine Flasche ist, wenn wir nur wissen, woher sie kommt.«

»Das wird sich zeigen, liebe Helena«, sagte Lord Edward, »und bereits kann man versichern, daß sie von weither kommt. Sehen Sie die versteinerten Stoffe, womit sie bedeckt ist, diese Substanzen, die unter der Einwirkung des Meerwassers sozusagen mineralisiert wurden! Dieser Gegenstand hatte bereits lange sich im Meere aufgehalten, bevor er von einem Haifisch in seinen Bauch aufgenommen wurde.«

»Es ist unmöglich, Ihre Ansicht nicht zu teilen«, entgegnete der Major, »und unter'm Schutz seiner versteinerten Umhüllung ist das zerbrechliche Gefäß imstande gewesen, eine weite Reise zu machen.«

»Aber woher kommt sie?« fragte Lady Glenarvan.

»Warte, liebe Helena, warte; man muß mit den Flaschen Geduld haben. Irre ich nicht sehr, so wird diese selbst auf alle unsere Fragen antworten.«

Und mit diesen Worten machte Glenarvan sich daran, die harten Stoffe, welche die Mündung deckten, abzukratzen; bald kam der Korkstöpsel zum Vorschein, aber vom Meerwasser stark beschädigt.

»Ein schlimmer Umstand«, sagte Glenarvan, »denn wenn ein Papier darinnen ist, wird es in üblem Zustand sein.«

»Das ist wohl zu besorgen«, erwiderte der Major.

»Ich füge bei«, fuhr Glenarvan fort, »daß diese schlecht verwahrte Flasche bald untersinken mußte, und es war ein Glück, daß dieser Fisch sie verschlungen hat, um sie uns an Bord des *Duncan* zu bringen.«

»Ohne Zweifel«, versetzte John Mangles, »doch wäre es besser gewesen, man hätte sie auf offener See unter einem bestimmten Grad Länge und Breite aufgefischt. Dann hätte man durch Berechnung der Luft- und Meer-Strömungen herausbringen können, welchen Weg sie gemacht hat; aber bei einem Überbringer wie diesem, bei diesen Haifischen, die gegen Wind und Strom schwimmen, weiß man nicht, woran man ist.«

»Wir werden es bald sehen«, erwiderte Glenarvan.

Zugleich nahm er den Stöpsel höchst vorsichtig heraus, und ein starker Salzgeruch verbreitete sich auf dem Hinterdeck.

»Nun?« fragte Lady Helena mit echt weiblicher Ungeduld.«

»Ja!« sagte Glenarvan, »ich irrte nicht! Da sind Papiere!«

»Urkunden! Urkunden!« rief Lady Helena.

»Nur«, erwiderte Glenarvan, »scheinen sie vom Wasser angefressen, und man kann sie nicht herausbringen, weil sie an den Wänden der Flasche festhängen.«

»So schlagen wir sie entzwei«, sagte MacNabbs.

»Ich möchte sie lieber unversehrt lassen«, entgegnete Glenarvan.

»Ich auch«, versetzte der Major.

»Allerdings«, sagte Lady Helena, »aber der Inhalt ist wertvoller als die Umhüllung, und man muß lieber diese jenem opfern.«

»Wenn Ew. Herrlichkeit nur den Hals abschlagen«, sagte John Mangles, »wird man die Urkunde ohne Beschädigung herausnehmen können.«

»Laß sehen, lieber Edward!« rief Lady Glenarvan.

Man konnte nicht leicht anders verfahren, und Lord Glenarvan entschloß sich, den Hals der kostbaren Flasche zu zerschlagen. Man mußte einen Hammer gebrauchen, weil die Umhüllung hart wie Granit war. Bald fielen die Stücke auf den Tisch, und man gewahrte einige Stücke Papier, die aneinanderhingen. Glenarvan nahm sie vorsichtig heraus, löste sie voneinander und breitete sie vor den Augen aus, während Lady Helena, der Major und der Kapitän sich um ihn drängten.

Zweites Kapitel

Die drei Dokumente

Von den vom Meerwasser halb zerstörten Stückchen Papier konnte man nur einige Worte gewahren, unentzifferbare Reste fast völlig verwischter Zeilen. Lord Glenarvan untersuchte sie einige Minuten lang achtsam, kehrte sie um und herum, hielt sie gegen das Licht; betrachtete die geringsten Schriftspuren, welche vom Meere verschont waren, dann richtete er den Blick auf seine Freunde, die ihn mit gespannten Augen ansahen.

»Es sind hier«, sagte er, »drei verschiedene Dokumente, vermutlich drei Kopien desselben Stückes in dreifacher Übersetzung, englisch, französisch und deutsch. Die wenigen Worte, welche noch vorhanden sind, lassen mir darüber keinen Zweifel.«

»Aber diese Worte enthalten doch wohl einen Sinn?« fragte Lady Glenarvan.

»Es läßt sich nichts Bestimmtes darüber sagen, liebe Helena; die auf den Dokumenten stehenden Worte sind sehr verstümmelt.«

»Vielleicht ergänzen sie sich gegenseitig?« sagte der Major.

»So muß es wohl sein«, erwiderte John Mangles; »unmöglich hat das Seewasser diese Zeilen gerade an denselben Stellen angefressen, und wenn man die Reste der Worte nebeneinander hält, wird man am Ende einen verständlichen Sinn herausbekommen.«

»Das wollen wir gleich tun«, sagte Lord Glenarvan, »aber

gehen wir mit Methode zu Werke. Hier zuerst das englische Exemplar.«

Auf diesem Stück sah man die Worte folgendermaßen auf den Zeilen verteilt:

	62		Bri	gow
sink				stra
		aland		
	skipp	Gr		
			that monit	of long
and				ssistance
	lost			

»Das will nicht viel bedeuten«, sagte der Major mit verdrießlicher Miene.

»Mag sein«, erwiderte der Kapitän, »aber 's ist gut englisch.«

»Kein Zweifel daran«, sagte Lord Glenarvan, »die Wörter sink, aland, that, and, lost, sind vollständig *; skipp weist offenbar auf skipper, und es ist die Rede von einem Herrn Gr . . ., welcher wahrscheinlich der Kapitän eines gestrandeten Schiffes war.«

»Fügen wir noch bei«, sagt John Mangles, »daß die Wörterreste monit und ssistance sich leicht ergänzen lassen.«

»Jawohl! Das ist schon etwas«, erwiderte Lady Helena.

»Leider«, versetzte der Major, »fehlen uns vollständige Zeilen. Wie läßt sich der Name des verlorenen Schiffes, die Stelle des Schiffbruchs ausfindig machen?«

»Wir werden es schon herausbekommen«, sagte Lord Edward.

»Ohne Zweifel«, versetzte der Major, der unveränderlich sich jeder Ansicht anschloß, »aber in welcher Weise?«

---

*Die Wörter sink, aland, that, and, lost bedeuten *scheitern, am Land, dies, und, verloren.* Skipper werden in England die Kapitäne der Handelsfahrzeuge genannt. Moniti[on] deutet sich *Kunde, Urkunde,* und [a]ssistance heißt *Beistand.*

»Wenn man ein Dokument durch das andere ergänzt.«

»So laßt es uns versuchen!« rief Lady Helena.

Das zweite Stück Papier, welches noch schadhafter als das vorige war, zeigte nur einzelne Wörter und Wortreste in folgender Stellung:

7. Juni Glas

zwei atrosen

graus

bringt ihnen

»Dies ist in deutscher Sprache«, sagte John Mangles, als er einen Blick auf das Papier geworfen.

»Und Sie kennen diese Sprache, John?« fragte Glenarvan.

»Vollkommen, Ew. Herrlichkeit.«

»Nun, so sagen Sie uns, was diese Wörter bedeuten.«

Der Kapitän untersuchte das Stück genau, und sprach sich also aus:

»Erstlich bekommen wir ein Datum des Ereignisses, den 7. Juni, und verbinden wir dies mit den Ziffern 62 des englischen Exemplars, so bekommen wir vollständig: 7. Juni 1862.«

»Vortrefflich«, rief Lady Helena; »fahren Sie fort, John.«

»Auf derselben Zeile«, fuhr der junge Kapitän fort, »finde ich das Wortstücklein Glas, welches in Verbindung mit gow auf dem ersten Dokument Glasgow ergiebt. Offenbar fuhr das Schiff aus Glasgow ab.«

»Das mein' ich auch«, erwiderte der Major.

»Die zweite Zeile des Dokuments fehlt gänzlich; aber auf der dritten stoße ich auf die wichtigen Worte *zwei* und (M)atrosen.«

»Also«, sagte Lady Helena, »handelte sich es um einen

Kapitän und zwei Matrosen?«

»Vermutlich«, erwiderte Lord Glenarvan.

»Ich gestehe Ew. Herrlichkeit«, fuhr der Kapitän fort, »daß das folgende Wortstückchen *graus* mich in Verlegenheit bringt. So kann ich es nicht übersetzen. Vielleicht setzt uns das dritte Dokument dazu in Stand. Die zwei letzten Worte *Bringt ihnen* bekommen durch das auf derselben Zeile stehende englische Wort (A)ssistance, d.h. *Beistand,* ihre Ergänzung.«

»Jawohl!« sagte Glenarvan, »aber wo befinden sich die Unglücklichen, um ihnen Beistand zu bringen? Über den Ort haben wir bis jetzt nicht eine einzige Angabe, der Schauplatz des Unglücks ist völlig unbekannt.«

»So wollen wir hoffen, daß das französische Dokument uns näheren Aufschluß gibt«, sagte Lady Helena.

»Sehen wir es an«, erwiderte Glenarvan, »wir können uns alle leicht darauf zurechtfinden.«

Das genaue Faksimile desselben ist:

troi ats tannia
gonie austral
abor
contin pr cruel indi
jeté ongit
et 38° 11′ at

»Da findet sich ja eine Zahlenangabe«, rief Lady Helena. »Sehen Sie, meine Herren, sehen Sie! . . .«

»Verfahren wir ordnungsgemäß«, sagte Lord Glenarvan, »und fangen mit dem Anfang an. Gestatten Sie mir, diese zerstreuten Wortstücke eins nach dem andern vorzunehmen. Da sehe ich gleich aus den ersten Buchstaben, troi ats, daß von einem Dreimaster – trois mâts – die Rede, dessen Name durch Verbindung mit einem Stückchen des englischen Exemplars sich vollständig ergiebt, nämlich Britannia. Von den beiden letzten Worten verstehen wir nur das letztere – austral – vollständig.«

»Das ist schon etwas Wertvolles«, erwiderte John Mangles. »Der Schiffbruch fand auf der *südlichen* Hemisphäre statt.«

»Das ist doch unbestimmt«, sagte der Major.

»Ich fahre fort«, versetzte Glenarvan. »Hier das Wortstück abor deutet auf aborder – *anlanden.* Die Unglücklichen sind irgendwo gelandet. Aber wo? contin heißt wohl auf einen *Kontinent?* cruel! . . .«

»Cruel!« rief John Mangles, »da habe ich ja die Erklärung für das deutsche *graus . . .,* denn cruel heißt *grausam!«*

»Weiter! Weiter!« sagte Glenarvan, dessen Spannung um so höher stieg, je mehr sich der Sinn der verstümmelten Worte klarlegte. »Indi . . ., bedeutet wohl *Indien,* wohin die Matrosen verschlagen worden waren? Was ist aber ongit? Ah! longitude! Da haben wir die geographische *Länge,* und in Ziffern dabei die *Breite* mit 37° 11′. Schließlich doch eine genaue Angabe.«

»Aber es fehlt noch die Länge«, sagte MacNabbs.

»Man kann nicht immer alles miteinander haben, lieber Major«, erwiderte Glenarvan, »und die genaue Breiten-Angabe ist schon etwas wert. Das französische Exemplar ist entschieden das vollständigste. Offenbar war jedes eine buchstäbliche Übersetzung des andern, denn sie haben die ganz gleiche Zeilenzahl. Nun müssen wir eine Zusammenstellung in einer einzigen Sprache machen und ihren mutmaßlichen Sinn so logisch und deutlich wie möglich herauszubekommen suchen.«

»In welcher Sprache soll die Übersetzung sein?«

»Ich denke in französischer, weil diese uns allen bekannt ist, und die meisten vollständigen Worte in derselben vorhanden sind. Ich will dieses Schriftstück abfassen, indem ich die Wortstücke und Phrasenreste zusammenstelle mit genauer Beachtung der Lücken, und mit Ergänzung der Worte, deren Sinn nicht zweifelhaft sein kann. Dann wollen wir vergleichen und urteilen.«

Glenarvan ergriff eine Feder, und nach einigen Augenblikken legte er seinen Freunden ein Blatt Papier vor mit folgendermaßen ergänzten Zeilen:

7 juin 1862 trois-mâts Britannia Glasgow
sombré gonie austral
à terre deux matelots
capitaine Gr abor
contin pr cruel indi
jeté ce document de longitude
et 37° 11′ de latitude Portez-leur secours
perdus.

Die deutsche Übersetzung bringen wir nachher mit vollständiger Ergänzung des Sinnes.

In diesem Augenblick meldete ein Matrose dem Kapitän, der Duncan laufe in den Golf von Clyde ein, und begehrte seine Weisung.

»Was beabsichtigen Ew. Herrlichkeit?« fragte John Mangles den Lord Glenarvan.

»So rasch wie möglich nach Dumbarton zu kommen, John; dann eile ich, während Lady Helena nach Malcolm Castle zurückkehrt, nach London, um dies Dokument der Admiralität vorzulegen.«

John Mangles erteilte demgemäß seine Befehle, welche der Matrose dem Schiffslieutenant überbrachte.

»Jetzt, meine Freunde«, sagte Glenarvan, »fahren wir fort in unserer Forschung. Wir sind einem großen Unglück auf der Spur. Das Leben einiger Menschen hängt von unserem Scharfsinn ab. Also strengen wir unseren Verstand an, um das Rätselhafte der Sache klarzubekommen.«

»Wir sind bereit, lieber Edward«, erwiderte Lady Helena.

»Für's erste«, fuhr Glenarvan fort, »muß man drei sehr verschiedene Dinge bei diesem Dokument ins Auge fassen: 1) Was man weiß; 2) Was man vermuten kann; 3) Was man nicht weiß. Was wissen wir? Wir wissen, daß am 7. Juni 1862 ein Dreimaster, der Britannia aus Glasgow, Schiffbruch erlitten hat; daß zwei Matrosen und der Kapitän diese Urkunde ins Meer geworfen haben unter 37° 11′ Breite, und daß sie um Beistand rufen.«

»Ganz richtig«, versetzte der Major.

»Was können wir vermuten?« fuhr Glenarvan fort. »Erstlich, daß der Schiffbruch in den Südmeeren stattfand, und ich will sogleich Ihre Aufmerksamkeit auf das Wortstück -gonie lenken. Zeigt sich uns darin nicht von selbst eine Angabe des Landes, worauf es sich bezieht?«

»Patagonien!« rief Lady Helena.

»Unstreitig.«

»Aber zieht der siebenunddreißigste Breitengrad durch Patagonien?« fragte der Major.

»Darüber können wir gleich ins reine kommen«, erwiderte John Mangles, und breitete eine Karte von Südamerika aus. »Ganz richtig: Der siebenunddreißigste Breitengrad streift an Patagonien an. Er schneidet Araucanien ab, zieht quer durch die Pampas längs dem Norden der patagonischen Lande, und verliert sich im Atlantischen Meer.«

»Gut. Fahren wir fort zu vermuten. Die beiden Matrosen und der Kapitän abor . . . abordent, also *landen,* wo? Contin . . ., am Kontinent; merken wir, Festland, nicht Insel. Was ist aus ihnen geworden? Hier finden sich zwei verhängnisvolle Buchstaben pr . . ., welche über ihr Schicksal belehren sollen. Die Unglücklichen sind in der Tat pris, *gefangen.* Von wem? Von grausamen Indianern – cruels Indiens. Sind Sie überzeugt? Springen nicht diese Worte von selbst ergänzend in die Lücken? Wird nicht das Dokument klar verständlich?«

Glenarvan sprach mit Überzeugung. Seine Augen erglänzten von unbedinger Zuversicht, und ihr Feuer teilte sich seinen Zuhörern mit. Sie riefen gleich ihm: »’s ist klar! Sonnenklar!«

Lord Edward fuhr nach einer kleinen Weile fort:

»Alle diese Vermutungen, meine Freunde, scheinen mir äußerst wahrscheinlich; meiner Ansicht nach hat das Unglück an den Küsten Patagoniens stattgefunden. Übrigens will ich zu Glasgow anfragen, für welchen Bestimmungsort die Britannia abfuhr, und wir werden erfahren, ob sie in jene Gegend verschlagen werden konnte.«

»O! So weit brauchen wir nicht zu gehen um Auskunft«, erwiderte John Mangles. Ich habe die *Handels- und Schifferzeitung* in vollständiger Sammlung bei mir, die wird uns genaue Auskunft geben.«

»Sehen wir, sehen wir!« sagte Lady Glenarvan.

John Mangles nahm also ein Bund Zeitungen von 1862 und durchblätterte sie rasch. Bald fand er schon, was er suchte, und las mit Befriedigung vor:

»30. Mai 1862. Peru! Callao! mit Ladung für Glasgow, *Britannia,* Kapitän Grant.

»Grant!« rief Lady Glenarvan, »der kühne Schotte, welcher im Stillen Ozean ein Neu-Schottland gründen wollte!«

»Ja«, erwiderte John Mangles, »der nämliche, welcher im Jahr 1861 zu Glasgow auf dem Britannia unter Segel ging und nichts mehr von sich hören ließ.«

»Kein Zweifel mehr!« sagte Glenarvan. »Der ist's gewiß. Die Britannia war aus Callao am 30. Mai abgefahren, und am 7. Juni, acht Tage nach seiner Abfahrt, ging er an den Küsten Patagoniens zugrunde. In den scheinbar nicht zu entziffernden Wortresten ist vollständig enthalten, was ihm begegnet ist. Sie sehen, meine Freunde, daß wir doch einen hübschen Teil durch Vermutung herausbekommen haben. Nur noch der Längengrad geht uns ab.«

»Den brauchen wir gar nicht zu wissen«, entgegnete John Mangles, »weil das Land bekannt ist, und mit der Breitenangabe allein nehme ich's auf mich, geradewegs auf den Schauplatz des Schiffbruchs hinzusteuern.«

»Also wissen wir alles?« sagte Lady Glenarvan.

»Alles, liebe Helena, und ich will die Lücken, welche sich auf dem Dokument befinden, ohne Schwierigkeit ausfüllen, als wenn es mir der Kapitän Grant diktiert hätte.«

Und sogleich ergriff Lord Glenarvan die Feder und schrieb folgende Notiz, welche zu deutsch lautet:

Am 7. Juni 1862 scheiterte der Dreimaster Britannia aus Glasgow in der südlichen Erdhälfte an der Küste Patagoniens. Zwei Matrosen und der Kapitän Grant versuchen auf dem Kontinent zu landen, wo sie in die Gefangenschaft grausamer Indianer geraten werden. Sie haben dieses Dokument ins Meer geworfen unter'm . . . Grad Länge, und 37° 11′ Breite. Kommt ihnen zu Hilfe, sonst sind sie verloren.

»Gut! Gut! Lieber Edward«, sagte Lady Helena, »und wenn diese Unglücklichen wieder in ihre Heimat kommen, verdanken sie dir dies Glück.«

»Und sie werden wieder zurückkommen«, erwiderte Glenarvan. »Dies Dokument ist zu deutlich, zu klar und zuverlässig, als daß England zaudern sollte, dreien seiner auf einer öden Küste verlassenen Kinder zu Hilfe zu kommen. Was es für Franklin und so viele andere getan hat, wird es auch jetzt für die Schiffbrüchigen der Britannia tun!«

»Aber diese Unglücklichen«, erwiderte Lady Helena, »haben ohne Zweifel Familien, welche ihren Verlust beklagen. Vielleicht hat der arme Kapitän Grant eine Frau, Kinder . . .«

»Du hast recht, liebe Lady, und ich übernehme es, sie wissen zu lassen, daß noch nicht alle Hoffnung verloren ist. Jetzt, meine Freunde, gehen wir wieder aufs Verdeck, denn wir sind am Eingang des Hafens.«

In der Tat, der *Duncan* war mit verstärktem Dampfe gefahren; eben fuhr er längs den Ufern der Insel Bute und ließ Rothesay mit seinem reizenden Städtchen im fruchtbaren Tale rechts; nachher drang er in die engeren Fahrwasser des Golfs, machte vor Greenock eine Schwenkung und ankerte um sechs Uhr abends am Fuß des Basaltfelsens von Dumbarton, der mit dem berühmten Schloß des schottischen Helden Wallace gekrönt ist.

Hier wartete eine Postchaise auf Lady Helena, um sie mit dem Major MacNabbs nach Malcolm-Castle zurückzubringen. Darauf umarmte Lord Glenarvan seine junge Frau und eilte mit einem Expreßzug nach Glasgow.

Aber vor seiner Abreise hatte er auf noch rascherem Wege eine wichtige Notiz befördert. Der Telegraf überbrachte in einigen Minuten der »Times« und dem »Morning Chronicle« eine Annonce, die lautete:

»Um Auskunft über das Schicksal des Dreimasters *Britannia* aus Glasgow, Kapitän Grant, wende man sich an Lord Glenarvan, Malcolm-Castle, Luß, Grafschaft Dumbarton, Schottland.«

Drittes Kapitel

Malcolm-Castle

Das Schloß Malcolm, eins der poetischsten des Hochlands, liegt nächst dem Dorfe Luß, dessen hübsches Tal von ihm beherrscht wird. Der Granit seiner Mauern ist von dem klaren Wasser des Loch Lomond bespült. Seit unvordenklichen Zeiten gehört es der Familie Glenarvan, welche in der Heimat Rob Roys die gastlichen Gebräuche der alten Helden Walter Scotts bewahrt. Zur Zeit, als in Schottland die große soziale Revolution sich vollzog, wurde eine große Menge Vasallen, welche den alten Klanhäuptern nicht hohes Pachtgeld zahlen konnten, ausgetrieben; einige derselben starben Hungers, andere wurden Fischer, wieder andere wanderten aus. Es war eine Zeit allgemeiner Verzweiflung. Nur allein die Glenarvans glaubten, daß die Pflicht der Treue Große und Kleine binde, und sie hielten ihren Lehnsleuten die Treue. Nicht ein einziger hatte das Haus, wo er geboren war, zu verlassen, keiner das Land, wo seine Vorfahren ruhten; alle blieben bei dem Klan ihrer alten Herren. Darum zählte denn auch damals die Familie Glenarvan im Schlosse Malcolm wie an Bord des Duncan nur Schotten; alle stammten von Vasallen MacGregors, MacFarlanes, MacNabbs, MacNaughtons, d. h. sie waren Eingeborene der Grafschaften Stirling und Dumbarton, wackere Leute, mit Leib und Seele ihrem Herrn ergeben; manche von ihnen redeten noch die alt-kaledonische Sprache.

Lord Glenarvan besaß ein unermeßliches Vermögen, das er reichlich zu Wohltaten verwendete; seine Güte übertraf noch seinen Edelmut. Der Erbherr von Luß, der »Laird« von Malcolm, vertrat seine Grafschaft im Hause der Lords. Aber wegen seiner jakobitischen Gesinnung, die wenig beflissen war, dem Hause Hannover zu gefallen, war er bei den Staatsmännern Englands nicht wohl gelitten, zumal weil er an den alten Überlieferungen seiner Ahnen festhielt und den politischen Eingriffen von seiten des Südlands energisch widerstand.

Doch war Lord Edward Glenarvan keineswegs hinter seiner Zeit zurückgeblieben, noch ein Mann von kleinem Geist und schwacher Einsicht; vielmehr gönnte er dem Fortschritt in seiner Grafschaft weite Bahn, und dabei blieb er Schotte mit ganzer Seele, und für den Ruhm Schottlands beteiligte er sich bei den Wettfahrten des Royal-Thames-Yacht-Club.

Edward Glenarvan war dreißig Jahre alt, von hoher Statur und etwas strengen Zügen; aus seinen Augen sprach unendliche Güte, sein ganzes Auftreten trug den Stempel der Poesie des Hochlandes. Er galt für tapfer in hohem Grade, unternehmend, ritterlich, doch über alles gütig.

Lord Glenarvan war erst seit drei Monaten verheiratet. Seine Gemahlin war Miß Helena Tuffnel, eine Tochter des großen Reisenden William Tuffnel, eines der zahlreichen Opfer der Wissenschaft und seiner leidenschaftlichen Vorliebe für Entdeckungen.

Miß Helena gehörte nicht einer Adelsfamilie an, aber sie war Schottin, eine Eigenschaft, die in den Augen Lord Glenarvans den ältesten Adel aufwog. Diese junge, reizende, mutige, hingebende Dame hatte der Herr von Luß zu seiner Lebensgefährtin erkoren. Er traf sie einst, eine vereinsamte Waise, fast ohne Vermögen, im Hause ihres Vaters zu Kilpatrik. Das Mädchen gefiel ihm, und da er überzeugt war, sie werde eine tüchtige Frau sein, so heiratete er sie. Miß Helena war zweiundzwanzig Jahre alt, eine Blondine mit so blauen Augen, wie das Wasser der schottischen Seen an einem schönen Frühlingsmorgen. Ihre Liebe zu ihrem Gemahl ging noch über ihre Dankbarkeit. Sie liebte ihn, als wäre sie die reiche Erbin gewesen und er der verlassene Waise. Ihre Pächter und Diener waren bereit, ihr Leben für die zu lassen, welche sie ihre »gute Dame von Luß« nannten.

Lord Glenarvan und Lady Helena lebten glücklich zu Malcolm-Castle, mitten in jener prachtvollen und wilden Natur der Hochlande. Hier wandelten sie im düsteren Schatten von Kastanienbäumen und Sycomoren an den Ufern des Sees, wo man noch Kriegslieder aus der grauen Vorzeit vernahm, in den wilden Bergschluchten, wo die Geschichte Schottlands in jahrhundertealten Ruinen aufgezeichnet ist. Eines Tags schweiften sie in Birken- und Lärchengebüschen mitten in weiten Heidefeldern; eines andern klommen sie die steilen Höhen des Ben Lomond hinan oder ritten durch einsame Täler, wo sie die poetische Landschaft bewunderten, welche jetzt noch »das Land Rob Roys« genannt wird, und alle die herrlichen Gegenden, welche von Walter Scott so kräftig geschildert wurden. Abends, wenn die Nacht einbrach und »Mac Farlanes Leuchte« am Horizont flammte, gingen sie längs der Zinnen, einem alten Rundgang, der noch wie ein Halsband das Schloß Malcolm krönt, und hier weilten sie in Gedanken vertieft, die Welt vergessend, auf einem Steinblock sitzend, mitten im Schweigen der Natur unter des Mondes bleichen Strahlen – in Entzücken und die reine Begeisterung versenkt, welche nur liebende Herzen kennen.

So verliefen ihnen die ersten Wonnemonate der Ehe. Aber Lord Glenarvan gedachte, daß seine Frau die Tochter eines großen Reisenden war; er meinte, Lady Helena müsse alle hohen Strebungen ihres Vaters im Herzen haben, und er irrte nicht. Er ließ den *Duncan* bauen zu dem Zweck, Lord und Lady Glenarvan in die schönsten Länder der Welt zu tragen, am Mittelländischen Meer und auf den Inseln des Archipels. Welche Freude für Lady Helena, als ihr Gemahl den Duncan ihr zur Verfügung stellte.

Inzwischen war Lord Glenarvan nach London gereist. Da es sich um die Rettung unglücklicher Schiffbrüchiger handelte, so empfand Lady Helena über diese kurze Trennung mehr Ungeduld als Betrübnis; am folgenden Morgen ließ eine Depesche ihres Mannes seine baldige Rückkehr hoffen;

am Abend begehrte ein Brief längeren Urlaub; die Vorschläge Lord Glenarvans waren auf Schwierigkeiten gestoßen; am dritten Tage machte ein Brief Lord Glenarvans kein Hehl mehr aus seiner Unzufriedenheit mit der Admiralität.

Von jetzt an ward Lady Helena unruhig. Am Abend befand sie sich allein in ihrem Zimmer, als Herr Halbert, ihr Schloßvogt, anfragte, ob sie ein Mädchen und einen Knaben, welche Lord Glenarvan zu sprechen wünschten, empfangen wolle.

»Landeskinder?« fragte Lady Helena.

»Nein, gnädige Frau«, antwortete der Schloßvogt, »denn ich kenne sie nicht. Sie sind mit der Eisenbahn nach Balloch gefahren, und von da nach Luß zu Fuß gegangen.«

»Sie mögen heraufkommen«, sagte die Lady.

Nach einer kleinen Weile wurden das Mädchen und der Knabe in das Zimmer der Lady Helena geführt. Es waren Geschwister, wie ihre Gesichtszüge zu erkennen gaben. Die Schwester war sechzehn Jahre alt; ihr hübsches Gesicht etwas abgespannt vor Ermüdung; ihre vom Weinen angegriffenen Augen, ihre Gesichtszüge voll Entsagung, aber nicht ohne Mut; ihr ärmlicher, aber reinlicher Anzug sprachen zu ihren Gunsten. Sie führte an der Hand einen zwölfjährigen Knaben mit entschlossener Miene, der seine Schwester in Schutz zu nehmen schien. Wahrlich! Wer diesem Mädchen etwas hätte zuleide tun wollen, hätte es mit diesem kleinen Mann zu tun gehabt.

Die Schwester war in Gegenwart der Lady Helena ein wenig befangen. Diese ergriff schnell das Wort.

»Sie wünschen mich zu sprechen?« sagte sie mit aufmunterndem Blick.

»Nein«, erwiderte der Knabe mit entschiedenem Ton, »nicht Sie, sondern Lord Glenarvan selbst.«

»Entschuldigen Sie, gnädige Frau«, sagte das Mädchen, und sah ihren Bruder an.

»Lord Glenarvan befindet sich nicht auf dem Schlosse«, versetzte Lady Helena; »aber ich bin seine Frau, und wenn ich bei Ihnen seine Stelle vertreten kann . . .«

»Sie sind Lady Glenarvan?« sagte das Mädchen.

»Ja, Miß.«

»Die Gemahlin des Lord Glenarvan zu Malcolm-Castle, welcher eine Anzeige in betreff des Schiffbruchs des *Britannia* in der ›Times‹ veröffentlicht hat?«

»Ja! ja!« erwiderte Lady Helena hastig, »und Sie? . . .«

»Ich bin Miß Grant, gnädige Frau, und dies ist mein Bruder.«

»Miß Grant! Miß Grant!« rief Lady Helena aus, und zog das Mädchen zu sich, ergriff ihre Hände, und küßte den kleinen Mann auf seine freundlichen Wangen.

»Gnädige Frau«, fuhr das Mädchen fort, »was wissen Sie über den Schiffbruch meines Vaters? Ist er noch bei Leben? Werden wir ihn jemals wiedersehen? Reden Sie, ich bitte!«

»Mein liebes Kind«, sagte Lady Helena, »Gott behüte mich, in einem solchen Falle leichthin zu reden; ich möchte Ihnen nicht unbegründete Hoffnung machen . . .«

»Reden Sie, gnädige Frau, reden Sie! Ich bin stark gegen den Schmerz und kann alles hören.«

»Mein liebes Kind!« erwiderte Lady Helena, »es ist nur eine schwache Hoffnung vorhanden; aber mit Gottes allmächtigem Beistand ist's möglich, daß Sie einmal Ihren Vater wiedersehen.«

»Mein Gott! Mein Gott!« rief Miß Grant mit Tränen in den Augen, indes Norbert die Hände der Lady Glenarvan mit Küssen bedeckte.

Nach diesem ersten Erguß schmerzvoller Freude, ward das Mädchen nicht fertig in zahllosen Fragen. Lady Helena erzählte ihr, wie das Dokument gefunden worden, wie die Britannia an den Küsten Patagoniens gescheitert sei; wie nach dem Schiffbruch der Kapitän mit zwei Matrosen ans Festland gelangt sein mußte; endlich, wie sie auf diesem in drei Sprachen dem Meere preisgegebenen Dokument um Hilfe riefen.

Während dieser Erzählung sah Robert Grant mit gespannten Blicken die Lady an; seine kindliche Phantasie malte ihm fürchterliche Szenen vor, welchen sein Vater zum Opfer geworden war; er sah ihn auf dem Verdeck der Britannia, begleitete ihn durch die Meeresfluten, erklimmte mit ihm die

Felsen der Küste. Mehrmals entfuhren ihm während der Erzählung unwillkürliche Worte.

»Ach! Papa, mein armer Papa!« rief er, an seine Schwester sich schmiegend.

Miß Grant horchte zu, faltete die Hände, äußerte kein Wort, bis die Erzählung beendigt war, dann sprach sie:

»O! Gnädige Frau, das Dokument! Das Dokument!«

»Ich habe es nicht mehr, liebes Kind«, erwiderte Lady Helena.

»Sie haben es nicht mehr?«

»Nein, Lord Glenarvan hat es mit nach London genommen, um für deinen Vater zu wirken; aber ich habe Ihnen Wort für Wort seinen ganzen Inhalt mitgeteilt, und habe Ihnen gesagt, wie es uns gelungen ist, den Sinn desselben genau herauszubekommen; unter den fast ausgetilgten Wortresten haben die Fluten einige Zahlen verschont; leider ist die Länge . . .«

»O, die braucht man nicht zu wissen!« rief der Knabe.

»Ja, Norbert«, erwiderte Helena lächelnd, als sie ihn so entschlossen sah. »Also, Miß Grant, Sie wissen nun die geringsten Details, wie ich selbst.«

»Ja, gnädige Frau«, erwiderte das Mädchen, »aber ich hätte gern die Handschrift meines Vaters gesehen.«

»Nun, morgen wird Lord Glenarvan wohl wieder hier sein. Mein Mann hat dieses unbestreitbare Dokument den Kommissären der Admiralität vor Augen legen wollen, um zu erwirken, daß sogleich ein Schiff zur Aufsuchung des Kapitän Grant ausgeschickt werde.«

»Ist es möglich, gnädige Frau!« rief das Mädchen aus; »das haben Sie für uns getan?«

»Ja, liebe Miß, und ich erwarte die Rückkunft Lord Glenarvans jeden Augenblick.«

»Gnädige Frau«, sagte das Mädchen mit dem Ton inniger Dankbarkeit und warmer Frömmigkeit, »der Himmel vergelte Ihnen und Lord Glenarvan die Wohltat.«

»Liebes Kind«, erwiderte Lady Helena, »jeder andere Mensch hätte an unserer Stelle ebenso gehandelt. Möchten die Hoffnungen, welche ich bei Ihnen angeregt habe, in Erfüllung gehen! Bleiben Sie bis zur Rückkunft Lord Glenarvans bei mir auf dem Schloß ...«

»Gnädige Frau«, erwiderte das Mädchen, »ich möchte die freundliche Güte, welche Sie Personen, die Ihnen fremd sind, erweisen, nicht mißbrauchen ...«

»Fremd! Liebes Kind; weder Sie noch Ihr Bruder sind unserm Hause fremd, und ich wünsche, daß Lord Glenarvan bei seiner Rückkehr den Kindern des Kapitän Grant mitteile, was man zur Rettung ihres Vaters tun wird.«

Ein so gütiges Anerbieten war nicht abzulehnen. Miß Grant und ihr Bruder warteten also zu Malcolm-Castle die Rückkehr des Lord Glenarvan ab.

Viertes Kapitel

Ein Vorschlag der Lady Glenarvan

Während dieser Unterredung hatte Lady Helena nicht von den Besorgnissen gesprochen, welche Lord Glenarvan in seinem Brief über die Aufnahme seines Gesuches von seiten der Kommissare der Admiralität geäußert hatte. Ebensowenig in betreff der vermutlichen Gefangenschaft des Kapitän Grant bei den Indianern Südamerikas. Vielmehr, nachdem sie alle Fragen der Miß Grant beantwortet hatte, fragte sie dieselbe ihrerseits über ihr Leben, ihre Lage in der Welt, worin sie die einzige Beschützerin ihres Bruders zu sein schien.

Die einfache und rührende Erzählung des Mädchens vermehrte noch die freundliche Teilnahme der Lady Glenarvan für dasselbe.

Miß Mary und Robert Grant waren die einzigen Kinder des Kapitäns. Harry Grant hatte seine Frau bei der Geburt Roberts verloren und während weiter Seefahrten seine Kinder der Pflege einer guten alten Cousine überlassen.

Der Kapitän Grant war ein kühner Seemann, der seinen Beruf wohl verstand, guter Schiffer und zugleich auch Kaufmann, vereinigte also einen doppelten Vorzug der Kapitäne von Kauffahrteischiffen. Er wohnte zu Dundee in der schottischen Grafschaft Perth, war ein eingeborenes Landeskind. Er hatte von seinem Vater, welcher Pfarrer der Katharinenkirche war, eine tüchtige Erziehung erhalten, was keinem Menschen, nicht einmal einem Schiffskapitän, nachteilig ist.

Bei seinen ersten Seefahrten machte er gute Geschäfte, so daß er einige Jahre nach Roberts Geburt im Besitz eines hübschen Vermögens war.

Damals faßte er einen großartigen Plan, der seinen Namen in Schottland populär machte. Wie die Glenarvans und einige andere große Familien des Niederlands, war er, wenn auch nicht im Handeln, doch in der Gesinnung dem erobernden England feind. In seinen Augen konnten die Interessen seines Landes nicht mit denen der Angelsachsen zusammenstimmen, und um denselben eigentümlich selbständige Entwicklung zu geben, beschloß er, auf einem der Kontinente Amerikas eine große schottische Kolonie zu gründen. Dachte er für die Zukunft dabei an die Unabhängigkeit, wovon die Vereinigten Staaten Amerikas das erste Beispiel gegeben hatten und welche Indien und Australien einst unfehlbar erringen werden? Vielleicht. Vielleicht auch ließ er seine stillen Hoffnungen merken. Begreiflich, daß die Regierung nicht darauf einging, zu seinem Kolonisationsprojekt die Hand zu bieten; sie bereitete sogar dem Kapitän Grant Schwierigkeiten, welche in jedem andern Lande ihren Mann vernichtet hätten. Aber Harry verlor den Mut nicht; er wendete sich an den Patriotismus seiner Landsleute, setzte sein Vermögen daran, ein Schiff zu bauen, und dann, als sich eine auserlesene Mannschaft mit ihm zusammenfand, vertraute er seine Kinder der Pflege seiner alten Cousine und segelte ab, um die großen Inseln der Südsee für seinen Zweck zu durchforschen. Dies geschah im Jahre 1861. Ein Jahr lang, bis zum Mai 1862, erhielt man Nachrichten von ihm; aber seit seiner Abfahrt von Callao, im Juni desselben Jahres, hörte man kein Wort mehr von der *Britannia,* und die *Seezeitung* verstummte über das Schicksal des Kapitäns.

So war die Lage der Dinge, als die alte Cousine Harry Grants starb, und nun fanden sich die beiden Kinder allein auf der Welt.

Mary Grant war damals vierzehn Jahre alt; ihre starke Seele erschrak nicht vor dem schweren Lose, das ihr zugefallen war, und sie widmete sich ganz ihrem Bruder, der noch Kind war. Ihr lag es nun ob, ihn zu erziehen, zu unterrichten. Mit Sparsamkeit, Klugheit und Anstrengung ihrer Geisteskraft, mit Arbeit bei Tag und Nacht widmete sie sich ihm ganz, versagte sich alles: so ward die Schwester fähig, ihren Bruder zu erziehen, und sie erfüllte mutig diese mütterliche Pflicht.

Die beiden Kinder lebten also zu Dundee in dieser rührenden Lage einer Armut, welche sie mit Edelmut ertrugen, gegen die sie tapfer kämpften. Mary hatte keinen andern Gedanken als an ihren Bruder, sann nur darauf, ihm eine glückliche Zukunft zu bereiten. Sie hielt die Britannia für hoffnungslos verloren, ihren Vater für zweifellos tot. Man denke also, mit welcher Gemütsbewegung sie die Anzeige in der »Times« las, welche zufällig ihr vor Augen kam und sie plötzlich aus ihrer Hoffnungslosigkeit herausriß.

Jetzt galt es, nicht zu zögern; ihr Entschluß war rasch gefaßt. Sollte sie auch erfahren müssen, daß man den Leichnam des Kapitän Grant an einer öden Küste, auf dem Rumpfe eines gescheiterten Schiffes, aufgefunden habe, besser doch, als dieser unablässige Zweifel, diese ewige Qual eines unbekannten Schicksals.

Sie teilte es ihrem Bruder mit, und noch denselben Tag fuhren die beiden Kinder mit der Eisenbahn ab und kamen abends zu Malcolm-Castle an, wo Mary nach so vielem Kummer wieder Hoffnung faßte.

Diese Jammergeschichte erzählte Mary Grant der Lady Glenarvan in höchst einfacher Weise, ohne daran zu denken, daß sie sich bei all diesem in der langen Prüfungszeit als ein heroisches Mädchen benommen hatte; aber Lady Helena dachte so an ihrer Statt, und schloß wiederholt, ohne ihre Tränen zurückzuhalten, die beiden Kinder des Kapitän Grant liebevoll in ihre Arme.

Robert schien diese Geschichte zum ersten Male zu hören; er machte große Augen bei der Erzählung seiner Schwester;

er begriff alles, was sie getan, gelitten hatte, endlich rief er aus, sie umarmend: »O! Mama! Liebe Mama!« Er konnte den Ausruf, der aus des Herzens Tiefe drang, nicht mehr zurückhalten.

Während dieser Unterredung war es völlig Nacht geworden. Lady Helena wollte, in Rücksicht auf die Ermüdung der beiden Kinder, diese Unterhaltung nicht länger fortsetzen. Mary und Robert Grant wurden in ihre Zimmer geführt und schliefen ein in Träumen an eine bessere Zukunft.

Als sie weggegangen waren, ließ Lady Helena den Major rufen und erzählte ihm alles, was sich diesen Abend begeben hatte.

»Ein braves Mädchen, diese Mary Grant«, sagte Mac Nabbs, als er die Erzählung seiner Cousine hörte.

»Wollte der Himmel, daß meinem Mann sein Vorhaben glückt! Denn die Lage dieser beiden Kinder würde erschrecklich sein.«

»Er wird zum Ziel kommen«, erwiderte MacNabbs, »oder die Lords der Admiralität hätten Herzen, härter als das Gestein zu Portland.«

Trotz dieser Versicherung des Majors verbrachte Lady Helena diese Nacht in lebhaftester Besorgnis, ohne einen Augenblick zu schlafen.

Am folgenden Morgen standen Mary und ihr Bruder mit Tagesanbruch auf und wandelten in dem großen Schloßhof, als man Wagengeräusch vernahm. Lord Glenarvan kehrte in raschester Fahrt nach Malcolm-Castle zurück. Augenblicklich erschien Lady Helena in Begleitung des Majors im Hof und eilte ihrem Gemahl entgegen.

Dieser schien traurig, enttäuscht, entrüstet. Er schloß seine Gemahlin schweigend in die Arme.

»Nun, Edward, Edward?« rief Lady Helena.

»Ja nun, liebe Helena«, erwierte Lord Glenarvan, »die Leute haben kein Herz!«

»Sie haben abgeschlagen? . . .«

»Ja! Sie haben mir ein Schiff verweigert! Sie sprachen von den Millionen, die vergeblich für die Aufsuchung Franklins aufgewendet worden! Sie haben das Dokument für unklar, unlesbar erklärt! Sie sagten, es seien bereits zwei Jahre, daß diese Unglücklichen zugrunde gegangen, und wenig Wahrscheinlichkeit vorhanden, sie wieder aufzufinden! Sie haben behauptet, seien sie von den Indianern gefangen worden, so habe man sie ins Innere geschleppt, und man könne nicht ganz Patagonien durchsuchen, um drei Menschen – drei Schotten! – wiederzubekommen. – Solch ein Aufsuchen würde vergeblich und mit Gefahren verknüpft sein, es würde mehr Opfer kosten, als gerettet werden würden! Kurz, sie brachten alle möglichen seichten Gründe vor, um eben nur zu verweigern. Sie erinnerten sich an des Kapitäns Projekte, darum ist der arme Grant auf immer verloren!«

»Mein Vater! Mein armer Vater!« rief Mary Grant, und stürzte dem Lord Glenarvan zu Füßen.

»Ihr Vater! Wie, Miß ...« sprach dieser überrascht, als er das Mädchen zu seinen Füßen sah.

»Ja, Edward, Miß Mary und ihr Bruder«, erwiderte Lady Helena, »die beiden Kinder des Kapitän Grant, welche die Admiralität zu Waisen machen will!«

»Ach! Miß«, fuhr Lord Glenarvan fort, indem er das Mädchen aufhob, »hätte ich gewußt, daß Sie zugegen ...«

Er sprach kein Wort weiter! Peinliches Schweigen, mit Schluchzen vermischt, herrschte im Hofe. Niemand ließ ein Wort vernehmen, weder Lord Glenarvan, noch Lady Helena, noch der Major, noch seine Diener des Schlosses, welche schweigend um ihre Herrschaft standen. Aber durch ihre Haltung protestierten alle diese Schotten gegen das Benehmen der englischen Regierung.

Nach einer Weile ergriff der Major das Wort und sprach zu Lord Glenarvan:

»Also, Sie haben keine Hoffnung?«

»Keine.«

»Nun«, rief der junge Robert aus, »ich will denn hin zu den Leuten, und ... wir werden sehen ...«

Robert sprach seine Drohung nicht aus, weil seine Schwester ihn hemmte; aber seine geballte Faust gab wenig friedliche Absichten zu erkennen.

»Nein, Robert«, sagte Mary Grant, »nein! Danken wir diesen guten Menschen dafür, was sie für uns getan haben; bleiben wir ihnen ewig dankbar und gehen miteinander.«

»Mary!« rief Lady Helena.

»Miß, wo wollen Sie hin?« fragte Lord Glenarvan.

»Ich will mich der Königin zu Füßen werfen«, erwiderte das Mädchen, »und wir werden sehen, ob sie taub ist gegen das Flehen zweier Kinder um das Leben ihres Vaters.«

Lord Glenarvan schüttelte den Kopf, nicht weil er am Herzen der huldvollen Majestät zweifelte, sondern weil er überzeugt war, daß Mary Grant nicht bis zu ihr würde dringen können. Die Flehenden gelangen sehr selten bis zu den Stufen eines Thrones, und es scheint, man hat an die Tore der königlichen Paläste geschrieben, was man auf dem Rade der Steuerruder englischer Schiffe liest:

»Die Passagiere sind gebeten, mit dem
Manne am Steuer nicht zu reden.«

Lady Helena hatte den Gedanken ihres Gemahls begriffen; sie wußte, daß das Mädchen einen vergeblichen Schritt tun würde; sie sah, in welch verzweifelter Lage nun die beiden Kinder sich befinden würden. Da entstand in ihr ein großer, edler Gedanke.

»Mary Grant«, rief sie aus, »warte, mein Kind, und höre, was ich zu sagen habe.«

Das Mädchen war im Begriff, mit seinem Bruder an der Hand fortzugehen. Es blieb stehen.

Darauf trat Lady Helena, mit nassem Auge, aber fester Stimme und belebten Zügen, zu ihrem Gemahl:

»Edward«, sprach sie, »als der Kapitän Grant jenes Schreiben verfaßte und ins Meer warf, vertraute er es der Obhut Gottes. Gott hat es in unsere Hände geführt! Gewiß hat uns Gott die Rettung dieser Unglücklichen aufgetragen.«

»Was meinst du damit, Helena?« fragte Lord Glenarvan.

Tiefes Schweigen herrschte in der ganzen Versammlung.

»Ich meine damit«, fuhr Lady Helena fort, »daß man ein Glück darin finden soll, sein eheliches Leben mit einer guten Tat zu beginnen. Nun denn, lieber Edward, du hattest mir zu

Gefallen eine Vergnügungsfahrt beschlossen! Welch Vergnügen aber kann echter, nützlicher sein, als Unglückliche zu retten, die von ihrem Lande im Stiche gelassen werden?«

»Helena!« rief Lord Glenarvan aus.

»Ja! Du verstehst mich, Edward! Der *Duncan* ist ein tüchtiges Schiff! Er kann auch dem Südmeer trotzen! Er kann die ganze Erde umsegeln, und nötigenfalls wird er es tun. So wollen wir hin, Edward! Den Kapitän Grant aufsuchen!«

Bei diesen mutigen Worten umschloß Lord Glenarvan seine junge Frau mit den Armen, lächelte und drückte sie an sein Herz, während Mary und Robert ihre Hände küßten.

Und während dieser rührenden Szene ließen die Diener des Schlosses, in begeisterter Bewegung, aus ihrem Herzen den Ruf der Dankbarkeit vernehmen:

»Hurra der Dame von Luß! Hurra! Dreimal Hurra! dem Lord Edward und der Lady Glenarvan!«

Fünftes Kapitel

Abfahrt des Duncan

Lady Helena hatte, wie wir sahen, eine starke und edle Seele. Was sie soeben getan, lieferte den unbestreitbaren Beweis. Lord Glenarvan hatte wohl Grund, auf diese edle Frau, die ihn zu begreifen, sich ihm anzuschließen fähig war, stolz zu sein. Die Idee, dem Kapitän Grant selbst zu Hilfe zu kommen, hatte sich seiner bereits bemeistert, als man ihm zu London sein Gesuch abschlug; nur der Gedanke, sich von Lady Helena trennen zu müssen, hatte ihn abgehalten, ihn derselben mitzuteilen. Da sie nun aber begehrte, selbst die Reise mitzumachen, so hatte er sich auch keinen Augenblick zu bedenken. Die Diener des Schlosses hatten ihren Vorschlag mit Beifall begrüßt; es handelte sich um die Rettung ihrer Brüder, die Schotten waren wie sie, und Lord Glenarvan stimmte herzlich in das Hurra ein, welches sie der Dame von Luß zuriefen.

Als die Fahrt beschlossen war, wurde auch keine Stunde versäumt. Noch an demselben Tage ließ Lord Glenarvan an John Mangles den Befehl ergehen, den *Duncan* nach Glasgow zu bringen, und Vorbereitungen zu einer Reise in die Südsee zu treffen, woraus eine Weltumsegelung werden konnte. Übrigens hatte Lady Helena, als sie den Vorschlag machte, dem *Duncan* nicht zuviel zugetraut; es war ein äußerst solide gebauter Schnelldampfer, der eine weite Reise ohne Gefahr aushalten konnte.

Es war ein Prachtstück von Dampf-Jacht, von zweihundertundzehn Tonnen, während die ersten Schiffe der Entdekker der neuen Welt, Kolumbus, Vespucci, Pinzon, Magellans, weit geringeren Gehalt hatten.*

Der Duncan hatte zwei Maste: einen Fockmast mit Segel, Goelette-Focksegel, kleinem Marssegel und kleinem Bramsegel; einen großen Mast mit Brigantine und Spitze; ferner einem Vorstagsegel, einem großen und kleinen Klüver mit Stagsegeln. Sein Segelwerk war tüchtig, und er konnte den Wind wie ein einfacher Klipper benutzen; aber vor allem, er konnte sich auf die Kraft der Maschine in seinem Schoße verlassen. Dieselbe hatte hundertundsechzig Pferdekraft und war nach einem neuen System gebaut, mit Vorrichtungen zum Steigern der Hitze, wodurch der Dampf eine größere Spannkraft bekam; es war eine Hochdruckmaschine mit doppelter Schraube. Der Duncan konnte mit voller Dampfkraft jede bisher erzielte Schnelligkeit überbieten. In der Tat hatte er bei seiner Probefahrt im Golf des Clyde, nach Ausweis des Patent-Log**, bis zu siebenzehn Meilen*** in der Stunde zurückgelegt. Demnach war er tüchtig genug, ohne weiteres abzufahren, die Reise um die Welt zu unternehmen. John Mangles brauchte nur noch für die Beschaffung der Vorräte zu sorgen.

---

*Chr. Kolumbus unternahm seine vierte Fahrt mit vier Schiffen. Das größte, die Kapitänskaravelle, worauf Kolumbus fuhr, hielt siebzig Tonnen, das kleinste nur fünfzig. Es waren in der Tat nur Küstenfahrzeuge.

**So nennt man ein Instrument, das mittels Zeigern auf einem in Grade eingeteilten Kreis die Schnelligkeit des Fahrzeuges angibt.

***17 Meilen oder Knoten. Da die Seemeile 1 852 Meter enthält, so betragen 17 Meilen 8 franz. Meilen (lieues), von 4 Kilometer.

Vor allen Dingen ließ er die Vorratskammern größer machen, um so viel Kohlen als möglich einzunehmen, denn während der Fahrt ist's nicht leicht, sein Brennmaterial zu erneuern. In gleicher Weise sorgte er für die Mundvorräte, und John Mangles war vorsichtig genug, sich auf zwei Jahre mit Lebensmitteln zu versehen. An Geld fehlte es nicht, und es langte auch noch, eine Kanone anzuschaffen, die auf dem Vorderkastell der Jacht angebracht wurde; man wußte nicht, was vorfallen konnte, und es ist immer gut, wenn man imstande ist, einen Achtpfünder vier Meilen weit zu schleudern.

John Mangles, muß man gestehen, verstand sich auf sein Geschäft; hatte er auch nur eine Vergnügungsjacht zu kommandieren, so war er doch einer der besten Schiffsmeister von Glasgow; er stand im dreißigsten Jahre und hatte etwas derbe Züge, die jedoch von Mut und Güte zeugten. Er war im Schlosse geboren, von der Familie Glenarvan auferzogen, und zum vortrefflichen Seemann gebildet. John Mangles hatte bei weiten Seefahrten schon öfters Beweise von Geschicklichkeit, Tatkraft und kaltem Blut gegeben. Als ihm Lord Glenarvan das Kommando des Duncan anbot, nahm er es sehr gerne an, denn er liebte den Herrn von Malcolm-Castle wie einen Bruder, und suchte, obwohl er bisher noch nicht mit ihm zusammengetroffen, Gelegenheit, sich für ihn aufzuopfern.

Der Unterkommandant, Tom Austin, war ein alter Seemann, der alles Vertrauen verdiente; die Bemannung des Duncan zählte mit Einschluß des Kapitäns und seines Stellvertreters fünfundzwanzig Köpfe. Sie gehörten alle der Grafschaft Dumbarton an, lauter erprobte Seemänner, Söhne von Lehnträgern der Familie, und bildeten an Bord des Schiffes einen echten altschottischen Stamm wackerer Leute, denen nicht einmal der herkömmliche Dudelsack fehlte. Lord Glenarvan hatte da eine Schar guter Untertanen bei sich, die ihres Gewerbes froh waren, ergeben, mutig, tüchtig in Waffenführung und im Matrosendienst, und fähig, ihn bei den kühnsten Unternehmungen zu begleiten. Als die Mannschaft des Duncan erfuhr, wohin die Fahrt gerichtet war, konnte sie ihre freudige Bewegung nicht unterdrücken, und das Echo der

Felsen von Dumbarton hallte von begeisterten Hurrarufen wieder.

Während John Mangles in voller Beschäftigung war, sein Schiff auszurüsten und zu versehen, vergaß er nicht, die Gemächer des Lords und der Lady Glenarvan für eine weite Fahrt einzurichten. Ebenso mußte er für die Kinder des Kapitän Grant Kämmerchen herrichten, denn die Lady hatte Mary die Erlaubnis, sie an Bord des Duncan zu begleiten, nicht versagen können.

Was Robert betrifft, so wäre der lieber in den untersten Schiffsraum gekrochen, als daß er nicht mitgefahren wäre. Hätte er, wie Nelson und Franklin, als Schiffsjunge dienen müssen, er wäre auf dem Duncan mitgefahren. Solch einem Jungen konnte man nicht widerstehen. Man versuchte es auch nicht. Selbst das mußte man ihm nachgeben, daß er nicht als Passagier mitfuhr, denn er wollte Dienste verrichten, als Schiffsjunge, Lehrling oder Matrose. John Mangles wurde beauftragt, ihn das Seemannsgeschäft zu lehren.

»Gut«, sagte Robert, »und er verschone mich nicht mit der Peitsche, wenn ich es nicht recht mache!«

»Laß das nur gut sein, lieber Junge«, erwiderte Glenarvan mit ernster Miene, und ohne beizufügen, daß die neunschwänzige Katze hier nicht Brauch und an Bord des Duncan auch völlig überflüssig war.

Die Passagierliste vollständig zu geben, ist nur noch der Major MacNabbs zu nennen. Der Major war ein Fünfziger von ruhiger, gesetzter Haltung, der hinging, wo man's haben wollte, eine vortreffliche, tüchtige Natur, bescheiden, schweigsam, friedlich und sanft; stets einstimmig mit jedem über jeden Gegenstand, widersprach er nicht, disputierte nicht, wurde nicht auffahrend; ebenso ruhig, wie die Treppe zu seinem Schlafzimmer hinauf, betrat er die Böschung eines Walles, wenn Bresche geschossen wurde, ließ sich durch nichts in der Welt in Verlegenheit, niemals außer Fassung bringen, nicht einmal durch eine Kanonenkugel, und gewiß wird er noch bis zu seinem Tode nicht mehr in Zorn zu bringen sein. Dieser Mann besaß in hohem Grade nicht allein den gewöhnlichen Mut des Schlachtfeldes, die physische, nur auf Muskelstärke beruhende Tapferkeit, sondern mehr noch, moralischen Mut, d. h. Stärke der Seele. Hatte er einen Fehler, so bestand er darin, daß er von Kopf bis zu den Füßen durch und durch Schotte war, ein echter Kaledonier, der hartnäckig an den alten Gebräuchen seines Landes hing. Darum wollte er auch nie in englischen Kriegsdienst treten, und erwarb sich seinen Majorsgrad im zweiundvierzigsten Regiment, der schwarzen Garde-Hochländer, die nur aus schottischen Edelleuten bestand. Als Verwandter der Familie Glenarvan hatte MacNabbs seine Stelle im Schloß Malcolm, als Major fand er es ganz natürlich, daß er zu den Passagieren des Duncan gehörte.

Diese Personen also befanden sich auf der Jacht, welche durch unvorhergesehene Umstände die Bestimmung erhielt, eine der merkwürdigsten Reisen der Neuzeit auszuführen. Seit ihrer Ankunft am Dampfboot-Kai zu Glasgow hatte sie die Neugierde des Publikums allein auf sich gezogen; täglich wurde sie von einer zahllosen Menge besucht; man hatte nur für sie Interesse, sprach nur von ihr, zu großem Ärger der andern Kapitäne im Hafen, unter anderm des Kapitäns Burton, Kommandant des prachtvollen Dampfboots »Scotia«, der neben dem Duncan ankerte und nach Kalkutta zu fahren im Begriff war. In Betracht seiner Größe konnte die Scotia den Duncan wie ein bloßes Küstenboot ansehen. Dennoch zog die Jacht des Lord Glenarvan alles Interesse auf sich, und das wuchs täglich.

In der Tat rückte der Zeitpunkt der Abfahrt heran: Kapitän Mangles erwies sich rührig und geschickt. Einen Monat nach seiner Probefahrt im Golf von Clyde war der Duncan völlig hergerichtet, mit Vorräten und Lebensmitteln versehen, imstande in See zu gehen. Die Abfahrt wurde auf den 25. August gesetzt, wodurch es der Yacht möglich ward, gegen den Anfang des Frühlings in die südlichen Gegenden zu gelangen.

Es fehlte nicht, daß dem Lord Glenarvan, sobald sein Vorhaben bekannt wurde, manche Bemerkungen über die Beschwerden und Gefahren der Reise gemacht wurden; aber er beachtete sie nicht im mindesten und rüstete sich zur Abreise.

pannt wurden.

)ie Passagiere der Jacht waren in stille Betrachtung der cheinung des strahlenden Gestirns versunken.

Welch wunderbarer Anblick!« sagte endlich Lady He-. »Das gibt einen schönen Tag. Wenn nur der Wind gün bleibt, um den Lauf des Duncan zu fördern.«

Einen besseren könnte man sich nicht wünschen, liebe ena«, erwiderte Lord Glenarvan, »und wir haben uns t über diesen Anfang der Reise zu beklagen.«

Wird die Überfahrt lange dauern, lieber Edward?«

Die Antwort darauf hat Kapitän John zu geben. Fahren gut, John? Sind Sie mit Ihrem Schiff zufrieden?«

Sehr wohl, Ew. Herrlichkeit«, erwiderte John; »es ist vor-lich gebaut, und das fühlt ein Seemann gerne unter sei- Füßen. Nirgends findet man Rumpf und Maschine in erem Verhältnis; auch sehen Sie, wie flach das Kielwas-ler Jacht ist, und wie leicht sie über die Wogen gleitet. fahren siebzehn Meilen die Stunde. Wenn diese Schnel-it andauert, so werden wir binnen zehn Tagen die Linie ieren, und vor Ablauf von fünf Wochen werden wir das Hoorn umfahren haben.«

ie hören, Mary«, fuhr Lady Helena fort, »vor Ablauf fünf Wochen!«

a, gnädige Frau«, erwiderte das Mädchen, »ich habe es t, und mein Herz klopfte sehr bei den Worten des Kapi-«

nd wie vertragen Sie die Seefahrt, Miß Mary?« fragte Glenarvan.

iemlich gut, Mylord, und ohne viel Beschwerden. Übri- werde ich mich rasch daran gewöhnen.«

nd unser junger Robert?«

! Robert«, erwiderte John Mangles, »steckt der nicht in laschine, so hockt er auf einem Mastbaum. Ich glaube, nge macht sich lustig über die Seekrankheit. Und sehen)ort oben?«

f eine Handbewegung des Kapitäns wendeten sich alle e nach dem Fockmast, und jeder konnte sehen, wie der an den Toppenanten der Bramstange hing, hundert

Auch tadelten ihn viele, welche ihn aufrichtig bewunderten. Doch die öffentliche Meinung erklärte sich unumwunden zugunsten des schottischen Lords, und alle Journale, mit Ausnahme der Regierungsorgane, tadelten einstimmig das Verhalten der Kommissare bei dieser Gelegenheit. Übrigens war Lord Glenarvan für das Lob ebensowenig empfänglich, wie für den Tadel; er tat seine Pflicht und kümmerte sich sonst um nichts.

Am 24. August verließen Glenarvan, Lady Helena, der Major MacNabbs, Mary und Robert Grant, Mr. Olbinett, Proviantmeister der Jacht, und seine Frau Mrs. Olbinett, welche zur Bedienung der Lady Glenarvan gehörte, Malcolm-Castle nach rührendem Abschied von der Dienerschaft. Einige Stunden nachher waren sie an Bord eingerichtet. Die Bewohner Glasgows zollten Lady Helena, der jungen mutigen Frau, welche auf die ruhigen Freuden eines reichen Lebens verzichtete, um Schiffsbrüchigen Beistand zu leisten, teilnehmende Bewunderung.

Die Gemächer Lord Glenarvans und seiner Gemahlin nahmen im Hinterverdeck des Duncan den ganzen hinteren Raum ein; sie bestanden aus zwei Schlafzimmern, einem Salon und zwei Ankleidekabinetten; sodann befand sich darin ein gemeinsamer viereckiger Raum, umgeben von sechs Kabinen, von welchen fünf für Mary und Robert Grant, Herrn und Frau Olbinett und den Major MacNabbs bestimmt waren. Die Kabinen John Mangles' und Tom Austins befanden sich im Hintergrund und hatten einen Aufgang zum Oberverdeck. Die Mannschaft war im Zwischenverdeck untergebracht, und sehr bequem, denn die Jacht führte keine andere Ladung als Kohlen, Mundvorräte und Waffen. Es hatte daher dem Kapitän nicht an Platz gemangelt für die weiteren Vorräte und Bedürfnisse; und John Mangles hatte ihn gut benutzt.

Die Abfahrt des Duncan war auf die Nacht vom 24. zum 25. August festgesetzt, beim Beginn der Ebbe um drei Uhr. Zuvor jedoch waren die Bewohner Glasgows Zeugen einer rührenden Zeremonie. Um acht Uhr abends begaben sich Lord Glenarvan und seine Gäste, die gesamte Bemannung vom Heizer bis zum Kapitän, alle, welche an dieser opferwilligen Reise sich beteiligen sollten, von der Jacht wieder ans Land in die Kathedrale Glasgows, zu St. Mungo. Diese uralte, zur Zeit der Reformation von Zerstörung verschonte Kirche, welche Walter Scott so wundervoll beschrieben hat, nahm die Passagiere und Seeleute des Duncan in ihren massiven Hallen auf. Eine zahllose Volksmenge fand sich ein. Hier im Hauptschiffe, das voll Gräber ist wie ein Kirchhof, flehte der ehrwürdige Morton den Segen des Himmels an und empfahl die Unternehmung der Obhut der Vorsehung. Einen Augenblick vernahm man auch die Stimme der Mary Grant, welche in der alten Kirche sich zum Gebet erhob. Das Mädchen flehte für seine Wohltäter und vergoß im Angesicht Gottes innige Tränen der Dankbarkeit. Darauf trennte sich die Versammlung, von tiefer Rührung ergriffen.

Um elf Uhr befand sich wieder ein jeder an Bord. John Mangles traf mit seinen Leuten die letzten Vorbereitungen.

Um zwölf Uhr wurden die Feuer angezündet; der Kapitän befahl, tüchtig zu heizen, und bald sah man schwarze Rauchsäulen emporsteigen, um sich mit dem nächtlichen Nebel zu vermischen. Die Segel des Duncan hatte man in der leinenen Umhüllung, welche sie gegen den Kohlenschmutz verwahren sollten, sorgfältig befestigt, denn der wehende Südwest war der Fahrt nicht förderlich.

Um zwei Uhr fing der Duncan an, beim Sieden der Kessel zu zischen; das Manometer zeigte einen Druck von vier Atmosphären; der überflüssige Dampf zischte pfeifend durch die Klappen; die Flut war auf ihrem Höhestand; man konnte schon im Tageslicht das Fahrwasser des Clyde zwischen den Baken und Biggings * erkennen, deren Leuchtfeuer beim Tagesgrauen allmählich erloschen. Alles war zur Abfahrt fertig.

John Mangles meldete es Lord Glenarvan, der sogleich aufs Verdeck kam.

Alsbald wurde die Ebbe merklich; der Duncan pfiff mächtig in die Lüfte, lichtete die Anker und machte sich von den Schiffen der Umgebung los; die Schraubenwinde wurde in Bewegung gesetzt und brachte die Jacht ins Fahrwasser des

*Kleine Steinhügel zur Bezeichnung des Fahrwassers.

Flusses. John hatte sich keinen Lootsen gen
erfahrener Pilot hätte sein Schiff besser ge
Zeichen, und die Jacht setzte sich in Bewe
und sicher, die Linke am Steuerruder, gab
der Maschine seine Befehle. Bald sah ma
Hüttenwerke die hier und da auf den Hüg
ses emporragenden Villen, und das Geräus
sich in der Entfernung.

Eine Stunde nachher fuhr der Duncan
Dumbarton vorüber; zwei Stunden später
Golf des Clyde; um sechs Uhr früh umfuh
von Cantyre, verließ den Nord-Kanal und
fenen Ozean.

Sechstes Kapitel

Der Passagier der Kabine

Während dieses ersten Tages der Fahrt
hohl, und abends erhob sich ein frische
wurde stark geschüttelt; die Damen ers
nicht auf dem Verdeck, sondern blieben
lagert, und taten wohl daran.

Aber am folgenden Tage drehte sich
der Kapitän John ließ das Focksegel, di
Marssegel aufziehen; so bekam der Du
gen die Wogen und wurde weniger de
die Seiten oder nach der Länge unter
und Mary Grant konnten schon vom f
dem Verdeck erscheinen, um die Ges
des Majors und des Kapitäns zu teilen
war prachtvoll. Das Tagesgestirn erhol
Ruolz vergoldeten Scheibe aus dem Oz
ermeßlichen voltaischen Bad empor.
glänzender Bestrahlung dahin, und m
sagen, daß seine Segel unterm Beista

Fuß in der Luft. Mary fuhr unwillkürlich zusammen.

»O! Beruhigen Sie sich, Miß«, sagte John Mangles, »ich stehe für ihn, und ich verspreche Ihnen, in kurzem dem Kapitän Grant ihn als einen famosen Schiffsjungen vorzustellen, und wir werden ihn auffinden, den würdigen Kapitän!«

»Der Himmel erhöre Sie, Herr John!« erwiderte das Mädchen.

»Mein liebes Kind«, fuhr Lord Glenarvan fort, »bei allem ist etwas von göttlicher Fügung, das muß uns Zuversicht geben. Wir bestimmen nicht die Fahrt, man leitet uns. Wir suchen nicht, man führt uns. Und dann, sehen Sie alle diese wackeren Leute, die für eine so schöne Sache in Dienst getreten sind. Wir werden nicht allein den Zweck unserer Unternehmung erreichen, sondern ohne Schwierigkeit sie vollführen. Ich habe Lady Helena eine Vergnügungsreise versprochen, und irre ich nicht sehr, so werd' ich mein Wort halten.«

»Edward«, sagte Lady Glenarvan, »du bist unter den Männern der trefflichste.«

»Durchaus nicht, sondern ich habe die trefflichste Mannschaft auf dem trefflichsten Schiffe. Bewundern Sie nicht unsern Duncan, Miß Mary?«

»Gewiß, Mylord«, entgegnete das Mädchen, »bewundere ich ihn, weil ich mich darauf verstehe.«

»Ei! Wirklich!«

»Als kleines Kind hab' ich auf den Schiffen meines Vaters gespielt; er hätte einen Seemann aus mir machen sollen, und im Notfall wäre ich vielleicht nicht in Verlegenheit, wenn ich ein Reef zu binden oder ein Bindseil zu flechten hätte.«

»Ei! Miß, was sagen Sie da?« rief John Mangles.

»Wenn Sie so sprechen«, fuhr Lord Glenarvan fort, »so werden Sie bald den Kapitän Mangles zum großen Freund haben, denn er hält auf nichts in der Welt soviel, als auf den Seemannsstand, selbst bei einer Frau! Nicht wahr, John?«

»Ganz gewiß, Ew. Herrlichkeit«, erwiderte der junge Kapitän, »doch gestehe ich zu, daß Miß Grant auf dem Hinterverdeck mehr an ihrem Platz ist, als wenn sie Segel an die Masten zu binden hätte; darum ist mir es aber doch sehr schmeichelhaft, so reden zu hören.«

»Und zumal, wenn sie den Duncan bewundert«, erwiderte Glenarvan.

»Der es auch wohl verdient«, erwiderte John Mangles.

»Wahrhaftig«, sagte Lady Helena, »weil Sie so stolz auf Ihre Jacht sind, machen Sie mir Lust, sie bis auf den untersten Raum zu besuchen, und zu sehen, wie unsere braven Matrosen im Zwischendeck eingerichtet sind.«

»Ganz vortrefflich«, erwiderte John; »sie sind da wie zu Hause.«

»Und sie sind auch in Wahrheit da zu Hause, liebe Helena«, sagte Lord Glenarvan. »Diese Jacht gehört zu unserm Alt-Kaledonien! Sie ist ein abgetrenntes Stück der Grafschaft Dumbarton, das durch besondere Fügung dahinschwimmt, so daß wir unsere Heimat gar nicht verlassen haben! Der Duncan ist das Schloß Malcolm, der Ozean ist der Lomondsee.«

»Nun denn, lieber Edward, besehen wir uns das Schloß«, erwiderte Lady Helena.

»Zu Ihrem Befehl, Madame«, sagte Glenarvan, »aber zuvor muß ich doch mit Olbinett sprechen.«

Der Proviantmeister der Jacht war ein ausgezeichneter Haushofmeister, ein Schotte, der seiner Tüchtigkeit wegen verdiente, Franzose zu sein; übrigens wartete er seines Dienstes mit Eifer und Einsicht. Er erschien auf seines Herrn Befehl.

»Olbinett, wir wollen vor dem Frühstück einen Gang machen«, sagte Glenarvan, als handelte sich es um einen Spaziergang nach Tarbet oder an den See Katrine; »ich hoffe, wir finden bei unserer Rückkehr die Tafel gedeckt.«

Olbinett verbeugte sich mit Würde.

»Begleiten Sie uns, Major«, sagte Lady Helena.

»Wenn Sie befehlen«, erwiderte MacNabbs.

»O!« sagte Lord Glenarvan, »der Major ist von den Wolken seiner Zigarre umhüllt; denen muß man ihn nicht entreißen; denn, Miß Mary, ich versichere Sie, ’s ist ein unermüdlicher Raucher. Er raucht selbst im Schlaf.«

Der Major machte ein Zeichen der Zustimmung, und Lord Glenarvans Gäste begaben sich ins Zwischendeck.

Mac Nabbs blieb also allein und sprach mit sich selbst, hüllte sich, nach seiner Gewohnheit, worin er sich nie widersprach, in noch dichtere Wolken; unbeweglich blickte er rückwärts in das Kielwasser der Jacht.

Nachdem er es einige Minuten stumm angeschaut, wendete er sich um und sah sich einer unbekannten Person gegenüber. Hätte ihn je etwas in Staunen versetzen können, so wäre der Major über diese unerwartete Erscheinung betroffen geworden, denn es war ein durchaus fremder Passagier.

Dieser große, dürre und magere Mann mochte etwa vierzig Jahre alt sein; er glich einem langen Nagel mit großem Kopf; sein Kopf war in der Tat breit und stark, mit hoher Stirn, langer Nase, großem Mund. Seine Augen waren durch eine große runde Brille verdeckt, und sein Blick schien die Tagblinden eigentümliche Unsicherheit zu haben. Seine Gesichtszüge ließen einen verständig gebildeten heiteren Mann erkennen; er hatte nicht die unfreundliche Miene jener würdigen Personen, die aus Grundsatz nie lachen, und deren Leerheit sich mit einer ernsten Maske deckt. Gar nichts von dem. Das Gehenlassen, die liebenswürdige Ungezwungenheit dieses Unbekannten gaben klar zu erkennen, daß er Menschen und Dinge von ihrer guten Seite zu nehmen verstand. Aber ohne daß er sprach, merkte man, daß er gerne sprach und überaus zerstreut war, wie Leute, die nicht sehen, was sie anschauen, und nicht auf das merken, was sie hören. Seine Kopfbedeckung bestand in einer Reisekappe, seine Fußbekleidung in starken, gelben Halbstiefeln und ledernen Gamaschen; er trug kastanienbraune, samtene Hosen, und von gleichem Stoff eine Jacke, deren zahlreiche Taschen mit Gedenkbüchern, Auszügen, Verzeichnissen, Brieftaschen und tausend so hinderlichen wie unnützen Dingen vollgestopft waren, zu schweigen von einem Fernrohr, das er an einem Bandgehänge über den Schultern trug.

Die Beweglichkeit dieses Unbekannten stach merkwürdig gegen die ruhige Behaglichkeit des Majors ab; er machte sich um MacNabbs herum zu schaffen, sah ihn an, fragte ihn mit den Augen, ohne daß es diesen kümmerte, zu wissen, woher er kam, wohin er ging, weshalb er sich an Bord des Duncan befand.

Als dieser rätselhafte Mann seine Bemühungen am Phlegma des Majors scheitern sah, nahm er sein Fernrohr, das, wenn man es völlig auseinanderzog, vier Fuß lang war, und richtete es, unbeweglich, mit gespreizten Beinen, gleich einem Wegweiser an der Landstraße, auf die Linie des Horizonts, wo Himmel und Wasser aneinandergrenzen; nachdem er fünf Minuten Untersuchungen angestellt, senkte er seinen Tubus mit dem einen Ende auf den Boden und stützte sich darauf, als sei es ein Bambusstock; aber alsbald schoben sich die Abteilungen übereinander zusammen, und der neue Passagier, dem plötzlich der Stützpunkt gebrach, wäre beinahe der Länge nach neben dem Hauptmast zu Boden gefallen.

An des Majors Stelle hätte ein anderer wenigstens gelächelt.

Der Major verzog keine Miene. Der Unbekannte faßte es anders an.

»Stewart«, rief er mit einem Ton, woran der Ausländer zu erkennen war. Er wartete. Niemand erschien.

»Stewart«, rief er abermals, noch lauter.

In dem Augenblicke ging Herr Olbinett vorüber, indem er sich in die Küche begab, die unter dem Vorderkastell lag. Er erstaunte höchlich, daß der große Mensch, den er gar nicht kannte, ihn so anrief.

»Wo kommt diese Person her?« sprach er bei sich. »Unmöglich ist es ein Freund des Lord Glenarvan.«

Doch begab er sich aufs Hinterverdeck und trat zu dem Fremden.

»Sie sind der Stewart des Schiffes?« fragte dieser.

»Ja, mein Herr«, erwiderte Olbinett, »aber ich habe nicht die Ehre . . .«

»Ich bin der Passagier aus der Kabine Nummer 6.«

»Nummer 6?« wiederholte der Stewart.

»Jawohl. Und wie heißen Sie? . . .«

»Olbinett.«

»Nun denn, mein Freund Olbinett«, erwiderte der Fremde aus der Kabine Nr. 6, ich muß ans Frühstück denken, und zwar lebhaft. Seit sechsunddreißig Stunden hab' ich nicht ge-

gessen, ja nicht einmal geschlafen, was einem Menschen nachzusehen ist, der in einem Zug von Paris nach Glasgow gereist ist. Um wieviel Uhr kann man frühstücken, wenn's beliebt?«

»Um neun«, erwiderte Olbinett mechanisch.

Der Fremde wollte auf seine Uhr sehen, aber das kostete geraume Zeit, denn sie fand sich erst in seiner neunten Tasche.

»Gut«, sagte er, »'s ist noch nicht acht. Nun denn, Olbinett, ein Zwieback und ein Glas Sherry, um abzuwarten, denn ich bin erschöpft zum Hinsinken.«

Olbinett hörte, verstand ihn aber nicht; übrigens sprach der Fremde in einem fort, und sprang mit größter Gewandtheit von einem Gegenstand auf den andern über.

»Ei, wo ist denn der Kapitän? Noch nicht aufgestanden! Und sein Stellvertreter? Schläft er ebenfalls noch? Es ist zum Glück gutes Wetter, der Wind günstig, und das Schiff kann allein fahren . . .«

Eben, bei diesen Worten, erschien John Mangles auf der Treppe des Hinterverdecks.

»Hier ist der Kapitän«, sagte Olbinett.

»Ah! Freut mich unendlich«, rief der Unbekannte, »unendlich, Kapitän Burton, Ihre Bekanntschaft zu machen!«

Ward je ein Mensch betroffen, so war's gewiß John Mangles, nicht allein, daß man ihn Kapitän Burton nannte, sondern daß er diesen Fremden an seinem Bord sah.

Der andere fuhr lebhaft fort:

»Erlauben Sie mir, Ihre Hand zu drücken, und wenn ich's nicht gestern abend tat, geschah's, weil man im Moment der Abfahrt niemand stören darf. Aber heute, Kapitän, bin ich herzlich froh, mit Ihnen bekanntzuwerden.«

John Mangles machte große Augen, indem er bald Olbinett, bald den neuen Ankömmling ansah.

»Nun«, fuhr jener fort, »bin ich Ihnen vorgestellt, lieber Kapitän, und wir sind gute Freunde. Plaudern wir, und sagen Sie mir, ob Sie mit der Scotia zufrieden sind?«

»Was meinen Sie mit der Scotia?« sagte endlich John Mangles.

»Ei, der Scotia, auf welcher wir fahren, ein gutes Schiff, dessen physische Vorzüge man mir ebenso gerühmt hat, als die moralischen seines Kommandanten, des wackeren Kapitäns Burton. Sind Sie vielleicht mit dem großen Afrika-Reisenden dieses Namens verwandt? Ein kühner Mann. Meinen Gruß also!«

»Mein Herr«, fuhr John Mangles fort, »ich bin nicht nur nicht ein Verwandter des Reisenden Burton, sondern auch nicht der Kapitän Burton.«

»Ei!« sagte der Unbekannte, »so hab' ich mich also an dessen Stellvertreter, Herrn Burdness, gewendet?«

»Herr Burdness?« erwiderte John Mangles, indem er zu ahnen anfing, wie sich die Sache verhielt. Nur stellte er sich die Frage, ob er es mit einem Narren oder einem Tölpel zu tun habe, und er war im Begriff, sich darüber kategorisch auszusprechen, als Lord Glenarvan, seine Gemahlin und Miß Grant auf das Verdeck zurückkamen.

Der Fremde rief, als er sie gewahrte:

»Ei! Passagiere! Passagiere! Vortrefflich. Ich hoffe, Herr Burdness, Sie werden mich vorstellen.«

Und ohne John Mangles Vermittlung abzuwarten, trat er ganz ungeniert vor und sprach:

»Madame« zu Miß Grant, »Miß« zu Lady Helena, »mein Herr« zu Lord Glenarvan ...

»Lord Glenarvan«, sagte John Mangles.

»Mylord«, fuhr der Unbekannte fort, »ich bitte um Verzeihung, daß ich mich selbst vorstellte; aber auf der See muß man es wohl mit der Etikette nicht so genau nehmen; ich hoffe, wir werden schnell bekanntwerden, und in Gesellschaft dieser Damen wird die Fahrt auf der Scotia uns so kurz wie angenehm vorkommen.«

Lady Helena und Miß Grant konnten kein Wort zur Antwort finden. Sie verstanden kein Wort von dem, was der Eindringling sprach.

»Mein Herr«, sagte darauf Lord Glenarvan, »mit wem hab' ich die Ehre zu sprechen?«

»Mit Jakob Eliacin Franz Maria Paganel, Sekretär der geographischen Gesellschaft zu Paris, korrespondierendem Mitglied der Gesellschaften zu Berlin, Bombay, Darmstadt, Leipzig, London, Petersburg, Wien, New York, Ehrenmitglied des königlichen geographischen und ethnographischen Instituts für Ostindien; nachdem ich zwanzig Jahre lang Geographie im Zimmer studiert habe, wollte ich sie im Leben treiben, bin ich auf dem Weg nach Indien, um daselbst die Arbeiten der großen Reisenden miteinander zu verknüpfen.«

Siebtes Kapitel

Woher kommt und wohin geht Jakob Paganel?

Der Sekretär der geographischen Gesellschaft mußte wohl eine liebenswürdige Person sein, denn dies alles wurde mit viel Grazie gesprochen. Lord Glenarvan wußte übrigens genau, mit wem er es zu tun hatte; der Name und die Verdienste J. Paganels waren ihm wohl bekannt; durch seine geographischen Arbeiten, seine in den Zeitschriften der Gesellschaft veröffentlichten Berichte über die neuesten Entdekkungen, seine Korrespondenz mit der ganzen Welt, war er einer der ausgezeichnetsten Gelehrten Frankreichs. Darum reichte auch Glenarvan seinem unerwarteten Gast herzlich die Hand.

»Und jetzt, da wir einander vorgestellt sind«, fügte er hinzu, »gestatten Sie mir, Herr Paganel, eine Frage an Sie zu richten.«

»Zwanzig Fragen, Mylord«, erwiderte Jakob Paganel; »es wird mir stets ein Vergnügen sein, mich mit Ihnen zu unterhalten.«

»Vorgestern abend sind Sie an Bord dieses Schiffes gekommen?«

»Ja, Mylord, vorgestern abend um acht Uhr. Ich bin in einem Wagen von der kaledonischen Eisenbahn hergeeilt, und flugs aus dem Wagen in die Scotia, wo ich mir zu Paris die Kabine Nr. 6 bestellt hatte. Es war dunkle Nacht, und ich sah niemanden an Bord. Da ich nun von der dreißigstündigen

Reise ermüdet war und gehört hatte, um die Seekrankheit zu bestehen, sei es gut, bei der Ankunft auf dem Schiffe sogleich zu Bette zu gehen und die ersten Tage der Reise nicht aufzustehen, so begab ich mich augenblicklich zu Bette und habe sechsunddreißig Stunden gewissenhaft geschlafen, das bitte ich zu glauben.«

Nun wußten Jakob Paganels Zuhörer, wie er an Bord gekommen war.

Der französische Reisende hatte sich in Hinsicht des Schiffes geirrt, und war, während die Mannschaft des Duncan der Zeremonie zu Sankt-Mungo beiwohnte, an Bord gekommen. Jetzt war alles klar. Aber was hatte nun der gelehrte Geograph zu sagen, als er den Namen und die Bestimmung des Schiffes erfuhr, dessen Passagier er war?

»Also, Herr Paganel«, sagte Glenarvan, »Sie haben Kalkutta zum Ausgangspunkt Ihrer Reisen bestimmt?«

»Ja, Mylord. Indien zu sehen, ist mein Lebtag mein Lieblingsgedanke gewesen; der schönste Traum meines Lebens, der sich endlich in der Heimat der Elefanten verwirklichen soll.«

»Dann, Herr Paganel, wäre es Ihnen nicht gleichgültig, in ein anderes Land zu kommen?«

»Nein, Mylord, es wäre mir sogar unangenehm, denn ich habe Empfehlungen an den Generalgouverneur von Indien, Lord Sommerset, und habe einen Auftrag von der geographischen Gesellschaft zu erfüllen.«

»Ah! Einen Auftrag haben Sie?«

»Ja, eine nützliche und merkwürdige Reise zu versuchen, nach der Vorschrift meines gelehrten Freundes und Kollegen, des Herr Vivian de Saint-Martin. Es handelt sich in der Tat, dem Beispiel der Brüder Schlagintweit zu folgen, des Obersten Waugh, Webbs, Hodgsons, der Missionäre Hug und Gabet, Moorcrosts, Jules Remys und so mancher anderer berühmter Reisender. Ich will da, wo der Missionär Krick im Jahre 1846 unglücklicherweise scheiterte, zum Ziel kommen, kurz, den Lauf des Yarou-Dzangbo-Tchou, welcher fünfzehnhundert Kilometer weit am Fuße des nördlichen Himalaya durch Tibet fließt, erforschen, daß man endlich weiß, ob nicht dieser Fluß im Nordosten Assams sich mit dem Brahmaputra vereinigt. Die goldene Medaille, Mylord, ist dem Reisenden zugesagt, dem es gelingt, so eine der wichtigsten geographischen Fragen Indiens zu lösen.«

Paganel strahlte. Er sprach mit prachtvoller Belebtheit. Er ließ sich auf raschen Flügeln der Fantasie davontragen. Man hätte ihn ebenso wenig einhalten können, als den Rhein bei Schaffhausen.

»Herr J. Paganel«, sagte nach einer kleinen Pause Lord Glenarvan, »das ist gewiß eine schöne Reise, und die Wissenschaft wird Ihnen dafür sehr dankbar sein; aber ich will Sie nicht länger in Ihrem Irrtum lassen, denn Sie müssen, für den Augenblick wenigstens, auf das Vergnügen, Indien zu sehen, verzichten.«

»Verzichten? Und warum?«

»Weil Sie der Indischen Halbinsel den Rücken zukehren.«

»Wie! Der Kapitän Burton . . .«

»Ich bin nicht der Kapitän Burton«, erwiderte John Mangles.

»Aber die Scotia?«

»Dies Fahrzeug ist nicht die Scotia!«

Paganels Erstaunen ging über alle Beschreibung. Er sah nacheinander Lord Glenarvan an, der stets ernst blieb, Lady Helena und Mary Grant, deren Züge betrübte Teilnahme erkennen ließen, John Mangles, der lächelte, und den Major, der keinen Zug änderte; dann hob er die Schultern; rückte seine Brille von der Stirn vor die Augen und rief:

»Welch ein Scherz!«

Aber in dem Augenblick fiel sein Blick auf das Rad des Steuers, worauf die Inschrift: Duncan – Glasgow – stand.

»Der Duncan! Der Duncan!« rief er in wahrer Verzweiflung aus. Darauf purzelte er die Treppe hinab und eilte auf seine Kabine zu.

Sowie der unglückliche Gelehrte das Hinterverdeck verlassen hatte, blieb kein Mensch an Bord, den Major ausgenommen, ernst; bis zu den Matrosen lachten alle. Den Bahnzug verwechseln! Gut! Nach Edinburgh anstatt nach Dumbarton zu reisen, geht noch an! Aber auf ein falsches Schiff geraten, nach Chili zu segeln, wenn man nach Indien will, das ist doch ein arges Stück von Zerstreuung.

»Übrigens wundert's mich nicht von seiten J. Paganels«, sagte Glenarvan; »man kennt mehr Beispiele solchen Mißgeschicks von ihm. Einmal hat er eine berühmte Karte von Amerika veröffentlicht, worauf sich Japan fand. Darum ist er aber doch ein ausgezeichneter Gelehrter und einer der besten Geographen Frankreichs.«

»Aber was werden wir mit dem armen Herrn anfangen?« sagte Lady Helena. »Wir können ihn doch nicht nach Patagonien mitnehmen.«

»Warum nicht?« erwiderte ernst MacNabbs; »wir sind für seine Zerstreutheiten nicht verantwortlich. Nehmen Sie an, er befinde sich auf der Eisenbahn in einem Zuge, würde man ihn anhalten?«

»Nein, aber auf der nächsten Station würde er aussteigen«, erwiderte Lady Helena.

»Nun, das kann er tun«, sagte Glenarvan, »wenn's ihm beliebt, bei unserm ersten Anhalt.«

In dem Augenblick kam Paganel in kläglicher Beschämung wieder auf das Hinterverdeck, nachdem er sich überzeugt hatte, daß sein Gepäck sich an Bord befand. Unaufhörlich wiederholte er die klagenden Worte: der Duncan! der Duncan! Es fand sich kein anderes in seinem Wörterbuch. Er ging hin und her, besah sich die Masten, befragte den stummen Horizont der offenen See. Endlich kam er wieder zu Lord Glenarvan.

»Und dieser Duncan fährt . . .?«

»Nach Amerika, Herr Paganel.«

»Und speziell? . . .«

»Nach Concepcion.«

»Nach Chili! Chili!« rief der unglückselige Geograph! »Und mein Auftrag ist nach Indien! Was werden dazu sagen die Herren Quatrefages, Präsident der Zentralkommission! Herr d'Avezac! Herr Cortambert! Herr de Saint-Martin! Wie kann ich wieder in die Sitzungen der Gesellschaft kommen!«

»Sehen wir, Herr Paganel«, erwiderte Glenarvan, »nur nicht verzweifelt! Es läßt sich alles machen, daß Sie nur eine verhältnismäßig unbedeutende Zögerung erfahren. Der Yarou-Dzangbo-Tchou wird in den Bergen Tibets stets auf Sie warten. Wir werden bald zu Madeira anlegen, wo Sie ein Fahrzeug treffen, das Sie wieder nach Europa zurückbringen wird.«

»Ich dank' Ihnen, Mylord, ich werde mich wohl darein ergeben müssen. Aber, muß man sagen, das ist doch ein außerordentliches Abenteuer, und nur mir passieren solche Dinge. Und meine Kabine ist an Bord der Scotia genommen!«

»Ei! Auf die Scotia rat' ich Ihnen, vorläufig zu verzichten.«

»Aber«, sagte Paganel, nachdem er von neuem das Fahrzeug gemustert, »der Duncan ist eine Vergnügungsjacht?«

»Ja, mein Herr«, erwiderte John Mangles, »und gehört Sr. Herrlichkeit, dem Lord Glenarvan.«

»Der Sie bittet, von seiner Gastfreundschaft reichlich Gebrauch zu machen«, sagte Glenarvan.

»Tausend Dank, Mylord«, entgegnete Paganel; »ich bin Ihnen für Ihre Höflichkeit herzlich verbunden; aber gestatten Sie mir eine einfache Bemerkung; Indien ist ein schönes Land; bietet den Reisenden wunderbare Überraschungen; diesen Damen ist's ohne Zweifel nicht bekannt . . . Nun, der Steuermann brauchte nur das Rad herumzudrehen, und der Duncan würde ebenso leicht nach Kalkutta fahren wie nach Concepcion, da er doch nur eine Vergnügungsreise macht . . .«

Das Kopfschütteln, womit Paganels Vorschlag aufgenommen wurde, gestattete ihm nicht, denselben weiter zu entwikkeln. Er brach daher plötzlich ab.

»Herr Paganel«, sagte darauf Lady Helena, »handelte sich's nur um eine Vergnügungsreise, so würde ich Ihnen antworten: Wir wollen zusammen nach Ostindien fahren, und Lord Glenarvan würde seine Zustimmung nicht versagen. Aber der Duncan beabsichtigt, verlassene Schiffbrüchige von der Küste Patagoniens wieder in ihre Heimat zu bringen, und einen solchen Zweck der Menschenliebe kann er nicht aufgeben . . .«

In einigen Minuten hatte der französische Reisende

Kenntnis von der Lage der Dinge; er vernahm nicht ohne Rührung, wie die Vorsehung es gefügt, daß die Dokumente gefunden wurden, die Geschichte des Kapitän Grant, den edelmütigen Vorschlag der Lady Helena.

»Madame«, sagte er, »gestatten Sie mir, Ihr Verhalten bei all diesem zu bewundern, rückhaltlos zu bewundern. Ihre Jacht möge ununterbrochen die Fahrt fortsetzen; ich würde mir Vorwürfe machen, sie um einen einzigen Tag aufzuhalten.«

»Wollen Sie sich uns zugesellen beim Aufsuchen?« fragte Lady Helena.

»Unmöglich, Madame. Ich muß meinen Auftrag erfüllen. Ich werde bei Ihrem ersten Anhaltepunkt aussteigen . . .«

»Zu Madeira also«, sagte John Mangles.

»Zu Madeira, gut. Da bin ich nur hundertachtzig Meilen von Lissabon und warte da die Mittel zur Überfahrt ab.«

»Nun, Herr Paganel«, sagte Glenarvan, »es soll nach Ihrem Wunsch geschehen, und ich meinesteils schätze mich glücklich, Ihnen einige Tage lang auf meinem Schiffe Gastfreundschaft bieten zu können. Lassen Sie sich unsere Gesellschaft nicht langweilig werden!«

»O! Mylord«, rief der Gelehrte, »ich fühle mich glücklich, auf so angenehme Weise mich geirrt zu haben. Demungeachtet ist's eine lächerliche Lage, sich nach Indien einzuschiffen und nach Amerika zu fahren!«

Trotz dieser traurigen Bemerkung fand sich Paganel in die unvermeidliche Verzögerung. Er zeigte sich liebenswürdig, munter und selbst zerstreut; er bezauberte die Damen durch seine gute Laune; noch vor dem Abend war er aller Freund. Auf seine Bitte wurde ihm das merkwürdige Dokument vorgelegt. Er studierte es sorgfältig lange, bis ins kleinste. Es schien ihm keine andere Auslegung möglich. An Mary Grant und ihrem Bruder nahm er den lebhaftesten Anteil. Er machte ihnen viel Hoffnung. Seine Art, wie er die Ereignisse ansah und dem Duncan unbestreitbaren Erfolg voraussagte, entlockte dem Mädchen ein Lächeln. Wahrhaftig, hätte er nicht den Auftrag gehabt, er hätte sich mit Eifer der Aufsuchung des Kapitäns angeschlossen!

Als er nun gar hörte, daß Lady Helena eine Tochter William Tuffnels war, konnte er nicht fertig werden, sie zu bewundern. Er war mit ihrem Vater persönlich bekannt. Was für ein kühner Gelehrter! Sie hatten Briefe gewechselt, als Tuffnel korrespondierendes Mitglied der Gesellschaft wurde! Er selbst hatte ihn Herrn Malte-Brun vorgestellt! Welch eine Fügung, und welches Vergnügen, mit der Tochter William Tuffnels zu reisen!

Endlich bat er Lady Helena um die Erlaubnis, sie zu umarmen. Lady Helena gestattete es, obschon es vielleicht etwas unpassend war.

Achtes Kapitel

Ein wackerer Mann mehr an Bord des Duncan

Unterdessen fuhr die Jacht, vom Nordwind begünstigt, mit reißender Schnelligkeit dem Äquator zu. Am 30. August bekam man die Madeiragruppe in Sicht. Glenarvan bot, seinem Versprechen gemäß, seinem neuen Gast an, zu halten, um ihn aussteigen zu lassen.

»Mein lieber Lord«, erwiderte Paganel, »ich will bei Ihnen unumwunden reden. Hatten Sie, ehe ich an Bord gekommen, die Absicht, zu Madeira anzulegen?«

»Nein«, sagte Glenarvan.

»Nun denn, gestatten Sie mir, aus den Folgen meiner unglückseligen Zerstreuung Nutzen zu ziehen. Madeira ist eine allbekannte Insel. Sie bietet einem Geographen nichts Interessantes dar. Man hat über diese Gruppe alles gesagt und geschrieben; zudem ist sie in Hinsicht des Weinbaues herabgekommen. Denken Sie, es gibt fast keinen Weinbau mehr zu Madeira. Die Weinernte, welche im Jahre 1813 zweiundzwanzigtausend Pipen* betrug, war im Jahre 1845 auf zweitausendsechshundertneunundsechzig herabgesunken; und gegenwärtig beläuft sie sich kaum auf fünfhundert! Das ist

*Ein Faß von fünfzig Hektoliter.

eine traurige Erscheinung. Wenn es Ihnen daher gleichviel ist, bei den Kanarien anzulegen . . .«

»So legen wir bei den Kanarien an«, erwiderte Glenarvan. »Sie liegen auf unserer Fahrt.«

»Ich weiß es, mein lieber Lord. Da sind, sehen Sie, drei Gruppen zu studieren, ohne vom Pic Teneriffa zu reden, den ich stets zu sehen wünschte. Bei der Gelegenheit kann es geschehen. Während ich ein Schiff abwarte, das mich nach Europa zurückbringt, will ich diesen berühmten Berg besteigen.«

»Nach Ihrem Belieben, mein lieber Paganel«, erwiderte Lord Glenarvan, der sich des Lächelns nicht erwehren konnte, und mit Recht. Denn die Kanarien sind gar nicht weit von Madeira entfernt, kaum zweihundertundfünfzig Meilen; ein Abstand, der für einen Segler wie den Duncan wenig ausmacht.

Am 31. August, nachmittags um zwei Uhr, spazierten John Mangles und Paganel auf dem Hinterverdeck. Der Franzose befragte seinen Genossen lebhaft über Chili; plötzlich unterbrach ihn der Kapitän und zeigte im Süden auf einen Punkt am Horizont.

»Herr Paganel?« sprach er.

»Lieber Kapitän«, erwiderte der Gelehrte.

»Richten Sie doch Ihre Blicke dorthin. Sehen Sie nichts? . . .«

»Nichts.«

»Sie schauen nicht an die rechte Stelle. Nicht am Horizont ist's, sondern drüber, in den Wolken.«

»In den Wolken? Ich mag suchen, wie ich will . . .«

»Sehen Sie, jetzt, am äußeren Ende des Bugspriets.«

»Ich sehe nichts.«

»Sie wollen nichts sehen. Wie dem auch sei, und sind wir auch noch vierzig Meilen entfernt, Sie verstehen mich, der Pic von Teneriffa ist über dem Horizont vollkommen sichtbar.«

Mochte Paganel sehen wollen oder nicht, einige Stunden später mußte er den Augenschein anerkennen, wollte er sich nicht für blind erklären.

»Sie erkennen ihn endlich?« sagte John Mangles.

»Ja, ja, vollständig«, erwiderte Paganel; »und das ist also«, fügte er in verächtlichem Ton bei, »das ist, was man den Pic von Teneriffa nennt?«

»Jawohl.«

»Er scheint nicht sehr hoch zu sein.«

»Doch immer ragt er elftausend Fuß über die Meeresfläche.«

»Dem Montblanc kommt das nicht gleich.«

»Möglich, aber sollten Sie ihn besteigen, würden Sie ihn vielleicht hoch genug finden.«

»O, ihn besteigen! Lieber Kapitän, zu welchem Zweck, bitte ich, nach Humboldt und Bonpland? Der Humboldt war doch ein großes Genie! Er hat den Berg bestiegen und davon eine Beschreibung geliefert, die nichts zu wünschen übrigläßt; er hat auf ihm die fünf Zonen erkannt: die des Weins, des Lorbeers, der Fichten, der Alpengewächse, und endlich die unfruchtbare Zone. Auf die Spitze seines Kegels hat er sogar seinen Fuß gesetzt und hatte da nicht einmal Platz, sich niederzusetzen. Von der Spitze des Berges hatte er einen Gesichtskreis so groß wie ein Viertel von Spanien. Hernach hat er den Vulkan bis in sein Innerstes besucht, ist zur Zeit, da sein Krater erloschen war, bis in den Grund desselben hinabgestiegen. Was soll ich nach einem so großen Manne noch dort tun, frage ich Sie?«

»Wirklich«, erwiderte John Mangles, »da gibt es auf den Kapverdischen Inseln keinen erheblichen Anlegepunkt?«

»Jawohl. Nichts leichter als zu Villa Praïa zu landen.«

»Ohne von einem Vorteil zu reden, der nicht zu unterschätzen ist«, versetzte Paganel, »nämlich daß diese Inseln nicht weit vom Senegal entfernt sind, wo ich Landsleute finden kann. Man sagt zwar, diese Gruppe sei wenig interessant, wild und ungesund; aber in den Augen des Geographen ist alles merkwürdig. Man muß zu sehen verstehen. Das verstehen manche nicht, und reisen dann mit so wenig Verstand wie ein Schaltier. Glauben Sie wohl, zu diesen gehöre ich nicht.«

»Nach Belieben, Herr Paganel«, erwiderte John Mangles;

»ich bin überzeugt, die Wissenschaft der Geographie wird durch Ihren Aufenthalt auf den Kapverdischen Inseln bereichert werden. Wir müssen dort anlegen, um Kohlen einzunehmen. Ihr Aussteigen wird uns daher keine Verzögerung veranlassen.«

Hierauf richtete er den Lauf so, daß man westlich von den Kanarien vorüberfuhr; der berühmte Pic wurde links gelassen, und der eiligst weitersegelnde Duncan durchschnitt am 2. September, um fünf Uhr früh, den Wendekreis des Krebses. Darauf änderte sich die Witterung. Es trat die Regenzeit ein mit ihrer schweren, feuchten Luft, eine Zeit, die den Reisenden unangenehm, aber den Bewohnern der afrikanischen Inseln nützlich ist, denn sie haben Mangel an Bäumen und folglich auch an Wasser. Das sehr unruhige Meer verhinderte die Passagiere, sich auf dem Verdeck aufzuhalten; aber die Unterhaltungen im gemeinschaftlichen Zimmer waren sehr belebt.

Am 3. September bereitete Paganel sein Gepäck zum baldigen Aussteigen vor. Der Duncan fuhr zwischen den Kapverdischen Inseln durch, vor der Salzinsel vorüber, die eine wahre Salzgrube, unfruchtbar und öde ist, längs ungeheuern Korallenbänken, ließ die Insel San Jago quer, welche von Norden nach Süden von einer Kette Basalthügel durchzogen ist, die mit zwei hohen Spitzen endigt. Darauf lief John Mangles in die Bai von Villa Praïa ein, und ankerte bald vor der Stadt bei acht Faden Tiefe. Es war entsetzliche Witterung und der Wellenschlag am Ufer äußerst heftig, obwohl die Bai gegen die Winde von der Seite her geschützt war. Der Regen fiel in Strömen und gestattete kaum, die Stadt zu sehen, welche auf einer terrassenförmigen Ebene lag, die sich am Strebepfeiler vulkanischer dreihundert Fuß hoher Felsen lehnt. Der Anblick der Insel durch diesen dichten Vorhang von Regen war entsetzlich.

Lady Helena mußte ihr Vorhaben, die Stadt zu sehen, aufgeben; das Einnehmen der Kohlen ging nur mit großen Schwierigkeiten vor sich. Die Passagiere des Duncan waren innerhalb des Hinterverdecks eingeschlossen, während Meer und Himmel ihre Gewässer in unaussprechlicher Verwirrung ch's Ihnen sagen, meine wackeren Freunde?« fuhr ganel fort, »es wird Ihnen lieb sein, wenn ich

Sie, Paganel«, erwiderte Glenarvan, »haben große ɔleiben.«

weiß Gott!« rief der gelehrte Geograph, »aber ich unbescheiden zu sein!«

Neuntes Kapitel

Die Magellansche Meerenge

:hte allgemeine Freude an Bord, als man Paganels ß vernahm. Der junge Robert fiel ihm mit den leb- Äußerungen um den Hals. Der würdige Sekretär nahe zu Boden gefallen. »Ein derber Junge«, sagte will ihn Geographie lehren.«

ı John Mangles es übernommen hatte, ihn zum See- machen, Glenarvan zu einem Manne von Herz, der n Kaltblütigkeit lehrte, Lady Helena Güte und Edel- y Grant Dankbarkeit gegen solche Lehrer, so war es Robert dereinst ein vollendeter Gentleman werden

ıncan nahm rasch seine Ladung Kohlen ein, verließ se traurigen Gegenden, gewann die Strömung nach ianischen Küste, und gelangte am 7. September mit t eines Nordwindes über den Äquator in die südli- isphäre.

berfahrt geschah also ohne Schwierigkeit. Jeder beste Hoffnung. Bei dieser Fahrt zur Aufsuchung tän Grant schien die Wahrscheinlichkeit täglich zu Einer der Zuversichtlichsten an Bord war der Kapi- es Vertrauen gründete sich hauptsächlich auf den der ihn beseelte, Miß Mary glücklich und getröstet . Er fühlte ganz besondere Teilnahme an diesem ; und er verbarg dieses Gefühl so wohl, daß, Mary

mischten. Die Witterung war natürlich an Bord der Hauptgegenstand der Unterhaltung. Jeder äußerte seine Meinung, mit Ausnahme des Majors, welcher mit vollständiger Gleichgültigkeit einer allgemeinen Überschwemmung zugesehen hätte. Paganel ging mit Kopfschütteln ab und zu.

»Es ist eine ausdrückliche Tatsache«, sprach er.

»Ganz gewiß«, erwiderte Glenarvan, »haben sich die Elemente wider Sie verschworen.«

»Doch werde ich ihrer Meister werden.«

»Einem solchen Regen können Sie nicht Trotz bieten.«

»Ich für meine Person, Madame, gewiß. Ich bin nur für mein Gepäck und die Instrumente besorgt. Alles wird zugrunde gehen.«

»Nur das Ausschiffen ist zu fürchten«, fuhr Glenarvan fort. »Sind Sie einmal zu Villa Praïa, so sind Sie da nicht übel aufgehoben; etwas unreinlich freilich: in Gesellschaft mit Affen und Schweinen, mit denen man nicht immer gern in Berührung kommt. Aber ein Reisender macht sich nicht viel daraus. Übrigens steht zu hoffen, daß Sie in sieben bis acht Monaten sich nach Europa einschiffen können.«

»Sieben bis acht Monate!« rief Paganel.

»Zum mindesten. Zur Regenzeit werden die Kapverdischen Inseln nicht stark besucht. Aber Sie können Ihre Zeit nützlich hinbringen. Diese Inselgruppe ist noch wenig bekannt; in Topographie, Klimatologie, Ethnographie, Hypsometrie ist da noch viel zu tun.«

»Da können Sie Flüsse erforschen«, sagte Lady Helena.

»Es gibt da keine, Madame«, erwiderte Paganel.

»Nun, dann Bäche?«

»Die gibt's auch nicht.«

»Den Lauf der Gewässer also?«

»Ebensowenig.«

»Gut«, sagte der Major, »so machen Sie sich an die Wälder.«

»Um Wälder zu haben, bedarf's der Bäume; aber Bäume gibt's da nicht.«

»Ein hübsches Land«, versetzte der Major.

»Trösten Sie sich, lieber Paganel«, sagte darauf Glenarvan; »Sie werden wenigstens Berge haben.«

»O! Die sind nicht hoch und wenig interessant, Mylord. Und übrigens ist darin nichts mehr zu tun.«

»Nichts zu tun!« sagte Glenarvan.

»Nein, und so geht's mir aber stets. Auf den Kanarien hatte ich Humboldts Arbeiten mir zuvor; hier ist mir ein Geologe Charles Sainte-Claire Déville zuvorgekommen!«

»Nicht möglich!«

»Ganz gewiß«, erwiderte Paganel mit klagendem Ton. »Dieser Gelehrte befand sich an Bord der Staatskorvette La Decidée, während sie bei den Kapverdischen Inseln sich aufhielt, hat er den interessantesten Gipfel der Gruppe besucht, den Vulkan der Insel Fogo. Was soll ich nach ihm noch machen?«

»Das ist in der Tat sehr zu bedauern«, erwiderte Lady Helena. »Was wird dann aus Ihnen werden, Herr Paganel?«

Paganel schwieg eine kleine Weile.

»Ganz gewiß«, fuhr Glenarvan fort, »hätten Sie besser getan, auf Madeira zu landen, obschon es da keinen Wein mehr gibt!«

Abermalige Pause des gelehrten Sekretärs der Geographischen Gesellschaft.

»Ich würde es abwarten«, sagte der Major, gerade als sagte er: Ich würde nicht abwarten.

»Lieber Glenarvan«, fuhr dann Paganel fort, »wo denken Sie hernach anzulegen?«

»O, nicht eher als zu Concepcion!«

»Teufel, das bringt mich weit von Indien weg.«

»Im Gegenteil, sowie Sie Kap Hoorn hinter sich haben, kommen Sie ihm immer näher.«

»Ich vermute wohl.«

»Übrigens«, fuhr Glenarvan mit dem größten Ernst fort, »will man nach Indien, so liegt am Ende wenig daran, ob es Ost- oder West-Indien ist.«

»Wieso?«

»Ohne in Anschlag zu bringen, daß die Bewohner der Pampas in Patagonien ebensowohl Indier sind, als die Eingeborenen des Pendjab.«

»Ei! der Tausend, Mylord«, ri
Grund, der mir nie in den Sinn ge

»Und dann, lieber Paganel, man
Medaille sich verdienen; überall ist
schen, zu entdecken, in den Kordil
Tibets.«

»Aber der Lauf des Yarou-Dza

»Gut! Den tauschen Sie mit d
Fluß ist noch wenig bekannt, und
was nach der Fantasie der Geogr

»Ich weiß es, lieber Lord, es gibt
tümer. O, ich zweifle nicht, daß a
graphische Gesellschaft mich ebe
als nach Indien geschickt haben
daran gedacht.«

»Weil Sie stets zerstreut sind.«

»Sehen Sie, Herr Paganel, möge
sagte Lady Helena mit ihrem her

»Madame, und mein Auftrag?

»Ich sage Ihnen, daß wir durch
werden«, fuhr Glenarvan fort.

»Mylord, Sie bringen mich in

»Ich füge bei, daß wir Port Fa

»Port Famine«, rief der Franz
der Geographie so berühmte Ha

»Bedenken Sie auch, Herr P
fort, »daß Sie bei dieser Unter
den Namen Frankreichs dem Sc

»Ja, ohne Zweifel!«

»Ein Geograph kann unserer
was gibt's Schöneres, als die Wis
Gebot zu stellen?«

»Das war ein schöner Gedan

»Glauben Sie mir. Lassen Sie
mehr die Vorsehung. Folgen Si
uns jenes Dokument zugesendet
hat Sie an Bord des Duncan sich
sen Sie ihn nicht.«

»So
dann
bleibe
»Un
Lust z
»Da
besorg

Es her
Entsch
haftest
wäre b
er, »ic
Da n
mann z
Major
mut, M
klar, da
mußte.
Der
dann d
der bra
der Gu
che He
Die
hegte d
des Ka
steigen.
tän. Di
Wunsch
zu sehe
Mädche

Auch tadelten ihn viele, welche ihn aufrichtig bewunderten. Doch die öffentliche Meinung erklärte sich unumwunden zugunsten des schottischen Lords, und alle Journale, mit Ausnahme der Regierungsorgane, tadelten einstimmig das Verhalten der Kommissare bei dieser Gelegenheit. Übrigens war Lord Glenarvan für das Lob ebensowenig empfänglich, wie für den Tadel; er tat seine Pflicht und kümmerte sich sonst um nichts.

Am 24. August verließen Glenarvan, Lady Helena, der Major MacNabbs, Mary und Robert Grant, Mr. Olbinett, Proviantmeister der Jacht, und seine Frau Mrs. Olbinett, welche zur Bedienung der Lady Glenarvan gehörte, Malcolm-Castle nach rührendem Abschied von der Dienerschaft. Einige Stunden nachher waren sie an Bord eingerichtet. Die Bewohner Glasgows zollten Lady Helena, der jungen mutigen Frau, welche auf die ruhigen Freuden eines reichen Lebens verzichtete, um Schiffsbrüchigen Beistand zu leisten, teilnehmende Bewunderung.

Die Gemächer Lord Glenarvans und seiner Gemahlin nahmen im Hinterverdeck des Duncan den ganzen hinteren Raum ein; sie bestanden aus zwei Schlafzimmern, einem Salon und zwei Ankleidekabinetten; sodann befand sich darin ein gemeinsamer viereckiger Raum, umgeben von sechs Kabinen, von welchen fünf für Mary und Robert Grant, Herrn und Frau Olbinett und den Major MacNabbs bestimmt waren. Die Kabinen John Mangles' und Tom Austins befanden sich im Hintergrund und hatten einen Aufgang zum Oberverdeck. Die Mannschaft war im Zwischenverdeck untergebracht, und sehr bequem, denn die Jacht führte keine andere Ladung als Kohlen, Mundvorräte und Waffen. Es hatte daher dem Kapitän nicht an Platz gemangelt für die weiteren Vorräte und Bedürfnisse; und John Mangles hatte ihn gut benutzt.

Die Abfahrt des Duncan war auf die Nacht vom 24. zum 25. August festgesetzt, beim Beginn der Ebbe um drei Uhr. Zuvor jedoch waren die Bewohner Glasgows Zeugen einer rührenden Zeremonie. Um acht Uhr abends begaben sich Lord Glenarvan und seine Gäste, die gesamte Bemannung vom Heizer bis zum Kapitän, alle, welche an dieser opferwilligen Reise sich beteiligen sollten, von der Jacht wieder ans Land in die Kathedrale Glasgows, zu St. Mungo. Diese uralte, zur Zeit der Reformation von Zerstörung verschonte Kirche, welche Walter Scott so wundervoll beschrieben hat, nahm die Passagiere und Seeleute des Duncan in ihren massiven Hallen auf. Eine zahllose Volksmenge fand sich ein. Hier im Hauptschiffe, das voll Gräber ist wie ein Kirchhof, flehte der ehrwürdige Morton den Segen des Himmels an und empfahl die Unternehmung der Obhut der Vorsehung. Einen Augenblick vernahm man auch die Stimme der Mary Grant, welche in der alten Kirche sich zum Gebet erhob. Das Mädchen flehte für seine Wohltäter und vergoß im Angesicht Gottes innige Tränen der Dankbarkeit. Darauf trennte sich die Versammlung, von tiefer Rührung ergriffen.

Um elf Uhr befand sich wieder ein jeder an Bord. John Mangles traf mit seinen Leuten die letzten Vorbereitungen.

Um zwölf Uhr wurden die Feuer angezündet; der Kapitän befahl, tüchtig zu heizen, und bald sah man schwarze Rauchsäulen emporsteigen, um sich mit dem nächtlichen Nebel zu vermischen. Die Segel des Duncan hatte man in der leinenen Umhüllung, welche sie gegen den Kohlenschmutz verwahren sollten, sorgfältig befestigt, denn der wehende Südwest war der Fahrt nicht förderlich.

Um zwei Uhr fing der Duncan an, beim Sieden der Kessel zu zischen; das Manometer zeigte einen Druck von vier Atmosphären; der überflüssige Dampf zischte pfeifend durch die Klappen; die Flut war auf ihrem Höhestand; man konnte schon im Tageslicht das Fahrwasser des Clyde zwischen den Baken und Biggings * erkennen, deren Leuchtfeuer beim Tagesgrauen allmählich erloschen. Alles war zur Abfahrt fertig.

John Mangles meldete es Lord Glenarvan, der sogleich aufs Verdeck kam.

Alsbald wurde die Ebbe merklich; der Duncan pfiff mächtig in die Lüfte, lichtete die Anker und machte sich von den Schiffen der Umgebung los; die Schraubenwinde wurde in Bewegung gesetzt und brachte die Jacht ins Fahrwasser des

*Kleine Steinhügel zur Bezeichnung des Fahrwassers.

Flusses. John hatte sich keinen Lootsen genommen, und kein erfahrener Pilot hätte sein Schiff besser geführt. Er gab das Zeichen, und die Jacht setzte sich in Bewegung; schweigend und sicher, die Linke am Steuerruder, gab er mit der Rechten der Maschine seine Befehle. Bald sah man statt der letzten Hüttenwerke die hier und da auf den Hügeln längs des Flusses emporragenden Villen, und das Geräusch der Stadt verlor sich in der Entfernung.

Eine Stunde nachher fuhr der Duncan bei den Felsen von Dumbarton vorüber; zwei Stunden später befand er sich im Golf des Clyde; um sechs Uhr früh umfuhr er das Vorgebirge von Cantyre, verließ den Nord-Kanal und segelte auf dem offenen Ozean.

Sechstes Kapitel

Der Passagier der Kabine Nr. 6

Während dieses ersten Tages der Fahrt ging die See etwas hohl, und abends erhob sich ein frischer Wind; der Duncan wurde stark geschüttelt; die Damen erschienen daher auch nicht auf dem Verdeck, sondern blieben in ihren Kabinen gelagert, und taten wohl daran.

Aber am folgenden Tage drehte sich der Wind ein wenig; der Kapitän John ließ das Focksegel, die Brigantine und das Marssegel aufziehen; so bekam der Duncan mehr Stütze gegen die Wogen und wurde weniger den Schwankungen auf die Seiten oder nach der Länge unterworfen. Lady Helena und Mary Grant konnten schon vom frühen Morgen an auf dem Verdeck erscheinen, um die Gesellschaft Glenarvans, des Majors und des Kapitäns zu teilen. Der Sonnenaufgang war prachtvoll. Das Tagesgestirn erhob sich gleich einer von Ruolz vergoldeten Scheibe aus dem Ozean wie aus einem unermeßlichen voltaischen Bad empor. Der Duncan glitt in glänzender Bestrahlung dahin, und man konnte in Wahrheit sagen, daß seine Segel unterm Beistand der Sonnenstrahlen gespannt wurden.

Die Passagiere der Jacht waren in stille Betrachtung der Erscheinung des strahlenden Gestirns versunken.

»Welch wunderbarer Anblick!« sagte endlich Lady Helena. »Das gibt einen schönen Tag. Wenn nur der Wind günstig bleibt, um den Lauf des Duncan zu fördern.«

»Einen besseren könnte man sich nicht wünschen, liebe Helena«, erwiderte Lord Glenarvan, »und wir haben uns nicht über diesen Anfang der Reise zu beklagen.«

»Wird die Überfahrt lange dauern, lieber Edward?«

»Die Antwort darauf hat Kapitän John zu geben. Fahren wir gut, John? Sind Sie mit Ihrem Schiff zufrieden?«

»Sehr wohl, Ew. Herrlichkeit«, erwiderte John; »es ist vortrefflich gebaut, und das fühlt ein Seemann gerne unter seinen Füßen. Nirgends findet man Rumpf und Maschine in besserem Verhältnis; auch sehen Sie, wie flach das Kielwasser der Jacht ist, und wie leicht sie über die Wogen gleitet. Wir fahren siebzehn Meilen die Stunde. Wenn diese Schnelligkeit andauert, so werden wir binnen zehn Tagen die Linie passieren, und vor Ablauf von fünf Wochen werden wir das Kap Hoorn umfahren haben.«

»Sie hören, Mary«, fuhr Lady Helena fort, »vor Ablauf von fünf Wochen!«

»Ja, gnädige Frau«, erwiderte das Mädchen, »ich habe es gehört, und mein Herz klopfte sehr bei den Worten des Kapitäns.«

»Und wie vertragen Sie die Seefahrt, Miß Mary?« fragte Lord Glenarvan.

»Ziemlich gut, Mylord, und ohne viel Beschwerden. Übrigens werde ich mich rasch daran gewöhnen.«

»Und unser junger Robert?«

»O! Robert«, erwiderte John Mangles, »steckt der nicht in der Maschine, so hockt er auf einem Mastbaum. Ich glaube, der Junge macht sich lustig über die Seekrankheit. Und sehen Sie! Dort oben?«

Auf eine Handbewegung des Kapitäns wendeten sich alle Blicke nach dem Fockmast, und jeder konnte sehen, wie der Junge an den Toppenanten der Bramstange hing, hundert mischten. Die Witterung war natürlich an Bord der Hauptgegenstand der Unterhaltung. Jeder äußerte seine Meinung, mit Ausnahme des Majors, welcher mit vollständiger Gleichgültigkeit einer allgemeinen Überschwemmung zugesehen hätte. Paganel ging mit Kopfschütteln ab und zu.

»Es ist eine ausdrückliche Tatsache«, sprach er.

»Ganz gewiß«, erwiderte Glenarvan, »haben sich die Elemente wider Sie verschworen.«

»Doch werde ich ihrer Meister werden.«

»Einem solchen Regen können Sie nicht Trotz bieten.«

»Ich für meine Person, Madame, gewiß. Ich bin nur für mein Gepäck und die Instrumente besorgt. Alles wird zugrunde gehen.«

»Nur das Ausschiffen ist zu fürchten«, fuhr Glenarvan fort. »Sind Sie einmal zu Villa Praïa, so sind Sie da nicht übel aufgehoben; etwas unreinlich freilich: in Gesellschaft mit Affen und Schweinen, mit denen man nicht immer gern in Berührung kommt. Aber ein Reisender macht sich nicht viel daraus. Übrigens steht zu hoffen, daß Sie in sieben bis acht Monaten sich nach Europa einschiffen können.«

»Sieben bis acht Monate!« rief Paganel.

»Zum mindesten. Zur Regenzeit werden die Kapverdischen Inseln nicht stark besucht. Aber Sie können Ihre Zeit nützlich hinbringen. Diese Inselgruppe ist noch wenig bekannt; in Topographie, Klimatologie, Ethnographie, Hypsometrie ist da noch viel zu tun.«

»Da können Sie Flüsse erforschen«, sagte Lady Helena.

»Es gibt da keine, Madame«, erwiderte Paganel.

»Nun, dann Bäche?«

»Die gibt's auch nicht.«

»Den Lauf der Gewässer also?«

»Ebensowenig.«

»Gut«, sagte der Major, »so machen Sie sich an die Wälder.«

»Um Wälder zu haben, bedarf's der Bäume; aber Bäume gibt's da nicht.«

»Ein hübsches Land«, versetzte der Major.

»Trösten Sie sich, lieber Paganel«, sagte darauf Glenarvan; »Sie werden wenigstens Berge haben.«

»O! Die sind nicht hoch und wenig interessant, Mylord. Und übrigens ist darin nichts mehr zu tun.«

»Nichts zu tun!« sagte Glenarvan.

»Nein, und so geht's mir aber stets. Auf den Kanarien hatte ich Humboldts Arbeiten mir zuvor; hier ist mir ein Geologe Charles Sainte-Claire Déville zuvorgekommen!«

»Nicht möglich!«

»Ganz gewiß«, erwiderte Paganel mit klagendem Ton. »Dieser Gelehrte befand sich an Bord der Staatskorvette La Decidée, während sie bei den Kapverdischen Inseln sich aufhielt, hat er den interessantesten Gipfel der Gruppe besucht, den Vulkan der Insel Fogo. Was soll ich nach ihm noch machen?«

»Das ist in der Tat sehr zu bedauern«, erwiderte Lady Helena. »Was wird dann aus Ihnen werden, Herr Paganel?«

Paganel schwieg eine kleine Weile.

»Ganz gewiß«, fuhr Glenarvan fort, »hätten Sie besser getan, auf Madeira zu landen, obschon es da keinen Wein mehr gibt!«

Abermalige Pause des gelehrten Sekretärs der Geographischen Gesellschaft.

»Ich würde es abwarten«, sagte der Major, gerade als sagte er: Ich würde nicht abwarten.

»Lieber Glenarvan«, fuhr dann Paganel fort, »wo denken Sie hernach anzulegen?«

»O, nicht eher als zu Concepcion!«

»Teufel, das bringt mich weit von Indien weg.«

»Im Gegenteil, sowie Sie Kap Hoorn hinter sich haben, kommen Sie ihm immer näher.«

»Ich vermute wohl.«

»Übrigens«, fuhr Glenarvan mit dem größten Ernst fort, »will man nach Indien, so liegt am Ende wenig daran, ob es Ost- oder West-Indien ist.«

»Wieso?«

»Ohne in Anschlag zu bringen, daß die Bewohner der Pampas in Patagonien ebensowohl Indier sind, als die Eingeborenen des Pendjab.«

»Ei! der Tausend, Mylord«, rief Paganel, »das ist ein Grund, der mir nie in den Sinn gekommen wäre!«

»Und dann, lieber Paganel, man kann überall die goldene Medaille sich verdienen; überall ist noch etwas zu tun, zu forschen, zu entdecken, in den Kordilleren, wie in den Gebirgen Tibets.«

»Aber der Lauf des Yarou-Dzangbo-Tchou?«

»Gut! Den tauschen Sie mit dem Rio Colorado! Dieser Fluß ist noch wenig bekannt, und auf den Karten fließt er etwas nach der Fantasie der Geographen.«

»Ich weiß es, lieber Lord, es gibt da manche erhebliche Irrtümer. O, ich zweifle nicht, daß auf mein Ersuchen die Geographische Gesellschaft mich ebensowohl nach Patagonien, als nach Indien geschickt haben würde. Aber ich hab' nicht daran gedacht.«

»Weil Sie stets zerstreut sind.«

»Sehen Sie, Herr Paganel, mögen Sie uns nicht begleiten?« sagte Lady Helena mit ihrem herzgewinnenden Ton.

»Madame, und mein Auftrag?«

»Ich sage Ihnen, daß wir durch die Magellanstraße fahren werden«, fuhr Glenarvan fort.

»Mylord, Sie bringen mich in Versuchung.«

»Ich füge bei, daß wir Port Famine besuchen werden!«

»Port Famine«, rief der Franzose, »dieser in den Annalen der Geographie so berühmte Hafen!«

»Bedenken Sie auch, Herr Paganel«, fuhr Lady Helena fort, »daß Sie bei dieser Unternehmung berechtigt wären, den Namen Frankreichs dem Schottlands zuzugesellen!«

»Ja, ohne Zweifel!«

»Ein Geograph kann unserer Unternehmung nützen, und was gibt's Schöneres, als die Wissenschaft der Humanität zu Gebot zu stellen?«

»Das war ein schöner Gedanke, Madame.«

»Glauben Sie mir. Lassen Sie den Zufall walten, oder vielmehr die Vorsehung. Folgen Sie unserem Beispiel. Sie hat uns jenes Dokument zugesendet, und wir sind abgereist. Sie hat Sie an Bord des Duncan sich verirren lassen, nun verlassen Sie ihn nicht.«

»Soll ich's Ihnen sagen, meine wackeren Freunde?« fuhr dann Paganel fort, »es wird Ihnen lieb sein, wenn ich bleibe!«

»Und Sie, Paganel«, erwiderte Glenarvan, »haben große Lust zu bleiben.«

»Das weiß Gott!« rief der gelehrte Geograph, »aber ich besorgte, unbescheiden zu sein!«

Neuntes Kapitel

Die Magellansche Meerenge

Es herrschte allgemeine Freude an Bord, als man Paganels Entschluß vernahm. Der junge Robert fiel ihm mit den lebhaftesten Äußerungen um den Hals. Der würdige Sekretär wäre beinahe zu Boden gefallen. »Ein derber Junge«, sagte er, »ich will ihn Geographie lehren.«

Da nun John Mangles es übernommen hatte, ihn zum Seemann zu machen, Glenarvan zu einem Manne von Herz, der Major ihn Kaltblütigkeit lehrte, Lady Helena Güte und Edelmut, Mary Grant Dankbarkeit gegen solche Lehrer, so war es klar, daß Robert dereinst ein vollendeter Gentleman werden mußte.

Der Duncan nahm rasch seine Ladung Kohlen ein, verließ dann diese traurigen Gegenden, gewann die Strömung nach der brasilianischen Küste, und gelangte am 7. September mit der Gunst eines Nordwindes über den Äquator in die südliche Hemisphäre.

Die Überfahrt geschah also ohne Schwierigkeit. Jeder hegte die beste Hoffnung. Bei dieser Fahrt zur Aufsuchung des Kapitän Grant schien die Wahrscheinlichkeit täglich zu steigen. Einer der Zuversichtlichsten an Bord war der Kapitän. Dieses Vertrauen gründete sich hauptsächlich auf den Wunsch, der ihn beseelte, Miß Mary glücklich und getröstet zu sehen. Er fühlte ganz besondere Teilnahme an diesem Mädchen; und er verbarg dieses Gefühl so wohl, daß, Mary

Grant und ihn ausgenommen, ein jeder an Bord des Duncan es bemerkte.

Der gelehrte Geograph war vielleicht der glücklichste Mensch auf der südlichen Erdhälfte; er brachte seine Tage hin, die Karten zu studieren, womit er den Tisch des Versammlungszimmers bedeckte, so daß es täglich mit Olbinett Zwist gab, weil er den Tisch nicht decken konnte. Aber Paganel hatte alle Gäste auf seiner Seite, den Major ausgenommen, der für Geographie wenig Interesse hatte, zumal zur Essenszeit.

Dazu noch hatte er im Koffer des Unterbefehlshabers eine Anzahl vereinzelter Bücher entdeckt, worunter sich auch spanische befanden. Paganel entschloß sich daher, die Sprache des Cervantes zu lernen, welche niemand an Bord verstand. Das mußte seinen Untersuchungen im Uferland von Chili förderlich sein. Da er viel Sprachverständnis hatte, so zweifelte er nicht, daß er bei der Ankunft zu Concepcion geläufig werde sprechen können. Daher studierte er mit ausdauerndem Eifer, und man hörte ihn beständig fremdartige Silben murmeln.

Während dieser Mußestudien unterließ er nicht, dem jungen Robert praktische Belehrung zu erteilen, und unterwies ihn in der Geschichte dieser Gegenden, welchen der Duncan so schnell zufuhr.

Man befand sich am 10. September unterm 5° 37′ Breite und 31° 15′ Länge, als Glenarvan Kenntnis von etwas bekam, was vielleicht die Gelehrtesten nicht wissen. Paganel erwählte die Geschichte Amerikas, und ging dabei bis auf Christoph Kolumbus zurück; zuletzt sagte er, der berühmte Genuese sei gestorben, ohne zu wissen, daß er eine neue Welt entdeckt habe.

Alle Zuhörer schrien auf. Paganel blieb bei seiner Behauptung.

»Es ist so gewiß wie irgend etwas«, fuhr er fort. »Ich will des Kolumbus Ruhm nicht herabsetzen, aber die Tatsache ist ausgemacht. Am Ende des fünfzehnten Jahrhunderts waren die Geister nur auf das eine Ziel gespannt: den Verkehr mit Asien zu erleichtern und durch die Westfahrten den Orient zu suchen, mit einem Wort, den kürzesten Weg ins ›Land der Gewürze‹. Nach diesem Ziel trachtete Kolumbus. Auf seinen vier Reisen berührte er Amerika an den Küsten von Cumana, Honduras, Moskitos, Nicaragua, Veragua, Costa-Rica, Panama, welche er für Teile von China und Japan nahm, und er starb, ohne von der Existenz des großen Kontinents Kenntnis zu haben, auf den er nicht einmal seinen Namen vererben sollte!«

»Ich will's Ihnen glauben, lieber Paganel«, erwiderte Glenarvan; »doch erlauben Sie mir, daß ich überrascht bin und Sie frage, welche Seefahrer haben das Richtige in Hinsicht der Entdeckungen des Kolumbus erkannt?«

»Seine Nachfolger, Odjeda, der ihn schon auf seinen Fahrten begleitet hatte, so wie Vincent Pinzon, Vespucci, Mendoza, Bastidas, Cabral, Solis, Balboa. Diese Seefahrer befuhren die Ostküsten Amerikas; sie bestimmten ihre Grenzen, indem sie weiter nach Süden drangen, von derselben Strömung getragen, welche jetzt, nach dreihundertundsechzig Jahren, uns fortreißt! Sehen Sie, meine Freunde, wir haben jetzt den Äquator an derselben Stelle durchschnitten, wo Pinzon im letzten Jahre des fünfzehnten Jahrhunderts ihn durchschnitt, und wir nähern uns dem achten Grad südlicher Breite, unter welchem er an Brasilien landete. Ein Jahr hernach gelangte Cabral bis zum Hafen Seguro. Darauf kam Vespucci bei seiner dritten Fahrt, im Jahre 1502, noch weiter nach Süden. 1508 traten Vincent Pinzon und Solis in Verbindung, um gemeinsame Erforschung der Gestade Amerikas, und im Jahre 1514 entdeckte Solis die Mündung des Rio de la Plata, wo er von den Eingeborenen aufgefressen wurde, und mußte Magellan den Ruhm zukommen lassen, die Grenzen des Festlands zu finden. Dieser große Seefahrer fuhr im Jahre 1519 mit fünf Fahrzeugen ab, den Küsten Patagoniens entlang, entdeckte den Hafen Désiré, den Hafen San-Julian, wo er sich lange Zeit aufhielt, fand unter'm zweiundfünfzigsten Breitengrad die Enge der elftausend Jungfrauen, welche hernach seinen Namen bekam, und gelangte am 28. November in den Stillen Ozean. Ach, wie mußte er sich freuen, wie schlug ihm das Herz, als er am Horizont ein neues Meer im

Sonnenschein funkeln sah!«

»Ja, Herr Paganel«, rief Robert Grant, begeistert von den Worten des Geographen, »ich hätte dabeisein mögen!«

»Ich auch, lieber Junge, und ich hätte die Gelegenheit nicht versäumt, wenn mich der Himmel hätte drei Jahrhunderte früher leben lassen!«

»Das wäre für uns sehr zu bedauern, Herr Paganel«, erwiderte Lady Helena, »denn da könnten Sie nicht uns hier die Geschichte erzählen.«

»Das hätte dann ein anderer statt meiner getan, Madame, und hätte hinzugefügt, daß man die Entdeckung der Westküsten den Brüdern Pizarro verdankt. Diese kühnen Abenteurer waren große Städtegründer. Cusco, Quito, Lima, Santiago, Villarica, Valparaiso und Concepcion, wohin wir jetzt fahren, sind von ihnen angelegt worden. Zu dieser Zeit schlossen sich Pizarros Entdeckungen an die Magellans an, und die amerikanischen Küsten erschienen zur großen Befriedigung der Gelehrten der alten Welt auf den Landkarten.«

»Ei, ich«, sagte Robert, »wäre damit noch nicht befriedigt gewesen.«

»Warum denn?« erwiderte Mary, und sah ihren Bruder an, der an der Geschichte dieser Entdeckungen eine leidenschaftliche Freude hatte.

»Ja, lieber Junge, warum?« fragte Lord Glenarvan mit aufmunterndem Lächeln.

»Weil ich hätte wissen mögen, was für Land noch über der Magellanschen Straße hinaus lag.«

»Bravo, mein Freund«, entgegnete Paganel, »ich hätte auch wissen mögen, ob sich das feste Land bis zum Pol erstrecke, oder ob da ein freies Meer sei, wie Drake, Ihr Landsmann, Mylord, vermutete. Es ist also ausgemacht, daß, wenn Robert Grant und Jakob Paganel im sechzehnten Jahrhundert gelebt hätten, sie mit Schouten und Lemaire zu Schiffe gegangen wären, zwei Holländern, welche dieses geographische Rätsel zu lösen beflissen waren.«

»Waren's Gelehrte?« fragte Lady Helena.

»Nein, aber kühne Kaufleute, welchen an wissenschaftlichen Entdeckungen sehr wenig lag. Es bestand damals eine holländisch-ostindische Handelsgesellschaft, welche den ganzen Handel, der durch die Magellansche Straße getrieben wurde, unbedingt beherrschte. Da nun damals noch kein anderer Weg bekannt war, um auf einer Ostfahrt nach Indien zu kommen, so lag in jenem Vorrecht ein wahrer Alleinhandel. Daher entschlossen sich einige Kaufleute, durch Entdeckung einer anderen Straße jenes Monopol zu bekämpfen; unter ihnen befand sich ein gewisser Isaak Lemaire, ein einsichtsvoller und unterrichteter Mann. Er bestritt die Kosten einer Fahrt, welche von seinem Neffen, Jakob Lemaire, und Schouten, einem trefflichen Seemann aus Horn, unternommen wurde. Diese kühnen Seefahrer fuhren im Juni 1615 ab, beinahe hundert Jahre nach Magellan, und entdeckten die Straße Lemaire, zwischen dem Feuerland und Staatenland, und am 12. Februar 1616 fuhren sie um das berühmte Kap Hoorn, welches mit mehr Recht als das Kap der Guten Hoffnung den Namen ›Vorgebirge der Stürme‹ verdiente!«

»Ja gewiß, wär' ich nur dabeigewesen!« rief Robert aus.

»Und du hättest da lebhafte Befriedigung gefunden, lieber Junge«, fuhr Paganel mit Eifer fort. »Es gibt in der Tat keine echtere Freude, als die Befriedigung des Seefahrers, der seine Entdeckungen auf die Karte zeichnet. Er sieht unter seinen Augen die Länder, Insel bei Insel, Vorgebirg bei Vorgebirg, allmählich Gestalt gewinnen, und sozusagen aus den Wogen auftauchen. Anfangs sind die umgrenzenden Linien unbestimmt, stückweise und unterbrochen, hier ein vereinzeltes Kap, dort eine abgetrennte Bucht, weiter ein Golf, der sich hinauszieht. Hernach ergänzen sich die Entdeckungen, die Linien rücken zusammen, die Pünktchen werden zu Strichen; die Baien weiten sich aus zu Gestaden, die Kaps stützen sich auf ein bestimmtes Uferland; endlich entfaltet sich das neue Festland mit seinen Seen, Strömen und Flüssen, seinen Gebirgen, Tälern und Ebenen, seinen Dörfern, Flecken und Städten auf der Erdkugel in seinem vollen Glanze! Ach, meine Freunde, ein Landentdecker ist ein wahrer Erfinder! Es gibt da freudige Überraschungen! Aber gegenwärtig ist diese Fundgrube fast ausgebeutet! Man hat alles, was es von

Festland und neuen Welten gibt, gesehen, untersucht, ergründet, und es bleibt uns, die wir zuletzt kommen, in der Geographie nichts mehr zu tun übrig!«

»Ja doch, lieber Paganel«, erwiderte Glenarvan.

»Was denn?«

»Das, was wir jetzt vorhaben!«

Unterdessen segelte der Duncan auf dieser Straße des Vespucci und Magellan mit wunderbarer Schnelligkeit weiter. Am 15. September durchschnitt er den Wendekreis des Steinbocks, und sein Vorderteil ward schon der Einfahrt in die berühmte Meerenge zugekehrt. Mitunter wurden schon die flachen Küsten Patagoniens sichtbar, aber als ein am Horizont kaum sichtbarer Streifen; man fuhr über zehn Meilen davon entfernt hin, und Paganels Fernrohr gab ihm nur einen unbestimmten Begriff von diesen amerikanischen Gestaden.

Am 25. September befand sich der Duncan auf der Höhe der Magellanschen Straße und fuhr ohne Zaudern in dieselbe ein. Die Dampfschiffe, welche sich in den Stillen Ozean begeben, ziehen im allgemeinen diesen Weg vor. Seine Länge beträgt genau nur dreitausendsiebenhundertundsechzig Kilometer; die Fahrzeuge vom stärksten Tonnengehalt finden da stets tiefes Wasser, selbst dicht an seinen Ufern, vortrefflichen Ankergrund, zahlreiche Wasserplätze, fischreiche Flüsse, Wälder voll Wild, an zwanzig Stellen sichere und leicht zugängliche Landeplätze, kurz, unzählige Hilfsmittel, welche der Straße Lemaire und dem fürchterlichen Felsen des Kap Hoorn abgehen, die von Orkanen und Stürmen beständig heimgesucht werden.

Während der ersten Stunden der Fahrt, d. h. in einer Länge von sechzig bis achtzig Meilen, bis zum Kap Gregory, sind die Küsten niedrig und sandig. Jakob Paganel wollte keine Ansicht, keinen Punkt der Enge verlieren. Die Durchfahrt dauerte kaum sechsunddreißig Stunden, und dies bewegliche Panorama beider Ufer verlohnte wohl der Mühe, sich den Strahlen der Südsonne auszusetzen, um es zu bewundern. An der nördlichen Küste zeigte sich kein Bewohner, und an den dürren Felsen der Feuerlande schweiften nur einige kümmerliche Gestalten.

Paganel mußte daher darauf verzichten, Patagonier zu sehen, worüber er zum Ergötzen seiner Reisegefährten ärgerlich war.

»Ein Patagonien ohne Patagonier«, sagte er, »ist kein Patagonien mehr.«

»Geduld, mein würdiger Geograph«, erwiderte Glenarvan, »wir werden noch Patagonier zu sehen bekommen.«

»Ich bin dessen nicht gewiß.«

»Aber es gibt doch welche«, sagte Lady Helena.

»Ich zweifle stark daran, weil ich keine sehe.«

»Kurz, der Name Patagonier, was im Spanischen ›Großfüße‹ bedeutet, ist doch nicht eingebildeten Wesen gegeben worden.«

»O! Der Name macht nichts aus«, erwiderte Paganel, der, um das Gespräch zu beleben, auf seinem Satz beharrte, »und übrigens, die Wahrheit zu sagen, man weiß gar nicht, wie sie heißen!«

»Das wäre!« rief Glenarvan. »Wußten Sie das, Major?«

»Nein«, entgegnete MacNabbs, »und ich gebe auch nicht ein schottisches Pfund darum, es zu wissen.«

»Doch sollen Sie es erfahren, gleichgültiger Major«, fuhr Paganel fort. »Während Magellan die Eingeborenen dieser Gegenden Patagonier benannte, hießen sie bei den Feuerländern Tiremenen, bei den Chilesen Caucalhues, bei den Auracanen Huiliches; Bougainville nannte sie Chaouha, Falkner Tehuelhets! Sie selbst gaben sich die allgemeine Benennung Inaken! Ich frage, wie soll man sich dabei auskennen, und kann man von einem Volk von so vielen Benennungen sagen, daß es existiert?«

»Das ist ein rechter Grund!« erwiderte Lady Helena.

»Räumen wir es ein«, fuhr Glenarvan fort; »aber unser Freund Paganel wird doch zugeben, denk' ich, daß, wenn auch der Name Patagonier nicht feststeht, wenigstens über ihren hohen Wuchs kein Zweifel ist!«

»Etwas so Absonderliches gebe ich nicht zu«, entgegnete Paganel.

»Sie sind groß«, sagte Glenarvan.

»Das weiß ich nicht.«

»Klein?« fragte Lady Helena.

»Das kann niemand behaupten.«

»Also mittelmäßig?« sagte MacNabbs, um zu vereinbaren.

»Ich weiß es ebensowenig.«

»Das ist ein wenig stark«, rief Glenarvan; »die Reisenden, welche sie sahen . . .«

»Die Reisenden, welche sie gesehen haben«, erwiderte der Geograph, »stimmen keineswegs miteinander überein. Magellan sagte, sein Kopf reiche kaum an ihren Gürtel!«

»Nun denn!«

»Ja, aber Drake behauptet, die Engländer seien größer, als der größte Patagonier!«

»Ja! Die Engländer; möglich«, erwiderte verächtlich der Major; »aber wenn von Schotten die Rede wäre.«

»Cavendish versichert, sie seien groß und stark«, fuhr Paganel fort. »Hawkins macht sie zu Riesen. Lemaire und Schouten geben ihnen elf Fuß Höhe.«

»Gut, das sind ja glaubwürdige Leute«, sagte Glenarvan.

»Ja, ganz ebenso glaubwürdig wie Wood, Narborough und Falkner, welche sie von mittlerer Größe fanden. Zwar behaupten Byron, La Giraudais, Bougainville, Wallis und Carteret, die Patagonier mäßen sechs Fuß und sechs Zoll, dagegen d'Orbigny, der am genauesten diese Gegenden kennt, legt ihnen eine Größe von durchschnittlich fünf Fuß und vier Zoll bei.«

»Aber«, sagte Lady Helena, »was ist denn bei so viel Widersprüchen das Richtige?«

»Das Richtige, Madame«, erwiderte Paganel, »will ich Ihnen sagen, besteht darin: die Patagonier haben kurze Beine, aber einen großen Rumpf. Darum kann man sagen, diese Leute sind sechs Fuß groß, wenn sie sitzen, aber nur fünf, wenn sie stehen.«

»Bravo, lieber Gelehrter!« erwiderte Glenarvan. »Vortrefflich gesagt!«

»Es sei denn«, fuhr Paganel fort, »daß sie gar nicht existieren, dann würde auch die Streitfrage aufhören. Aber schließlich, meine Freunde, will ich noch zum Trost beifügen: die Magellanstraße ist prachtvoll, auch ohne Patagonier!«

In diesem Augenblick fuhr der Duncan um die Halbinsel Braunschweig zwischen zwei prachtvollen Panoramen. Siebzig Meilen hinter dem Kap Gregory ließ er rechts das Kloster Punta Arena; man sah einen Augenblick zwischen den Bäumen die Flagge Chilis und den Kirchturm. Dann zieht sich die Enge zwischen imponierenden Granitmassen; die Gebirge halten ihren Fuß in ungeheurer Waldung, und ihr mit ewigem Schnee bedecktes Haupt in den Wolken geborgen; südwestlich erhob sich der Tarn 6500 Fuß hoch in die Lüfte; auf lange Dämmerung folgte Nacht; das Licht zerfloß allmählich in sanften Nuancen; der Himmel ward mit glänzenden Sternen besät, und das Kreuz im Süden bezeichnete dem Blick der Seefahrer die Richtung des Südpols. Inmitten dieses erleuchteten Dunkels, bei dem hellen Schein dieser Gestirne, welche die Leuchttürme zivilisierter Küsten vertreten können, fuhr die Jacht kühn weiter, ohne in den leicht zugänglichen Baien des Ufers Anker zu werfen; oft streiften die Rahen an den Zweigen südländischer Buchten, welche auf die Wogen herabhingen; oft auch scheuchte der Wellenschlag ihrer Schraube an der Mündung großer Flüsse die Gänse, Enten, Schnepfen, Krieckenten und die ganze gefiederte Welt der Sumpfgegend auf. Bald zeigten sich Ruinen und einige Trümmer, die in der Nacht einen großartigen Anblick darboten, traurige Reste einer aufgegebenen Kolonie, deren Name ewig gegen die Fruchtbarkeit dieser Küsten und den Reichtum an Gewild in dieser Waldung protestieren wird. Der Duncan fuhr bei Port-Famine vorüber.

An diesen Ort kam im Jahre 1581 der Spanier Sarmiento mit vierhundert Flüchtlingen, um sich anzusiedeln. Er gründete daselbst die Stadt Sankt Philipp; äußerst strenge Kälte raffte einen großen Teil der Kolonisten weg, der Hunger rieb auf, was die Kälte verschont hatte, und im Jahre 1587 fand der Korsar Cavendish den letzten der vierhundert Unglücklichen, der auf den Ruinen einer sechshundertjährigen Stadt nach sechsjährigem Bestehen den Hungertod starb.

An diesem verlassenen Gestade segelte nun der Duncan vorüber; bei Tagesanbruch fuhr er durch enge Pässe zwischen Buchen-, Eschen- und Birken-Wäldern, aus deren

Schoße grüne Dome sich hervorhoben, mit lebhaftem Stechpalmengrün bewachsene Hügel, und steil zugespitzte Gipfel, worunter der Obelisk Buckland am höchsten emporragte; dann bei der Mündung der Bai Sankt Nikolas vorüber, die von Bougainville so benannt wurde; in der Ferne ergötzten sich Herden von Robben und ungeheuern Walfischen, wie man aus ihren vier Meilen weit sichtbaren Wasserstrahlen abnehmen konnte. Endlich umfuhr er das Kap Forward, welches noch vom letzten Wintereis bedeckt war. Auf der andern Seite der Enge erhob sich der sechstausend Fuß hohe Sarmiento, ein ungeheurer Haufen vereinzelter Felsen zwischen Wolkenstreifen, so daß der Himmel einem Archipel in der Luft gleich aussah.

Am Kap Forward endigt eigentlich das Festland Amerikas, denn Kap Hoorn ist nur ein ins Meer verlaufender Felsen unterm sechsundfünfzigsten Breitengrade.

Über diesen Punkt hinaus zieht sich die Enge zusammen zwischen der Halbinsel Braunschweig und dem Land der Trostlosigkeit, einer langen Insel zwischen unzähligen Inselchen gleich einem ungeheuern Walfisch, der mitten im Strandgestein scheiterte. Wie verschieden ist dieses ausgezackte Ende Amerikas von den freien und klaren Spitzen Afrikas, Australiens oder Ostindiens! Welche unbekannte Flut hat dies ungeheure Vorgebirge so zersplittert zwischen die beiden Ozeane geschleudert?

An diese fruchtbaren Gestade schließt sich eine Reihe öder Küstenstrecken von wildem Aussehen, die in tausend Windungen labyrinthartig sich ausschweifen. Der Duncan folgte unbehindert und ohne Anstoß den launenhaften Krümmungen, indem er seine Rauchwirbel mit dem von Felsen durchbrochenen Nebel mischte. Er kam, ohne langsamer zu fahren, vor einigen Faktoreien vorüber, welche die Spanier an diesen verlassenen Gestaden errichtet haben. Am Kap Tamar wird die Straße wieder weiter, die Jacht konnte Raum gewinnen, um die steile Küste der Narborough-Inseln zu umfahren, und hielt sich in der Nähe des südlichen Gestades. Endlich, sechsunddreißig Stunden nach der Einfahrt in die Straße, sah sie den Felsen des Kap Pilares an der äußersten Spitze des Landes der Trostlosigkeit emporragen. Ein unermeßliches offenes Meer breitete sich funkelnd vor ihm aus, und Jakob Paganel, der es mit einer begeisterten Handbewegung begrüßte, empfand eine Gemütsbewegung, wie einst Fernão de Magellan selbst, als die Seeluft des Stillen Ozeans den Trinidad, auf welchem Magellan sich befand, entgegenwehte.

Zehntes Kapitel

Der siebenunddreißigste Breitengrad

Acht Tage nach der Umschiffung des Kap Pilares fuhr der Duncan mit voller Dampfkraft in die Bai Talcahuano, eine prächtige Untiefe, zwölf Meilen lang und neun breit. Das Wetter war zum Bewundern. Vom November bis zum März ist in diesem Lande der Himmel völlig wolkenlos, und es herscht unveränderlich Südwind längs dieser von der Andenkette geschützten Küsten. John Mangles war auf Edward Glenarvans Befehl dicht an dem Ghiloe-Archipel und den unzähligen Trümmern dieses amerikanischen Festlandes hingefahren. Irgendein verlorenes Trümmerstück, ein von Menschenhand bearbeitetes Brett konnte den Duncan auf die Spur der Schiffbrüchigen leiten; aber man konnte nichts gewahren, die Jacht fuhr weiter und ankerte in dem Hafen Talcahuano, zweiundvierzig Tage, nachdem sie die nebeligen Gewässer des Clyde verlassen hatte.

Glenarvan ließ sogleich sein Boot ins Meer bringen und sich in Begleitung Paganels neben der Umpfählung ans Land setzen. Der gelehrte Geograph wollte die Gelegenheit benutzen, sein so ernstlich studiertes Spanisch anzuwenden; aber zu seinem großen Erstaunen verstand man ihn kein Wort.

»Der Akzent geht mir ab«, sagte er.

»Gehen wir zur Zollstätte«, erwiderte Glenarvan.

Hier erfuhr er, mit Hilfe einiger englischer Worte, die er mit verständlichen Bewegungen begleitete, daß der britannische Konsul zu Concepcion, nur eine Stunde entfernt, wohnte. Glenarvan bekam leicht zwei rasch laufende Pferde, und nicht lange, so fuhr er mit Paganel in die Mauern dieser großen Stadt ein, die dem unternehmenden Geiste Valdivias, des tapferen Genossen Pizarros, ihren Ursprung verdankt.

Wie war sie von ihrem früheren Glanz herabgesunken! Oft von den Eingeborenen geplündert, im Jahre 1819 in Brand gesteckt, verödet, voller Trümmer, ihre Mauern noch von den verheerenden Flammen geschwärzt, bereits von Talcahuano in Schatten gestellt, zählte sie kaum noch achttausend Seelen. Unter den trägen Füßen der Bewohner verwandelten sich die Straßen in Wiesen. Kein Handel, keine Tätigkeit, Geschäfte unmöglich. Von jedem Balkon hörte man die Mandoline; schmachtende Gesänge durch die Jalousien der Fenster; die alte Männerstadt war ein Dorf von Frauen und Kindern geworden.

Glenarvan zeigte wenig Verlangen, nach den Ursachen dieses Verfalls zu forschen, obwohl Jakob Paganel es an seiner Stelle tat; er begab sich zu J. R. Bentock, Esq., Ihrer britischen Majestät Konsul.

Dieser Mann empfing ihn sehr freundlich und übernahm es, als er die Geschichte des Kapitän Grant vernommen, an dem ganzen Küstenlande Nachforschungen anzustellen.

Die Frage, ob der Dreimaster Britannia unter dem 37. Breitengrad an der Küste von Chili oder Araucanien gescheitert sei, entschied sich verneinend. Über ein Ereignis der Art war weder an den Konsul, noch an einen seiner Kollegen anderer Nationen ein Bericht gelangt. Glenarvan ließ sich nicht entmutigen. Er begab sich wieder nach Talcahuano und sparte weder Mühe, noch Sorge, noch Geld, schickte Agenten an die Küsten. Vergeblich. Die genauesten, bei den Uferbewohnern angestellten Untersuchungen lieferten kein Ergebnis. Man mußte annehmen, daß von dem Schiffbruch der Britannia keine Spur geblieben sei.

Glenarvan setzte darauf seine Gefährten von der Erfolglosigkeit seiner Schritte in Kenntnis. Mary Grant und ihr Bruder konnten den Ausdruck ihres Schmerzes nicht zurückhalten. Es war am sechsten Tage nach Ankunft des Duncan zu

Talcahuano. Seine Passagiere waren im Inneren des Hinterverdecks beisammen. Lady Helena tröstete, nicht durch Worte – was hätte sie auch sagen können, sondern durch Zärtlichkeit die beiden Kinder des Kapitäns. Jakob Paganel hatte das Dokument wieder in die Hand genommen und betrachtete es mit tiefer Achtsamkeit, als wollte er ihm neue Geheimnisse entlocken. Seit einer Stunde war er in diese Prüfung versenkt, als Lord Glenarvan ihn anredete mit den Worten:

»Paganel! Ich wende mich an Ihren Scharfsinn. Ist unsere Auslegung dieses Dokuments vielleicht irrig? Steht der Sinn dieser Worte nicht logisch fest?«

Paganel antwortete nicht; er sann nach.

»Irren wir vielleicht in Hinsicht des vermuteten Schauplatzes der Katastrophe?« fuhr Glenarvan fort. »Springt der Name Patagonien nicht von selbst in die Augen?«

Paganel schwieg fortwährend.

»Endlich«, sagte Glenarvan, »gibt nicht auch das Wort Indianer einen Grund dafür?«

»Ganz richtig«, erwiderte MacNabbs.

»Und ferner, ist's nicht klar, daß die Schiffbrüchigen, als sie diese Zeilen schrieben, sich gefaßt hielten, in Gefangenschaft der Indianer zu geraten?«

»Bleiben wir einmal bei diesem Punkt, lieber Lord«, erwiderte endlich Paganel. »Erkenne ich auch Ihre übrigen Folgerungen als richtig an, so scheint mir diese letztere wenigstens nicht ganz begründet.«

»Was meinen Sie damit?« fragte Lady Helena, während alle Blicke sich auf den Geographen wendeten.

»Ich meine«, versetzte Paganel mit Betonung dieser Worte, »der Kapitän Grant sei *jetzt Gefangener der Indianer,* und führe an, daß das Dokument dieses nicht in Zweifel läßt.«

»Sprechen Sie sich näher aus, mein Herr«, sagte Miß Grant.

»Sehr leicht, liebe Mary; anstatt auf dem Dokument zu lesen: *werden* Gefangene *sein,* lesen wir, *sind* Gefangene, und alles wird klar.«

»Aber das ist unmöglich«, erwiderte Glenarvan.

»Unmöglich! Weshalb«, fragte Paganel lächelnd.

»Weil die Flasche nur im Augenblick des Scheiterns konnte ausgeworfen werden. Die Bestimmung des Längen- und Breitengrades paßt nur für den Ort des Schiffbruches.«

»Dafür sehe ich keinen Beweis«, entgegnete Paganel lebhaft, »und ich sehe nicht ab, weshalb die Schiffbrüchigen, nachdem sie von den Indianern ins Innere des Landes geschleppt worden, nicht sollten getrachtet haben, vermittelst dieser Flasche den Ort ihrer Gefangenschaft kundzugeben.«

»Ganz einfach, lieber Paganel, weil, um eine Flasche ins Meer zu werfen, das Meer zur Stelle sein muß.«

»Oder in dessen Ermangelung«, erwiderte Paganel, »Flüsse, welche in dasselbe abfließen!«

Staunendes Schweigen folgte auf diese unerwartete Antwort, die übrigens zulässig war. Paganel begriff aus dem Glanz, der aus aller Augen strahlte, daß sich eine neue Hoffnung daran knüpfte. Lady Helena ergriff zuerst das Wort:

»Was für eine Idee!« rief sie aus.

»Und was für eine gute«, fügte naiv der Geograph hinzu.

»Und dann, was raten Sie?...« fragte Glenarvan.

»Mein Rat geht dahin, man solle den siebenunddreißigsten Parallelkreis von da an, wo er die amerikanische Küste berührt, bis zum Atlantischen Meer verfolgen, ohne nur um einen halben Grad von demselben sich zu entfernen. Vielleicht finden wir auf dieser Linie eine Spur der Schiffbrüchigen.«

»Schwache Aussicht!« versetzte der Major.

»So schwach sie auch sein mag«, fuhr Paganel fort, »wir dürfen sie nicht unberücksichtigt lassen. Ein Blick auf die Karte kann uns zeigen, daß es da nicht an Strömen und Flüssen fehlt, welche die Flasche ins Meer führen konnten. Und schmachten da unsere Freunde irgendwo in Gefangenschaft und hoffen auf Befreiung daraus, dürfen wir diese Hoffnung täuschen? Stimmen Sie nicht alle mir bei, daß wir dafür alles aufbieten müssen?«

Diese mit edler Begeisterung gesprochenen Worte verfehlten nicht, eine tiefe Rührung hervorzurufen. Alle standen auf und drückten ihm die Hand.

»Ja! Mein Vater ist da!« rief Robert Grant, und seine Augen wollten die Karte verschlingen.

»Und wo er auch sein mag«, fuhr Glenarvan fort, »wir werden ihn aufzufinden wissen, lieber Junge! Wir wollen unverzüglich den von unserem Freunde Paganel vorgeschlagenen Weg einschlagen.«

»Sehr wohl!« sagte John Mangles, »und dieser Querzug durchs amerikanische Festland wird keine Schwierigkeiten haben.«

»Weder Schwierigkeiten noch Gefahren«, versicherte Paganel. »Schon viele vor uns haben mit Glück diesen Ausflug gemacht. Übrigens ist das Klima, unter gleichem Breitengrad, wie Spanien und Griechenland auf der anderen Halbkugel, vortrefflich.«

»Herr Paganel«, fragte darauf Lady Helena, »Sie denken also, daß, wenn die Schiffbrüchigen in die Hände der Indianer gefallen sind, man ihr Leben geschont hat?«

»Ob ich das denke, Madame! Die Indianer sind durchaus keine Menschenfresser! Einer meiner Landsleute, Guinnard, ist drei Jahre lang bei den Indianern der Pampas in Gefangenschaft gewesen. Er hatte zu leiden, wurde sehr mißhandelt, hat aber endlich die Prüfung überwunden. Ein Europäer ist in jenen Gegenden ein nützliches Geschöpf; das wissen die Indianer zu schätzen, und sind für ihn besorgt, wie für ein wertvolles Haustier.«

»Nun, so ist nicht mehr zu zaudern«, sagte Glenarvan, »wir müssen unverzüglich abreisen. Welchen Weg sollen wir einschlagen?«

»Einen leichten und angenehmen«, erwiderte Paganel. »Im Anfang etwas Gebirge, nachher ein sanfter Gebirgsabfall auf der Ostseite der Anden, und endlich eine Ebene mit Wiesen- und Sandflächen, ein wahrer Garten.«

»Sehen wir auf die Karte«, sagte der Major.

»Hier, mein lieber MacNabbs. Wir finden das Ende des siebenunddreißigsten Breitengrades an der Küste von Chili zwischen der Spitze Rumena und der Bai Carnero. Wir gehen an der Hauptstadt von Araucanien durch den Paß Antuco, indem wir den Vulkan südlich lassen, über die Kordilleren; darauf kommen wir sanft abwärts über die weithin abfallenden Gebirgsabhänge, setzen über den Neuqem, den Colorado, und gelangen in die Pampas, zu dem Fluß Guamini, zur Sierra Tapalquen. Da sind schon die Grenzen des Gebietes von Buenos Aires. Wir betreten dieses, besteigen die Sierra Tandil und setzen unsere Nachforschungen fort bis zur Spitze Medano am atlantischen Gestade. Also, meine Freunde, es ist ein schurgerader Weg. Wir legen ihn binnen dreißig Tagen zurück und kommen noch vor dem Duncan auf der Ostküste an, sofern nicht ungünstiger Wind seine Fahrt aufhält.«

»Also soll der Duncan«, sagte John Mangles, »zwischen Kap Corrientes und dem Kap Sankt Anton kreuzen?«

»Richtig!«

»Und aus welchen Personen soll der Zug bestehen«, fragte Glenarvan.

»Aus sehr wenigen. Es handelt sich nur darum, die Lage des Kapitän Grant kennenzulernen, nicht mit den Indianern Krieg zu führen. Ich glaube, daß Lord Glenarvan, unser natürliches Haupt, der Major, welcher seinen Platz nicht wird abtreten wollen, Ihr Diener Jakob Paganel ...«

»Und ich!« rief der junge Grant.

»Robert! Robert!« sagte Mary.

»Und warum nicht«, erwiderte Paganel. »Reisen bilden die Jugend. Also wir vier und drei Matrosen des Duncan ...«

»Wie«, sagte John Mangles, »Ew. Herrlichkeit nimmt mich nicht in Anspruch?«

»Mein lieber John«, erwiderte Glenarvan, »was uns das Teuerste auf der Welt ist, bleibt an Bord. Unter wessen Obhut stehen diese Passagiere besser, als des ergebenen Kapitäns?«

»Also können wir euch nicht begleiten?« sagte Lady Helena, die Augen von Betrübnis umwölkt.

»Liebe Helena«, erwiderte Glenarvan, »unsere Trennung wird nicht lange dauern, und ...«

»Ja, Lieber, ich begreife«, entgegnete Lady Helena, »geht nur, und habt Glück auf dem Weg!«

»Übrigens ist es gar nicht eine Reise zu nennen«, sagte

Paganel.

»Und wie denn?« fragte Lady Helena.

»Ein Ausflug, nichts weiter.«

Hier schloß die Unterredung. Die Vorbereitungen begannen noch denselben Tag. Man beschloß, den Zug geheimzuhalten, um nicht die Indianer besorgt zu machen.

Der 14. Oktober wurde zur Abreise festgesetzt. Alle Matrosen wollten teilnehmen, und Lord Glenarvan ließ das Los entscheiden, um keinem der wackeren Leute wehe zu tun. Der Unterbefehlshaber Tom Austin, Wilson, ein kräftiger Bursche, und Mulrady, der es mit dem ersten Boxer zu London aufnahm, kamen dabei nicht zu kurz.

Am festgesetzten Tage war alles bereit. Wetteifernd mit Glenarvan, war John Mangles bedacht, zu gleicher Zeit abzufahren, um womöglich noch vor seinem Herrn an der Ostküste anzulangen. Zur festgesetzten Stunde versammelten sich die Passagiere im gemeinschaftlichen Salon. Glenarvan, Paganel, MacNabbs, Robert Grant, Tom Austin, Wilson, Mulrady, mit Karabinern und Revolvern bewaffnet, machten sich fertig, das Schiff zu verlassen. Führer und Maultiere erwarteten sie am Strande.

»Nun ist es Zeit«, sagte endlich Lord Glenarvan.

»Nun, so fahrt mit Gott«, erwiderte Lady Helena.

Lord Glenarvan drückte sie an sein Herz, und Robert umarmte Mary Grant.

»Und nun, liebe Gefährten«, sagte Jakob Paganel, »einen letzten Handschlag.«

Man begab sich wieder aufs Verdeck, die Reisenden verließen den Duncan, und als sie am Kai waren, näherte sich die Jacht auf halbe Kabellänge. Lady Helena rief zum letzten Mal: »Mit Gott, meine Freunde!«

»Und er wird unser Beistand sein, Madame«, erwiderte Paganel, »denn, glauben Sie doch, wir werden uns selbst nicht im Stiche lassen!«

»Vorwärts!« rief John Mangles seinem Maschinisten zu.

»Marsch!« sagte Lord Glenarvan.

Und zu derselben Zeit, als die Reisenden längs dem Ufer abritten, stach der Duncan mit voller Dampfkraft in See.

Elftes Kapitel

Ritt durch Chili

Die Truppe von Eingeborenen, welche Glenarvan mitnahm, bestand aus drei Mann und einem Buben. An der Spitze ein Maultierhalter, der ein Engländer von Geburt, seit zwanzig Jahren dort einheimisch, sich damit abgab, den Reisenden Maultiere zu vermieten, und ihnen beim Übergang über die Kordilleren als Führer zu dienen; dann übergab er sie einem argentinischen Führer, »Baqueano«, der mit dem Wege durch die Pampas vertraut war. Jener Engländer hatte im Umgang mit den Maultieren und Indianern seine Muttersprache nicht ganz vergessen. Glenarvan benutzte diesen Umstand, sich mit ihm zu verständigen, denn Paganel hatte es noch nicht dahin gebracht, daß man ihn verstand.

Diesem Maultierpfleger, »Catapaz« im Chilesischen genannt, waren zum Beistand zwei eingeborene Bauern – »Péon« – gegeben, und ein zwölfjähriger Bube. Die ersteren überwachten die Tiere, welche das Gepäck trugen, und letzterer führte die »Madrina«, eine kleine Stute, welche mit Schellen und Glöcklein behangen, den nachfolgenden zehn Maultieren Führerin war. Auf sieben derselben ritten die Reisenden, der Catapaz auf einem, die beiden anderen trugen Lebensmittel und einige Rollen Stoffe, womit man den guten Willen der Kaziken der Ebene gewinnen wollte. Die Bauern gingen, wie gewohnt, zu Fuß. Dies ist, in Hinsicht auf Sicherheit und Schnelligkeit, die beste Art, wie man in Südamerika durch das Land reist.

Der Übergang über die Andenkette ist keine gewöhnliche Reise. Man bedarf dafür starker Maultiere, wie die besten von argentinischer Abkunft sind. Die trefflichen Tiere haben in diesem Lande bedeutende Vorzüge vor ihrer ursprünglichen Rasse gewonnen. Sie sind in Hinsicht auf Nahrung nicht sehr wählerisch, trinken nur einmal täglich, machen leicht zehn französische Meilen in acht Stunden, und tragen unverdrossen eine Last von vierzehn Arroben.*

*Eine Arrobe = elfeinhalb Kilogramm.

Wirtshäuser gibt's auf diesem Wege von einem Ozean zum anderen nicht. Zur Nahrung dienen getrocknetes Fleisch, mit Piment gewürzter Reis und Wild, das man unterwegs erlegen kann: seinen Trunk schöpft man aus den Bächen des Gebirges, aus den Flüssen der Ebene, und macht es durch einige Tropfen Rum schmackhaft, wovon jeder in einem Ochsenhorn, »Chiffle« geheißen, eine Portion bei sich trägt. Doch muß man sich hüten, in den Gegenden, wo das Nervensystem des Menschen ganz besonders reizbar ist, zuviel Getränk mit Alkohol zu nehmen. Was man als Bett braucht, ist vollständig in dem hier gebräuchlichen Sattel, Recado genannt, enthalten, der aus halbgegerbten, auf der einen Seite wolligen Hammelfellen, »Pelion«, gemacht ist und mit schön umbordeten Gurten befestigt wird. In solcher warmen Umhüllung kann man den feuchten Nächten trotzen und schläft dabei vortrefflich.

Glenarvan, der zu reisen und den Gebräuchen der Länder sich anzubequemen verstand, hatte mit seinen Leuten die chilenische Tracht angenommen. Paganel und Robert freuten sich kindisch, als sie ihren Kopf durch den nationalen Poncho, einen wollenen Überwurf mit einem Loch in der Mitte, steckten, und mit den Beinen in die Stiefel schlüpften, die aus den Hinterfüßen eines jungen Pferdes gemacht waren. Man hätte sie sehen sollen auf ihrem reich aufgeschirrten Maultier mit dem arabischen Gebiß, dem langen Zaum von geflochtenem Leder, der zugleich als Peitsche diente, dem Hauptgestell mit metallener Verzierung, und den »Alforjas«, einem Quersack von bunter Leinwand mit den Lebensmitteln für den Tag. Paganel, stets zerstreut, hätte beim Aufsteigen beinahe einige Tritte von seinem trefflichen Tiere bekommen. Wie er einmal im Sattel war, mit seinem unvermeidlichen Fernrohr behangen, die Füße fest in den Steigbügeln, vertraute er dem Verstand seines Tieres und tat wohl daran. Robert zeigte bei seinem ersten Ritt hervorstechende Anlagen, ein trefflicher Reiter zu werden.

Man machte sich auf den Weg. Es war prächtiges Wetter, der Himmel völlig klar, und die Luft trotz der Sonnenhitze durch die Seewinde ziemlich abgekühlt. Die Truppe ritt rasch längs dem buchtigen Gestade der Bai von Talcahuano, um dreißig Meilen südlich ans Ende des Parallelkreises zu gelangen. Am ersten Tag ging's durch das Schilf ausgetrockneter Sümpfe. Dabei sprach man wenig. Der Abschied hatte auf die Gemüter tiefen Eindruck gemacht. Man gewahrte noch den Rauch des Duncan am fernen Horizont. Alle schwiegen, Paganel ausgenommen, der sich im Spanischen übte, indem er sich Fragen stellte und selbst beantwortete.

Der Catapaz war zudem ein ziemlich schweigsamer Mann, den sein Geschäft auch nicht eben redselig machte. Mit seinen Péons sprach er kaum ein Wort. Diese verstanden ihren Dienst wohl. Blieb ein Maultier stehen, so trieben sie's an mit einem Zuruf aus der Kehle; half das nicht, so diente ein treffender Stein, seinen Eigensinn zu brechen. Löste sich ein Gurt auf, kam das Gebiß in Unordnung, so nahm der Péon seinen Poncho ab und warf ihn dem Tiere über den Kopf; sobald er den Übelstand gebessert, gings dann weiter.

Die Maultiertreiber pflegen sich morgens um acht Uhr nach dem Frühstück auf den Weg zu machen, und so in einem Zug zu bleiben, bis um vier Uhr nachmittags man zum Lagern haltmacht. Glenarvan blieb bei diesem Brauch, und gerade als der Catapaz haltmachte, war man, ohne sich vom schaurigen Gestade zu entfernen, bei der Stadt Arauco angekommen, die am Südende der Bai lag. Um zum äußersten Ende der Gradlinie zu kommen, hätte man noch zwanzig Meilen weiter westlich gehen müssen. Aber Glenarvans Agenten hatten diese Strecke schon untersucht. Deshalb nahm man Arauco als den Punkt, von welchem aus man sich in gerader Linie östlich wendete.

Der Staat Araucanien, dessen Hauptstadt Arauco, ist hundertundfünfzig französische Meilen lang, dreißig breit, von den Moluchen, den älteren Abkömmlingen der chilenischen Rasse, bewohnt. Es ist ein stolzer und starker Menschenschlag, der einzige Stamm in Nord- und Südamerika, der niemals einer Fremdherrschaft unterworfen war. Gehörte Arauco zwar den Spaniern, so unterwarf sich wenigstens die Bevölkerung nicht; sie widerstanden damals, wie sie noch heutzutage den Eroberungsplänen der Chilenen widerstehen, und ihre unabhängige Flagge weht noch unangetastet auf dem Gipfel eines befestigten Hügels, unter dessen Schutz die Stadt liegt.

Die kleine Truppe nahm ihr Nachtlager im offenen Hof eines ziemlich unbehaglichen Wirtshauses der Stadt. Während die Abendmahlzeit bereitet wurde, machten Glenarvan, Paganel und der Catapaz einen Gang zwischen den mit Stroh gedeckten Häusern. Außer einer Kirche und den Trümmern eines Franziskanerklosters zeigte sich nichts Merkwürdiges. Glenarvan bemühte sich vergeblich, einige Erkundigungen einzuziehen. Paganel war trostlos, daß er sich nicht verständlich machen konnte; da aber hier araucanisch gesprochen wurde, eine Ursprache, die bis zur Magellanstraße herrscht, so konnte ihm sein Spanisch nichts helfen. Er suchte also für seine Augen Beschäftigung in Beobachtung der Grundgestalten der araucanischen Rasse. Die Männer waren von hohem Wuchs, hatten ein plattes Gesicht, Kupferfarbe, bartloses Kinn, mißtrauischen Blick, einen breiten Kopf mit starkem schwarzen Haarwuchs. Ihre Frauen, von jämmerlichem Aussehen, doch mutig, haben die mühevollsten Hausarbeiten zu verrichten, die Pferde zu besorgen, die Waffen zu putzen, das Feld zu bestellen; sie gingen für ihre Herren auf die Jagd und fanden noch Zeit, die türkisblauen Ponchos zu fertigen, welche zwei Jahre Zeit erfordern und mindestens um hundert Dollar verkauft werden. Kurz, diese Moluchen sind ein ziemlich rohes Volk, das gegen die einzige Tugend des Unabhängigkeitssinns fast alle menschlichen Fehler besitzt.

»Echte Spartaner«, sagte Paganel beim Abendessen, mit etwas Übertreibung; dann erzählte er, wie einmal einer seiner Landsleute, ein Advokat aus Perigueux, den Thron von Araucanien innegehabt, aber dabei erfahren mußte, was entthronte Könige »Undankbarkeit der Untertanen« nennen. Sie lachten und tranken etwas Chicha* auf die Gesundheit des Exkönigs Anton I. von Araucanien. Darauf sanken die Reisenden in ihren Poncho gehüllt in tiefen Schlaf.

Am folgenden Morgen um acht Uhr schlugen sie ihren Weg in gerader Richtung nach Osten ein. Derselbe führte an-

*Branntwein aus Mais.

fangs noch durch das fruchtbare von Weinbergen und Herden gesegnete Araucanien. Aber allmählich ward das Land öde. Kaum sah man, meilenweit voneinander entfernt, einzelne Hütten eingeborener Pferdebändiger, »Rastreadores«. Hier und da ein verlassener Pferdewechselort, der den in der Ebene schweifenden Eingeborenen zum Zufluchtsort dient. Zwei Flüsse versperrten ihnen den Weg, der Raque und Tubal. Aber der Catapaz kannte Fährten, um hinüberzugelangen. Am Horizont sah man die Andenkette, nordwärts mit hohen runden Gipfeln und vielen Piks. Es waren das nur niedrige Ausläufer des ungeheurn Bergrückens, welcher das Gerüst des ganzen Kontinents bildet.

Um vier Uhr nachmittags, nachdem man fünfunddreißig englische Meilen zurückgelegt hatte, wurde auf offenem Felde unter einem Buschwerk von Riesenmyrthen gerastet. Die Maultiere, von ihrem Gebiß befreit, weideten im dichten Gras. Die Alforjas spendeten Fleisch und Reis. Die auf den Boden gebreiteten Schafpelze dienten als Decke, die Sättel zu Kopfkissen, und jeder genoß auf diesem improvisierten Lager eine erquickende Ruhe, während der Catapaz und die Pénos abwechselnd Wache hielten.

Weil das Wetter so günstig blieb, weil alle Reisenden, Robert nicht ausgenommen, sich vollkommen wohl befanden, weil endlich die Reise so glücklichen Anfang hatte, mußte man die günstigen Umstände benützen und rastlos weitergehen. Am folgenden Tage setzte man ohne Unfall über den reißenden Bell, und als man abends am Ufer des Rio Biobio, welcher das spanische Chili vom unabhängigen scheidet, lagerte, konnte Glenarvan abermals fünfunddreißig Meilen als zurückgelegt aufzeichnen. Das Land war unverändert ergiebig, reich an Amaryllis, baumartigen Veilchen, Stechäpfeln und gelbblühendem Kaktus. Im Buschwerk lauerten geduckt verschiedene Tiere, darunter Panterkatzen. Ein Reiher, ein Käuzlein, Drosseln und Silbertaucher waren die einzigen Vertreter des Federviehs. Aber einheimische Bewohner gewahrte man wenig. Kaum einige »Guassos«, entartete Abkömmlinge von Indianern und Spaniern, sah man auf Rossen, welche mit riesigen Sporen, die sie am nackten Fuß trugen, blutig gestachelt waren, gleich Schatten vorübergaloppieren. Man stieß auf niemanden, mit dem man hätte reden können, und man konnte also auch keine Auskunft einziehen. Glenarvan wußte, was er davon zu halten hatte. Er sagte sich, der Kapitän Grant habe als Gefangener wohl über die Andenkette geschleppt werden müssen. Die Nachforschungen konnten erst in den Pampas, nicht diesseits, von Erfolg sein. Man mußte also sich gedulden und unablässig rasch weiterdringen.

Von jetzt an kam man in die Nähe des Gebirges, und man stieß öfter auf Gewässer, die sich nicht auf der Karte fanden; Paganel war eifrig bei der Hand, ihnen Namen zu geben. Über seine Kenntnis der Gegend staunte der Catapaz. Man stieß auf eine Straße, die quer den Weg durchschnitt! Als Glenarvan nach ihrem Namen fragte, antwortete Paganel rasch: »Sie führt von Yumbel nach Los Angeles.«

Glenarvan sah den Catapaz an.

»Ganz richtig«, erwiderte der. »Aber«, fragte er den Geographen, »Sie sind also schon durch das Land gekommen?«

»Das mein' ich!« erwiderte Paganel ernst.

»Auf einem Maultier?«

»Nein, in einem Lehnsessel.«

Der Catapaz begriff es nicht, zuckte die Achseln.

Um fünf Uhr machte er in einer kleinen Schlucht halt, einige Meilen oberhalb des Städtchen Loja; und man lagerte diese Nacht am Fuße einer Sierra, welche die erste Stufe der großen Kordillerenkette bildete.

Zwölftes Kapitel

Zwölftausend Fuß hoch in den Lüften

Bisher hatte die Reise durch Chili keine besondere Schwierigkeit gehabt. Nun aber stellten sich die Hindernisse und Gefahren, welche eine Gebirgsreise mit sich bringen, miteinander entgegen. Nun sollte der Kampf mit den Schwierigkeiten der Natur recht beginnen.

Zuerst fragte sich's, durch welchen Paß man über die Andenkette gelangen könne, ohne sich von der vorgezeichneten Linie zu weit zu entfernen. Man fragte den Catapaz.

»Ich kenne nur zwei gangbare Wege«, erwiderte derselbe, »in dieser Gegend der Kordilleren.«

»Gewiß den Paß Arica«, sagte Paganel, »den Valdivia Mendoza entdeckte?«

»Richtig.«

»Und den von Villarica, im Süden des Nevado dieses Namens?«

»So ist es.«

»Nun aber, mein Freund, diese beiden Pässe führen uns zu weit nördlich oder südlich von unserer Reiselinie ab.«

»Können Sie uns einen anderen vorschlagen?« fragte der Major.

»O ja«, erwiderte Paganel, »den Paß Antuco, auf dem vulkanischen Abhang, der nur einen halben Grad von unserer Linie entfernt. Er ist nur tausend Toisen hoch, wurde von Zamudio de Cuz aufgefunden.«

»Gut«, sagte Glenarvan; »aber, Catapaz, ist dieser Ihnen bekannt?«

»Ja, Mylord, ich bin ihn schon gegangen; aber ich habe ihn nicht vorgeschlagen, weil er höchstens ein Weg für das Vieh ist, dessen sich die eingeborenen Hirten des östlichen Gebirgsabhanges bedienen.«

»Ei, mein Freund«, erwiderte Glenarvan, »wo die Rinderherden, die Schafe und Ochsen der Pehuenschen gehen können, werden wir auch gehen können. Und weil der Paß Antuco uns den geraden Weg führt, wollen wir ihn gehen.«

Man brach auf und drang in das Tal Lejas, zwischen zwei großen Kalksteinmassen. Es ging aufwärts längs einem fast unmerklichen Abhang. Gegen elf Uhr mußte man um einen kleinen See gehen, ein malerisches natürliches Becken aller Bäche der Umgebung, die sich da in ruhiger Klarheit mischten. Oberhalb des Sees breiteten sich ausgedehnte »Llanos« aus, grasige Hochebenen, wo die Herden der Eingeborenen weideten. Dann stieß man auf einen südlich und nördlich abfließenden Sumpf. Um ein Uhr sah man das Fort Ballenare auf einem zugespitzten Felsen, den es mit seinen verfallenen Wällen krönte. Man zog daran vorüber. Nun wurden die Abhänge schon steil, voll Steine, und die von den Hufen der Maultiere lose gewordenen Kiesel rollten unter ihren Füßen und bildeten lärmendes Steingerölle. Um drei Uhr abermals malerische Ruinen eines bei der Erhebung im Jahre 1770 zerstörten Forts.

Von hier an wurde der Weg schwierig, ja gefährlich; der Steigungswinkel wurde weiter, fürchterliche Abgründe klafften. Die Maultiere schritten vorsichtig voran, mit der Nase auf der Erde den Weg witternd. Man ging eins hinter dem andern. Manchmal, bei einer plötzlichen Krümmung, wurde das leitende Tier unsichtbar, und die kleine Karawane folgte dem entfernten Ton der Schelle. Oft auch geriet die Kolonne durch launige Krümmungen des Weges auf zwei parallele Linien, und der Catapaz konnte mit den Péons sprechen, während eine zwei Toisen breite, aber zweihundert tiefe Spalte einen klaffenden Abgrund zwischen ihnen bildete.

Die Pflanzenvegetation rang indessen noch mit der überhandnehmenden Herrschaft des Gesteins, doch merkte man überall die Spuren des Kampfes der beiden Reiche. Man erkannte die Nähe des Vulkans Antuco an einigen Lavastreifen von Rostfarbe, woraus gelbe Kristalle in Form von Nadeln emporstarrten. Die allen Gesetzen des Gleichgewichts zum Trotz aufeinandergetürmten Felsen drohten herabzufallen. Offenbar hatten die Fluten ihnen ein anderes Aussehen geben müssen, und man konnte leicht sehen, daß für diese Berggegend die Zeit der letzten Schichtung noch nicht gekommen war.

Unter diesen Umständen war es schwierig, die Straße wiederzuerkennen. Die häufigen Erschütterungen veränderten den Bauriß der Anden, und die Merkzeichen fanden sich nicht mehr an ihrer Stelle. Daher stutzte der Catapaz, stand stille, blickte um sich, untersuchte die Gestalt der Felsen, forschte nach Spuren der Indianer. Es war nicht möglich, sich zurechtzufinden.

Glenarvan folgte seinem Führer Schritt vor Schritt; er merkte und begriff, wie mit den Schwierigkeiten des Weges seine Verlegenheit wuchs; er wagte ihn nicht zu fragen und dachte, vielleicht nicht ohne Grund, es sei mit dem Instinkt der Maultiertreiber wie mit dem ihrer Tiere, und man müsse sich darauf verlassen.

Noch eine Stunde lang ging der Catapaz so auf gut Glück weiter, immer in höhere Region vordringend. Endlich sah er sich genötigt, plötzlich haltzumachen. Man befand sich im tiefen Grund eines schmalen Tales, dessen Ausgang von einer steil emporstarrenden Felswand verschlossen war. Der Catapaz stieg ab, kreuzte die Arme und wartete. Glenarvan kam herbei.

»Ihr habt Euch irregegangen?« fragte er.

»Nein, Mylord.«

»Doch, wir sind nicht auf der Straße Antuco.«

»Wir befinden uns auf derselben.«

»Irren Sie sich nicht?«

»Nein. Hier sind die Reste eines von Indianern angemachten Feuers, und dort die Spuren von Rinder- und Schafherden.«

»Nun, so ist man diesen Weg gegangen!«

»Ja, aber nun kann man ihn nicht mehr gehen. Das neuerliche Erdbeben hat es unmöglich gemacht . . .«

»Für Maultiere«, erwiderte der Major, »nicht für Menschen.«

»Ei! Das ist Ihre Sache«, erwiderte der Catapaz, »ich habe getan, was mir möglich war. Ich bin mit meinen Maultieren bereit umzukehren, wenn Sie belieben, den Weg zurückzugehen, und einen der anderen Wege über die Kordilleren einzuschlagen.«

»Und das wird dauern?...«

»Drei Tage mindestens.«

Glenarvan hörte schweigend ihn an. Derselbe hielt sich offenbar an seine Übereinkunft. Seine Tiere konnten nicht weiter. Doch als der Vorschlag kam, denselben Weg rückwärts zu machen, wendete sich Lord Glenarvan zu seinen Begleitern, und sprach:

»Sind Sie dabei, dennoch weiterzugehen?«

»Wir folgen Ihnen«, erwiderte Tom Austin.

»Wir gehen Ihnen selbst voran«, setzte Paganel hinzu. »Worum handelt sich's denn dabei? Über eine Bergkette zu steigen, deren jenseitigen Abhang hinabzusteigen weit leichter ist! Nachher finden wir argentinische Baqueanos, die uns durch die Pampas führen werden, und rüstige Pferde, welche über die Ebenen zu galoppieren pflegen. Also vorwärts, ohne Zaudern.«

»Vorwärts«, riefen Glenarvans Gefährten.

»Sie wollen nicht mit uns?« fragte er den Catapaz.

»Ich bin Maultierführer«, erwiderte dieser.

»Nach Belieben.«

»Man kann ihn schon entbehren«, sagte Paganel; »auf der anderen Seite dieser Felswand kommen wir wieder auf die Pfade von Antuco, und ich bin imstande, Sie so gerade das Gebirge hinabzugeleiten, wie der beste Führer in den Kordilleren.«

Glenarvan machte also mit dem Catapaz Rechnung und entließ ihn samt seinen Tieren und Péonen. Die Waffen, Instrumente und der Rest von Lebensmitteln wurden den sieben Genossen zugeteilt. Man war darüber einig, sogleich die Besteigung fortzusetzen und nötigenfalls einen Teil der Nacht die Reise fortzusetzen. Über den Abhang links schlängelte sich ein steiler Pfad, welchen die Tiere nicht hätten hinanklimmen können. Es waren große Schwierigkeiten, aber nach zweistündigen Beschwerden und Umwegen befanden sich Glenarvan und seine Genossen wieder auf dem Wege von Antuco.

Sie befanden sich damals in der eigentlich sogenannten Andengegend, nicht weit von dem oberen Kamm der Kordilleren; aber von gebahntem Wege, einem bestimmten Pfade keine Spur. Durch das letzte Erdbeben war diese ganze Gegend überschüttet worden, und man mußte sich allmählich zu den Gipfeln der Kette emporarbeiten. Paganel war etwas bestürzt, daß er die Straße nicht frei fand, und er machte sich auf arge Mühseligkeit gefaßt, um den Gipfel der Anden zu erreichen, denn ihre mittlere Höhe beträgt elftausend bis zwölftausendsechshundert Fuß. Zum Glück war das Wetter ruhig, der Himmel rein, die Jahreszeit günstig; denn zur Winterzeit, vom Mai bis zum Oktober, wäre diese Besteigung gar nicht ausführbar gewesen; die Reisenden erliegen rasch der argen Kälte, und wen diese verschont, entgeht wenigstens nicht den heftigen Stürmen, welche in diesen Gegenden einheimisch sind und alljährlich die Schluchten der Kordilleren mit Leichen füllen.

Die ganze Nacht hindurch stieg man noch aufwärts; man erklimmte mit den Händen fast unzugängliche Hochplatten; sprang über weite und tiefe Klüfte; in Ermangelung von Stricken reichte man sich die Hände, und die Schultern dienten als Staffeln. Damals ergab sich für Mulradys Kraft und Wilsons Gewandtheit tausendfache Gelegenheit sich zu zeigen; manchmal hätte ohne ihren Mut und ihre Hingebung die kleine Truppe keinen Schritt weitergekonnt. Glenarvan verlor den jungen Robert keinen Augenblick aus den Augen, der aus Jugend und Lebhaftigkeit unvorsichtig war. Paganel drang mit ganz französischem Ungestüm voran. Der Major rührte sich nicht mehr, als nötig war, und kam mit kaum merklicher Bewegung aufwärts.

Um fünf Uhr früh hatten die Reisenden eine Höhe erreicht, die nach Angabe des Barometers siebentausendfünfhundert Fuß betrug. Sie befanden sich damals auf der zweiten Stufe des Hochlandes, der äußersten Grenze des Baumwuchses. Da sprangen verschiedene Tiere, die einem Jäger Freude gemacht hätten; sie flohen von weitem, als die Männer sich näherten. Man sah hier das treffliche Lama, das auf den Berghöhen Schaf, Rind und Pferd ersetzt und noch da fortkommt, wo Maultiere nicht mehr bestehen; das kleine, furchtsame Nagetier Chinchilla mit reichlichem Pelz, das dem Hasen und Kaninchen gleicht und auf seinen Hinterfüßen dem Känguruh ähnlich ist. Es ist ein reizender Anblick, das gewandte Tierchen gleich einem Eichhörnchen über die Wipfel der Bäume laufen zu sehen.

Doch waren diese Tiere nicht die höchsten Bergbewohner. Nahe an der Grenze ewigen Schnees, neuntausend Fuß hoch, lebten, und zwar truppweise, Wiederkäuer von unvergleichlicher Schönheit, das Alpaca mit langem seidenartigen Fell, dann jene eingehörnte, zierliche und stolze Ziege mit feiner Wolle, von den Naturforschern Vigogna genannt. Aber es war kein Gedanke, ihnen nahe zukommen, kaum glückte es, sie zu Gesicht zu bekommen, denn sie flohen so rasch wie im Fluge.

Jetzt änderte sich der Anblick der Gegend völlig. Auf allen Seiten sah man aufgeschichtete Eisblöcke von bläulicher Farbe die ersten Strahlen des Tageslichtes widerstrahlen. Das Hinansteigen wurde nun recht gefährlich. Man wagte keinen Schritt weiter, ohne achtsam zu forschen, ob nicht eine Spalte im Boden sei. Wilson stellte sich an die Spitze der Reihe und untersuchte mit dem Fuß den Gletscherboden. Seine Gefährten gingen ganz genau auf der Spur seiner Tritte und hüteten sich nur, laut zu sprechen, um nicht durch die Erschütterung der bewegten Luft ein Herabfallen von Schneemassen zu veranlassen, welche sieben- bis achthundert Fuß über ihren Köpfen hingen.

Sie waren in die Region der Gesträuche gekommen, welche in zweihundertundfünfzig Toisen Höhe den Gräsern und Kakteen Platz machten. Mit elftausend Fuß verschwanden auch diese Pflanzen vom öden Boden, und es zeigte sich keine Spur von Vegetation mehr.

Die Reisenden hatten nur ein einziges Mal, um acht Uhr, haltgemacht, um durch ein einfaches Mahl ihre Kräfte wieder zu stärken, und setzten dann mit übermenschlichem Mut die Ersteigung fort, den stets wachsenden Kräften Trotz bietend; an manchen Stellen bezeichneten hölzerne Kreuze vorgekommene Unglücksfälle. Um zwei Uhr kam man an eine ungeheure Hochebene ohne Spur von Vegetation, die sich zwischen dürren Felsen hinzog. Die Luft war trocken, der

Himmel grellblau; in dieser Höhe gibt's keinen Regen, die Dünste lösen sich zu Schnee oder Hagel auf.

Unterdessen gingen der kleinen Truppe, trotz ihres Mutes, die Kräfte aus. Glenarvan bereute, soweit ins Gebirge vorgedrungen zu sein. Der junge Robert hielt sich standhaft bei der Ermüdung, aber konnte kaum weiter.

Um drei Uhr machte Glenarvan halt.

»Wir müssen wohl ausruhen«, sagte er, denn sonst niemand machte den Vorschlag.

»Ausruhen?« entgegnete Paganel, »aber es fehlt an Schutz.«

»Doch dürfen wir's nicht unterlassen, sei's auch nur um Roberts willen.«

»Nein, Mylord«, erwiderte der mutige Knabe, »ich kann noch weitergehen ... Machen Sie nicht halt ...«

»Man wird dich tragen, lieber Junge«, entgegnete Paganel; »man muß um jeden Preis zum jenseitigen Abhang gelangen. Dort finden wir vielleicht zum Schutz eine Hütte. Nur noch zwei Stunden bedarf's.«

»Stimmen Sie alle bei?« fragte Glenarvan.

»Ja«, erwiderten seine Gefährten.

Und Mulrady fügte bei: »Ich trage den Jungen.«

Man stieg weiter in östlicher Richtung: es dauerte noch zwei fürchterliche Stunden. Immer aufwärts suchte man die äußersten Höhen des Gebirges zu erreichen. Die zunehmende Dünne der Luft verursachte die schmerzliche Beklemmung, welche man »Puna« nennt. Das Blut drang aus Lippen und Zahnfleisch. Man mußte, um den Blutumlauf zu fördern, häufiger einatmen, und dies ermüdete ebenso, wie das Rückprallen der Sonnenstrahlen auf den Schneeflächen. Trotz aller Willensstärke der mutigen Männer wurden doch endlich auch die stärksten schwach, und der Schwindel brach nicht bloß die physische, sondern auch moralische Kraft. Sie fielen öfters zu Boden und schleppten sich dann nur mühsam auf den Knieen fort.

Die Erschöpfung drohte bereits der allzu lange fortgesetzten Besteigung ein Ziel zu setzen, und Glenarvan erwog nun mit Schrecken den unermeßlichen Schnee, die alles durchdringende Kälte und den Mangel eines Obdachs während der Nacht.

Da blieb der Major stehen, und sagte ruhig: »Eine Hütte.«

Dreizehntes Kapitel

Herabsteigen von den Kordilleren

Jeder andere als MacNabbs wäre an dieser Hütte vorbei, um sie herum, ja über dieselbe hinausgegangen, ohne zu ahnen, was es war. Nur durch eine Erhöhung der Schneedecke unterschied sie sich kaum von den sie umgebenden Felsen. Man mußte sie erst abkehren. Nach halbstündiger Arbeit hatten Wilson und Mulrady den Eingang der Hütte frei gemacht, und die kleine Truppe drängte sich eifrig zu.

Diese Hütte war von Eingeborenen aus getrockneten Ziegelsteinen errichtet in Gestalt eines Würfels von zwölf Fuß im Geviert, und befand sich oben auf einem Basaltblock. Eine steinerne Treppe führte zu dem Eingang, der einzigen Öffnung an derselben, und so enge sie war, so war sie doch zur Zeit der entfesselten Winterstürme dem Schnee, Hagel und Wind nicht unzugänglich.

Zehn Personen fanden leicht in derselben Platz, und wenn ihre Wände auch zur Regenzeit nicht ganz wasserdicht waren, so schützten sie doch damals einigermaßen gegen eine starke Kälte, welche das Thermometer auf zehn Grad unter Null angab. Übrigens gewährte ein Herd mit einem aus schlecht zusammengefügten Ziegelsteinen aufgebauten Rauchfang die Möglichkeit, die Kälte durch ein angemachtes Feuer zu bewältigen.

»Das ist ja ein Nachtlager«, sagte Glenarvan, »das genügen kann, wenn es auch keine Bequemlichkeiten hat. Die Vorsehung hat uns dahin geführt, und wir können ihr nur dafür danken.«

»Ei, ei!« erwiderte Paganel, »'s ist ja ein Palast. Da sind wir trefflich aufgehoben.«

»Zumal wenn ein tüchtiges Feuer darin brennt«, sagte Tom Austin; »mir wenigstens würde ein Reisigbündel mehr Freude machen, als ein Stück Wildbret.«

»Nun, Tom«, erwiderte Paganel, »so wird man sich bemühen, Brennmaterial zu finden.«

»Brennmaterial auf dem Gipfel der Kordilleren!« sagte Mulrady mit Kopfschütteln.

»Da man in der Hütte einen Kamin errichtet hat«, entgegnete der Major, »so ist's auch wahrscheinlich, daß man etwas zum Brennen finden werde.«

»Freund Nabbs hat recht«, sagte Glenarvan; »bereitet nur alles zum Nachtessen vor; ich will die Stelle des Holzmachers übernehmen.«

»Ich begleite Sie nebst Wilson«, versetzte Paganel.

»Können Sie mich brauchen? . . .« sagte Robert, und stand auf.

»Ruhe dich aus, lieber Junge«, entgegnete Glenarvan. »Du wirst ein Mann sein in einem Alter, wo andere noch Kinder sind!«

Glenarvan, Paganel und Wilson verließen die Hütte. Es war sechs Uhr abends. Trotz völliger Windstille war es sehr kalt. Der blaue Himmel wurde schon düster, und die Sonne warf ihre letzten Strahlen auf die Piks der Hochflächen. Paganel stellte mit dem Barometer seine Beobachtung an und fand, daß die Höhe elftausendsiebenhundert Fuß betrug. Diese Region der Kordilleren war also neunhundertundzehn Meter niedriger als der Montblanc. Hätten diese Gebirge dieselben Schwierigkeiten dargeboten wie der Schweizer Riese, oder hätten seine Stürme getobt, so hätte keiner der Reisenden die Kette zu übersteigen vermocht.

Als Glenarvan und Paganel auf einem Porphyrhügel ankamen, blickten sie nach allen Seiten des Horizonts umher. Sie befanden sich auf einem Schneegipfel der Kordilleren, der einen Raum von vierzig Quadratmeilen beherrschte. Der östliche Abfall des Gebirges senkte sich in allmählicher Abstufung von Abhängen, auf welchen die Péons mehrere hundert Klafter weit hinabzurutschen pflegen. In der Entfernung sah man lange Streifen von Steingerölle und zerstreute Felsblöcke, die von den Gletschern fortgedrängt ungeheure Schutthaufen bildeten. Das Tal des Colorado lag infolge der herabsinkenden Sonne bereits in zunehmendem Schatten, die daraus hervortretenden noch beleuchteten Punkte und Spitzen verloschen nach und nach, und allmählich sank der ganze östliche Abhang der Anden in Dunkel. Im Westen lag der allmählich ansteigende Abhang in Beleuchtung, eine Bergkette, welche der steilabfallenden östlichen Gebirgswand eine Widerlage, gewissermaßen Strebemauer bildete. Es war zum Blenden, wenn man die Gletscher und Felsen in dieser Bestrahlung sah. Nach Norden zu verlor sich eine Reihe von Gipfeln unmerklich zu einer wellenförmigen Linie. Im Süden dagegen ergab sich ein prachtvoller Anblick, der mit Anbruch der Nacht erhabene Verhältnisse annahm. In der Tat, warf man den Blick in das wilde Torbidotal, so traf er auf den Antuco, dessen klaffender Krater zwei Meilen von da sich öffnete. Der Vulkan brüllte wie ein Ungeheuer und spie glühenden Rauch aus, vermischt mit Strömen rußiger Flammen; Hagel von glühenden Steinen, Wolken von rötlichem Dampf, Raketen von Lava, bildeten funkelnde Garben. Während die Sonne im Dunkel des Horizonts verschwand, erhob sich ein ungeheurer, stets wachsender Glanz, der den weiten Umkreis mit grellem Widerschein erfüllte.

Paganel und Glenarvan hätten lange bei diesem prachtvollen Anblick verweilt; aber Wilson erinnerte sie an die Lage, worin man sich befand. Zwar mangelte es an Holz; aber zum Glück waren die Felsen mit trockenen Flechten bekleidet, und die Wurzeln einer Pflanze, »Llaretta« genannt, boten auch einen genügenden Brennstoff. Man brachte einen gehörigen Vorrat des schätzbaren Materials in die Hütte und zündete auf dem Herd ein Feuer an, das aber schwierig zu unterhalten war, weil, wie wenigstens der Major sagte, die dünne Luft zu wenig Sauerstoff darbot.

»Dagegen«, fuhr er fort, »braucht auch das Wasser keine hundert Grad zum Sieden, und der Kaffee ist eher fertig.«

Richtig, das Thermometer weist im siedenden Wasser* nur

*Der Siedepunkt des Wassers sinkt mit je dreihundertvierundzwanzig Metern der Höhe um einen Grad herab.

siebenundachtzig Grad nach. Jeder schlürfte mit Behagen seinen heißen Kaffee. Aber das Dörrfleisch wollte Paganel nicht zusagen, und er wünschte ein Stück Lammbraten. Der Major warf ihm zwar Ungenügsamkeit vor, verstand sich aber doch dazu, trotz der Kälte, auf den Anstand zu gehen.

Seine Gefährten hatten noch nicht Zeit, ihm für seine Gefälligkeit zu danken, als man in der Ferne ein dumpfes Getöse vernahm: es war nicht ein Geschrei einzelner Tiere, sondern es schienen wirre Töne einer reißend schnell herannahenden Herde. Wollte die Vorsehung zu dem Obdach noch die Mahlzeit gewähren? meinte der Geograph. Aber Glenarvan bemerkte, daß die Vierfüßer der Kordilleren doch nie zu einer so hohen Zone hinankommen.

»Woher kommt denn aber das Getöse?« sagte Tom Austin. »Hören Sie, wie es näher kommt!«

»Eine Lawine?« sagte Mulrady.

»Unmöglich! Es sind wirklich belebte Töne«, erwiderte Paganel.

»Wir werden sehen«, sagte Glenarvan.

»Und mit dem Karabiner in der Hand«, entgegnete der Major.

Alle eilten zur Hütte hinaus. Es war Nacht geworden, düster, aber sternhell. Des Mondes letztes Viertel war noch nicht aufgegangen. Im Norden und Osten verschwanden die Gipfel im Dunkel, und die Blicke konnten nur den fantastischen Umriß einiger hervorragender Felsen gewahren. Das Geheul – ein Geheul aufgescheuchter Tiere, wiederholte sich. Es kam von der dunklen Seite der Kordilleren her. Was gab's da? Plötzlich kam eine wütende Lawine heran, eine Lawine lebender, vor Schrecken toller Geschöpfe. Die ganze Hochebene schien in Bewegung. Von diesen Tieren kamen Hunderte, Tausende vielleicht, und machten, trotz der dünnen Luft, ein betäubendes Getöse. War's Rotwild aus den Pampas oder nur eine Herde Lamas und Vigognas? Glenarvan, MacNabbs, Robert, Austin, die beiden Matrosen hatten nur noch Zeit, sich auf den Boden zu werfen, während dieser lebendige Strudel einige Fuß über ihnen her ging. Paganel, der als Nachtsichtiger, um besser zu schauen, stehen blieb, wurde im Nu zu Boden geworfen.

In dem Augenblick hörte man einen Schuß. Der Major hatte aufs Geratewohl gefeuert. Es kam ihm vor, als falle ein Tier einige Schritte vor ihm nieder, während die ganze Rotte, mit unwiderstehlichem Ungestüm und verdoppeltem Geschrei, fortstürmte und über die vom Widerschein des Vulkans erhellten Abhänge hin verschwand.

»Ah! Da hab ich sie«, sagte eine Stimme – es war Paganels.

»Und was haben Sie?« fragte Glenarvan.

»Meine Brille, wahrhaftig! Die Brille zu verlieren, ist wohl das geringste Ungemach bei solch einem Getümmel!«

»Sie sind doch nicht verwundet?...«

»Nein, ein wenig getreten. Aber von wem?«

»Von dem da«, erwiderte der Major, indem er das erlegte Tier herbeischleppte.

Man eilte um die Wette wieder in die Hütte, um bei dem Scheine des Herdfeuers den Schuß MacNabbs zu untersuchen.

Es war ein hübsches Tier, ähnlich einem kleinen Kamel ohne Buckel, mit seinem Kopf, flachem Körper, langen und schlanken Beinen, seinen Haaren von einer Farbe, wie Kaffee mit Milch; der Leib war unten weiß gefleckt. Als Paganel es erblickte; rief er aus:

»Ein Guanaco!«

»Was ist ein Guanaco für ein Tier?« fragte Glenarvan.

»Ein eßbares Tier«, erwiderte Paganel.

»Ist's gut?«

»Schmackhaft. Ein Gericht wie im Olymp. Ich wußte doch, daß wir noch einen Braten zum Abendtisch bekommen würden! Und was für ein Braten! Aber wer wird das Tier ausweiden?«

»Ich«, sagte Wilson.

»Gut, ich übernehme es zu braten«, erwiderte Paganel.

»So sind Sie auch ein Koch, Herr Paganel?« fragte Robert.

»Wahrhaftig, lieber Junge, und zwar als Franzose! In jedem Franzosen steckt ein Koch.«

Fünf Minuten nachher legte Paganel große Schnitten Wildbraten auf die Kohlen der Llarettawurzel. Zehn Minuten später legte er seinen Gefährten dieses sehr appetitliche Fleisch unter dem Namen »Mürbbraten von Guanaco« vor. Niemand machte Umstände, man biß tapfer ein.

»Das ist ja abscheulich!« sagte der eine.

»Nicht zum Essen!« erwiderte der andere.

Der arme Gelehrte mußte zugeben, daß dieser Rostbraten selbst für Ausgehungerte ungenießbar war. Man fing an, einige Scherze über sein olympisches Gericht zu machen, die er übrigens gut verstand; er forschte nach dem Grunde, weshalb dieses Guanacofleisch, das sonst gut und sehr geschätzt ist, unter seinen Händen so abscheulich geworden war. Ein Gedanke fuhr ihm durch den Kopf:

»Jetzt weiß ich's«, rief er aus; »wahrhaftig! Ich hab's gefunden!«

»Ist das Fleisch vielleicht schon zu weit voran?« fragte ruhig MacNabbs.

»Nein, aber zu sehr in Aufregung! Wie konnt' ich das nur unbeachtet lassen?«

»Was meinen Sie damit, Herr Paganel«, fragte Tom Austin.

»Ich will sagen, das Guanaco hätte müssen in ruhigem Zustande getötet werden; ein zu sehr abgehetztes Wild ist nicht genießbar. Daraus kann ich abnehmen, daß die Herde schon weit her gerannt ist.«

»Ist das gewiß«, sagte Glenarvan.

»Ganz gewiß.«

»Aber welches Naturereignis war imstande, diese Tiere so in Schrecken zu setzen zu einer Zeit, da sie sonst ruhig auf ihrem Lager schlafen.«

»Hierauf, lieber Glenarvan«, sagte Paganel, »kann ich nicht antworten. Glauben Sie mir, so gehen wir jetzt zur Ruhe, ohne weiter zu forschen. Ich meinesteils bin todmüde. Sind Sie dabei, Major?«

»Ja, wir wollen schlafen.«

Darauf hüllte sich jeder in seinen Poncho, man schürte das Feuer und gab ihm Brennstoff für die ganze Nacht, und bald hörte man es furchtbar schnarchen in allen Tonarten und Weisen; der Baß des gelehrten Geographen stützte die Harmonie der Stimmen.

Glenarvan allein schlief nicht. Geheime Unruhe hielt ihn in schlaflosem Zustande. Unwillkürlich quälte ihn der Gedanke an die gemeinsam flüchtende Herde, ihren unerklärlichen Schrecken. Es konnte dies nicht von einer Verfolgung durch Raubtiere herrühren. In dieser Höhe gibt's deren keine, noch weniger Jäger. Woher rührte nun der Schrecken, welcher die Tiere den Abgründen des Antuco zutrieb. Es ahnte ihm eine nahe Gefahr.

Doch beruhigte er sich im halben Schlummer ein wenig, und die Hoffnung gewann die Oberhand über die Besorgnisse. Er befand sich in Gedanken bereits am Morgen auf der Ebene der Anden. Da mußten erst recht seine Forschungen anfangen, und vielleicht war der Erfolg schon nahe. Er dachte an die Befreiung des Kapitäns Grant und der beiden Matrosen aus harter Sklaverei. Solche Gedanken flogen durch seinen Geist, dann kamen ihm seine schlimmen Ahnungen nur verstärkt wieder.

Einmal glaubte er in der Ferne ein dumpfes, drohendes Getöse zu vernehmen, gleich einem Donnergeroll, das nicht von oben kam. Es konnte nur von einem Gewitter herrühren, das einige tausend Fuß unterhalb im Gebirge ausgebrochen war. Glenarvan ging hinaus, um sich darüber ins klare zu setzen.

Es ging eben der Mond auf. Die Luft war klar und ruhig. Kein Wölkchen, weder am Himmel noch im Talgrund. Hier und da ein leichter Widerschein der Flammen des Antuco. Kein Gewitter, kein Blitz; zahllose Sterne funkelten. Und doch dauerte das Getöse fort; es schien näher zu kommen und quer über die Andenkette zu laufen. Glenarvan begab sich nur unruhiger wieder zurück, fragte sich nach dem Zusammenhang zwischen dem unterirdischen Getöse und der Flucht der Guanacos. Es war zwei Uhr morgens. Jedoch weckte er seine Genossen nicht, die aus Ermüdung in tiefem Schlaf lagen, und fiel selbst in unüberwindlichen Schlummer, einige Stunden lang.

Plötzlich schreckte ihn ein entsetzliches Getöse wieder auf. Es war ein betäubendes Gepolter, gleich dem stoßweisen

Rollen unzähliger Munitionskarren über hallendes Pflaster. Auf einmal fühlte er den Boden unter seinen Füßen wanken; er bemerkte, wie die Hütte wankte und klaffte.

»Aufgewacht!« rief er seinen Gefährten zu.

Diese wurden, sowie sie die Augen öffneten, durcheinandergerüttelt und auf einen jähen Abhang hinuntergeschleudert.

Der Tag graute eben, es war eine entsetzliche Szene. Die Gestalt der Gebirge änderte sich plötzlich; die Kegel wurden stumpf, die wackelnden Spitzen verschwanden, als wie in eine Falltür hinein. Eine mehrere Meilen starke Felsmasse löste sich ab und rutschte der Ebene zu.

»Ein Erdbeben!« schrie Paganel.

Er irrte sich nicht. Es sind solche in dem gebirgigen Küstenland Chili nicht selten, zumal in dieser Gegend, wo Copiapo zweimal zerstört wurde und Sankt Jago viermal binnen vierzehn Jahren. Die unterirdischen Feuer sind dort stets in Tätigkeit, und die Vulkane dieser Gebirgskette neueren Ursprungs haben nicht genug Öffnungen, um die unterirdischen Dünste herauszulassen. Daher diese unaufhörlichen Erschütterungen, welche man Erdbeben nennt.

Inzwischen rutschte die Hochebene, worauf die sieben Männer, von Schrecken betäubt, sich an Büscheln Flechte festzuklammern suchten, rascher wie ein Eilzug, d. h. fünfzig Meilen in der Stundel hinab. Es war nicht möglich zu schreien, nur eine Bewegung zu machen, um sich festzuhalten oder zu fliehen. Man hätte sich auch nicht verständlich machen können vor dem unterirdischen Rollen, dem Getöse der Lawinen, dem Herabsturz der Granit- ud Basaltmassen, den Staubwirbeln, welche alle gegenseitige Mitteilung unmöglich machten. Bald rutschte der Block ohne Anstoß weiter, bald streifte er, gerüttelt und geschüttelt, wie das Verdeck eines Schiffes von den Wogen der See, an Abgründen vorbei, in welche Bergstücke hinabfielen, und sichelte Jahrhunderte alte Bäume und alle Unebenheiten des östlichen Abhangs wie eine Sense hinweg. Man denke auch, was eine Masse vom Tonnengewicht einiger Milliarden in stets wachsender Schnelligkeit unter einem Winkel von fünfzig Grad herabstürzend für eine Wucht haben muß.

Wie lange dieser unbeschreibliche Sturz dauerte, konnte niemand ermessen. In welchen Abgrund er führen würde, war nicht zu ersehen. Ob alle noch am Leben waren oder einer in einem Abgrunde lag, konnte man nicht sagen. Atemlos durch die Schnelligkeit des Rutschens, von Eiskälte durchdrungen, konnten sie vorm Schneewirbel nicht sehen, keuchten fast leblos, und klammerten sich instinktmäßig an den Felsen fest.

Auf einmal wurden sie durch einen Stoß mit unglaublicher Gewalt losgerissen und fortgeschleudert und rollten über die letzten Gebirgsstufen.

Einige Minuten lang lagen sie regungslos. Endlich richtete sich einer auf, zwar sinnbetäubt, aber noch festen Fußes – es war der Major. Er schüttelte den Staub von den Augen und blickte um sich. Seine Gefährten lagen gleich abgeschossenen Flintenkugeln um ihn herum übereinander.

Der Major zählte sie. Bis auf einen lagen sie auf dem Boden. Es fehlte Robert Grant.

Vierzehntes Kapitel

Ein rettender Schuß

Die östliche Abdachung der Andenkette besteht aus weithin sich erstreckenden Flächen, die allmählich auf die Ebene abfallen, wo ein Teil der Bergmasse plötzlich Einhalt gemacht hatte. Diese Landschaft ist mit fetten Weiden voll prächtiger Bäume bedeckt, darunter zahllose Obstbäume mit goldglänzenden Früchten, die, zur Zeit der Eroberung angepflanzt, ganze Waldungen bilden, ein prangendes Stück Normandie im Gebiet des La Plata; unter anderen Umständen hätte das Auge des Reisenden über den plötzlichen Übergang aus öder Wüste in die Oase lachenden Wiesenlandes, des Winters in den Sommer, gestaunt.

Übrigens war das Erdbeben vorüber, der Boden fest, die

unterirdischen Kräfte äußerten wohl nun anderwärts ihre zerstörende Wirkung, denn die Andenkette ist stets irgendwo in einer gewissen Erschütterung. Dieses Mal war sie äußerst heftig gewesen. Die Gebirgsformen hatten sich völlig geändert, am blauen Himmel zeigte sich ein neues Panorama von Berggipfeln, Bergkämmen und Spitzen, und der Pampaführer hätte sich da nicht mehr zurechtgefunden.

Ein herrlicher Tag war angebrochen. Die Sonne stieg aus dem einen Ozean empor, und ihre Strahlen schimmerten bereits auf den Wogen des anderen. Es war acht Uhr morgens.

Lord Glenarvan und seine Gefährten kamen durch des Majors Pflege wieder zu sich und erholten sich allmählich von der erschrecklichen Betäubung; sonst hatten sie keinen Schaden erlitten. Die rasche Beförderung die Kordilleren herab auf Kosten der Natur konnte ihnen erwünscht sein, hätte nicht der arme Robert Grant gefehlt.

Jeder liebte den mutigen Jungen, besonders Paganel, auch der Major trotz seiner Kälte, vor allen Glenarvan. Dieser geriet in Verzweiflung, als er sein Verschwinden vernahm.

»Freunde, Freunde!« rief er mit kaum zurückgehaltenen Tränen, »wir müssen ihn suchen, müssen ihn finden! So können wir nicht ihn im Stich lassen! Jedes Tal, jede Schlucht, jeder Abgrund muß bis auf den Boden durchsucht werden! Man binde mir ein Seil um den Leib, lasse mich hinab! Gebe der Himmel, daß Robert noch am Leben ist! Wie könnten wir ohne ihn seinem Vater unter die Augen treten? Dürfte mit dem Leben des Sohnes die Rettung des Vaters erkauft werden?«

Schweigend hörten seine Gefährten Lord Glenarvan zu.

»Nun«, fuhr Glenarvan fort, »Sie haben mich gehört und schweigen. Sie haben keine Hoffnung, keine mehr!«

Nach einer kleinen Weile ergriff MacNabbs das Wort:

»Wer von euch, meine Freunde, erinnert sich, in welchem Augenblicke Robert Grant verschwunden ist?«

Es erfolgte keine Antwort.

»Wenigstens«, fuhr der Major fort, »können Sie mir sagen, an wessen Seite der Knabe während des Herabsteigens sich befand.«

»Zu meiner Nähe«, erwiderte Wilson.

»Nun, bis zu welchem Zeitpunkt hast du ihn in deiner Nähe gesehen? Besinne dich. Sprich.«

»Alles, worauf ich mich besinnen kann«, versetzte Wilson, »besteht in Folgendem. Robert Grant befand sich, festgeklammert an ein Flechtenbüschel, einige Minuten vor dem letzten Stoß noch an meiner Seite.«

»Zwei Minuten zuvor! Achte wohl darauf, Wilson, die Minuten sind dir wohl lang vorgekommen! Irrst du nicht?«

»Ich glaube mich nicht zu irren ... Jawohl ... keine zwei Minuten zuvor.«

»Gut!« sagte MacNabbs. »Und befand sich Robert rechts oder links?«

»Zu meiner Linken. Ich erinnere mich, daß sein Poncho mir ins Gesicht schlug.«

»Und du im Verhältnis zu uns?...«

»Ebenfalls zur Linken.«

»Also konnte Robert nur dort verschwinden«, sagte der Major, indem er rechts nach dem Gebirge zeigte. »Ich bemerke weiter, daß, wenn man die seit seinem Verschwinden verflossene Zeit in Anschlag bringt, der Knabe auf den Teil des Gebirges zwischen dem Fuß und zweitausend Höhe gefallen sein muß. Dort muß man ihn suchen, und da werden wir ihn auch wiederfinden.«

Ohne ein Wort weiter zu reden, stiegen die sechs Mann die Abhänge des Gebirges hinan, und begannen auf dem Rücken desselben, in gewissen Entfernungen an verschiedene Höhepunkte verteilt, ihre Nachforschungen. Sie hielten sich dabei beständig rechts von der Linie, wo sie herabgekommen waren, durchsuchten die geringsten Spalten, stiegen in die Tiefen der Abgründe, die zum Teil mit Trümmern bedeckt waren, mit Lebensgefahr hinab, und kamen mitunter mit zerfetzten Kleidern, blutigen Händen und Füßen wieder heraus. Diese ganze Strecke der Anden, einige unzugängliche Höhepunkte ausgenommen, wurde aufs sorgfältigste durchsucht, ohne daß sich die wackeren Leute Ruhe und Rast gönnten. Alles vergebens. Der Knabe mußte nicht allein den Tod, sondern auch sein Grab zwischen den Felsblöcken gefunden haben.

Gegen ein Uhr fanden sich Glenarvan und seine Genossen erschöpft und wie vernichtet wieder im Tale zusammen. Glenarvan, vom heftigen Schmerz übermannt, konnte kaum reden, nur einzelne Worte und Seufzer fielen von seinen Lippen.

»Nein, ich gehe nicht weg, nicht weg von hier!«

Jeder begriff und achtete die zur fixen Idee gewordene Hartnäckigkeit.

»Warten wir«, sagte Paganel zum Major und Tom Austin. »Ruhen wir etwas aus, unsere Kräfte zu ersetzen. Wir bedürfen's, sei's zur Fortsetzung unserer Untersuchungen oder unserer Reise.«

»Jawohl«, erwiderte MacNabbs; »aber worauf hofft denn Edward?«

»Gott weiß es«, sagte Tom Austin.

»Armer Robert!« jammerte Paganel mit Tränen in den Augen.

Das Tal war reich an Bäumen. Der Major wählte eine Gruppe, um einen provisorischen Lagerplatz darunter einzurichten. Einige Decken, die Waffen, ein wenig Dörrfleisch und Reis, das war alles, was die Reisenden noch hatten. Ein Bach in der Nähe lieferte nur ein getrübtes Wasser. Mulrady zündete ein Feuer an und konnte bald seinem Herrn einen warmen erquickenden Trank darbieten. Aber Glenarvan nahm ihn nicht an und blieb in tiefer Niedergeschlagenheit auf seinen Poncho gelagert.

So verfloß der Tag. Die Nacht war ruhig und windstill wie die vorige. Glenarvan stieg, während seine Gefährten schlaflos dalagen, die Kordillerenabhänge wieder hinan. Er lauschte, stets in Hoffnung, daß ein Hilferuf zu seinen Ohren dringen werde, die er mit bangem Herzklopfen an den Boden hielt. Dann rief er wieder mit jammerndem Ton.

Die ganze Nacht hindurch streifte der arme Lord im Gebirge umher, bald von Paganel, bald von dem Major gefolgt, um ihm beizustehen, wenn ein unvorsichtiger Schritt ihn in Gefahr brächte. Aber alles war vergebens, und dem tausendfachen Ruf: Robert! antwortete nur das Echo.

Der Tag brach an. Man mußte Glenarvan auf fernen Höhen aufsuchen und, so hart es ihm auch ward, zurückführen. Bei seiner Verzweiflung konnte man nicht von Abreise reden. Doch die Lebensmittel gingen aus. Nicht weit von da mußte man argentinische Maultiertreiber treffen, sowie die für den Zug über die Pampas erforderlichen Pferde. Rückwärts zu gehen war schwieriger, als weiter vorwärts zu dringen. Zudem war am Atlantischen Ozean das Zusammentreffen mit dem Duncan verabredet. Alle diese schwerwiegenden Gründe sprachen gegen längeres Verweilen, und im Interesse aller durfte die Abreise nicht verschoben werden.

MacNabbs versuchte Glenarvan seinem Schmerz zu entreißen. Er sprach lange, ohne daß sein Freund es zu hören schien. Glenarvan schüttelte mit dem Kopf; nur einige Worte entfuhren seinen Lippen.

»Abreisen?« sagte er.

»Ja! Abreisen.«

»Nur noch eine Stunde!«

»Ja, eine Stunde noch«, erwiderte der würdige Major.

Und als die Stunde vorüber war, bat Glenarvan, ihm noch eine weitere zu gönnen. So ging's bis zu Mittag etwa. Dann erklärte MacNabbs im Namen aller, man dürfte nicht länger zaudern, das Leben aller stehe auf einer raschen Entschließung.

»Ja, ja!« erwiderte Glenarvan. »So reisen wir ab!«

Bei diesen Worten richtete er seinen Blick zum Himmel. Hier fesselte ihn ein schwarzer Punkt. Plötzlich hob er die Hand auf und wies unverwandt darauf hin.

»Dort, dort, sehen Sie nur!«

Aller Augen richteten sich dahin. Der schwarze Punkt ward merklich größer.

»Ein Condor«, sagte Paganel.

»Ja, ein Condor«, erwiderte Glenarvan. »Wer weiß? Er kommt herab! Geben wir acht!«

Paganel hatte sich nicht geirrt; jeden Augenblick wurde der Condor kenntlicher. Dieser prachtvolle Vogel erreicht in jenen Gegenden eine außerordentliche Größe und erstaunliche Stärke: er vermag Ochsen in die Abgründe zu stoßen, und Hammel, Kälber, Ziegen hoch in die Lüfte zu heben. Er schwebt mitunter in einer Höhe von zwanzigtausend Fuß, wo der Mensch ihn nicht erreichen kann, und von da herab dringt sein scharfer Blick und vermag zum Staunen der Naturforscher die kleinsten Gegenstände zu unterscheiden.

Hatte dieser Condor vielleicht Roberts Leichnam erblickt?

»Wer weiß?« sagte Glenarvan wiederholt und unverwandten Blickes. Der ungeheure Vogel kam näher, beschrieb weite Kreise, man konnte ihn genau erkennen mit seiner Flügelweite von mehr als fünfzehn Fuß.

Der Major und Wilson griffen nach ihrem Gewehr. Glenarvan mahnte sie ab mit einem Wink. Der Condor umkreiste in wiederholtem Flug eine unzugängliche Hochfläche, die eine Viertelmeile hoch auf dem Abhang der Kordilleren lag. Er drehte sich mit schwindelhafter Schnelligkeit, öffnete und schloß seine fürcherlichen Krallen.

»Dort! dort!« rief Glenarvan.

Da fuhr ein Gedanke plötzlich durch seinen Geist.

»Wenn Robert noch am Leben ist!« rief er mit fürchterlichem Ton, »dieser Vogel ... Feuer, liebe Freunde, Feuer!«

Aber es war schon zu spät, der Condor war hinter einen hohen Felsenvorsprung geschlüpft. Nach einer Sekunde kam der Riesenvogel wieder zum Vorschein, mit einer schweren Last emporfliegend. Ein Schrei des Entsetzens entfuhr den Schauenden. Man sah in den Krallen des Condors Robert Grants Körper entseelt hin und her geschüttelt. Der Vogel hatte ihn bei den Kleidern gefaßt und wiegte sich in den Lüften, mindestens hundertundfünfzig Fuß hoch über der Lagerstätte. Als er die Reisenden sah, trachtete er mit seiner Beute zu entfliehen.

»Ach!« rief Glenarvan, »lieber zerschmettere Roberts Leichnam an den Felsen ...«, ohne auszureden ergriff er Wilsons Karabiner, versuchte auf den Condor anzulegen; aber sein Arm zitterte, seine Augen wurden trübe.

»Lassen Sie mich schießen«, sagte der Major.

Und ruhigen Blickes, mit sicherer Hand, unbewegtem Körper, zielte er auf den Vogel, der schon dreihundert Fuß über ihnen schwebte.

Aber er hatte noch nicht den Hahn losgedrückt, als im Grund des Tales ein Schuß fiel, und der Condor, am Kopf getroffen, sank langsam im Kreise sich drehend, indem seine ausgebreiteten Flügel als Fallschirm dienten. Er ließ seine Beute nicht los und senkte sich langsam zum Boden, zehn Schritte weit vom Uferrand des Baches.

»Herbei! Herbei!« rief Glenarvan.

Und ohne zu fragen, woher der rettende Schuß kam, stürzte er auf den Condor. Seine Genossen eilten ihm nach.

Als sie ankamen, war der Vogel bereits tot, und Roberts Körper war von den weiten Flügeln bedeckt. Glenarvan warf sich über den Leichnam des Knaben, machte ihn von des Vogels Krallen los, legte ihn aufs Gras und lauschte mit dem Ohr an der Brust des unbelebten Körpers.

Allgemeiner Jubel begrüßte den Ruf Glenarvans:

»Noch bei Leben!«

Im Nu ward Robert entkleidet, sein Gesicht mit frischem Wasser besprengt. Er bewegte sich, schlug die Augen auf, blickte um sich. Seine ersten Worte waren:

»Ah! Sie, Mylord ... mein Vater! ...«

Glenarvan vermochte keine Antwort vorzubringen, da er von Rührung erstickt war; und knieend weinte er neben dem so wunderbar geretteten Knaben.

Fünfzehntes Kapitel

Wie Jacques Paganel Spanisch lernte

Nach der ungeheuren Gefahr, der er glücklich entronnen war, drohte Robert eine kaum minder große, nämlich die, von Liebesbezeugungen erstickt zu werden. Obgleich er noch sehr schwach war, konnte sich doch keiner von den guten Leuten enthalten, ihn ans Herz zu drücken.

Nach dem Geretteten dachte man erst an den Retter, und natürlich war es zuerst der Major, der sich anschickte, umherzublicken. Gegen fünfzig Schritt vom Flusse stand ein sehr großer Mann unbeweglich auf einer der ersten Stufen des Bergabhangs. Eine lange Flinte hatte er neben sich. Dieser so plötzlich aufgetauchte Mann war breitschulterig und hatte lange, mit Lederriemen zurückgebundene Haare. Er war über sechs Fuß hoch; sein bronzefarbenes Gesicht war nur zwischen den Augen und dem Munde rot, am untern Augenlide schwarz und an der Stirne weiß gefärbt. Sein Anzug glich dem der Patagonier an der Grenze. Er trug einen prächtigen Mantel, der mit roten aus dem Halse und den Beinen eines Guanaco verfertigten Arabesken geziert, mit Sehnen vom Strauß genäht war und seine seidenartige Wolle nach außen gekehrt hatte. Unter dem Mantel hatte er noch ein von Fuchsfellen gearbeitetes, eng an den Leib anschließendes Kleid, das sich nach vorn in einer Spitze endigte. Am Gürtel hing ein kleiner Beutel, der die ihm zur Bemalung des Gesichtes erforderlichen Farben enthielt. Seine Fußbekleidung bestand aus einem Stück Ochsenleder und war um den Knöchel mit regelrecht gekreuzten Riemen befestigt.

Die Gesichtszüge des Patagoniers waren stolz und zeigten wirkliche Einsicht, trotz seiner buntscheckigen Bemalung. Er wartete in einer Haltung voller Würde. Wenn man ihn so unbeweglich und würdevoll auf dem Felsen stehen sah, hätte man ihn für eine Statue der Kaltblütigkeit halten können. Sobald der Major denselben bemerkte, machte er Glenarvan auf ihn aufmerksam, und dieser eilte zu ihm. Der Patagonier trat zwei Schritte vor. Glenarvan ergriff seine Hand und drückte sie. In den Blicken des Lord, in dem Ausdrucke seines Gesichts und seinem ganzen Äußern, sprach sich das Gefühl der Erkenntlichkeit, der Ausdruck des Dankes so unzweifelhaft aus, daß der Eingeborene sich nicht darüber täuschen konnte. Er neigte den Kopf ein wenig und sprach einige Worte, die aber weder der Major noch sein Freund verstanden.

Nach aufmerksamer Betrachtung der Fremden bediente sich der Patagonier einer andern Sprache; aber das neue Idiom wurde nicht besser verstanden. Doch fielen Glenarvan einige Ausdrücke, die der Eingeborene gebrauchte, auf; sie schienen ihm der spanischen Sprache anzugehören, von der er die gewöhnlichsten Worte kannte.

»Español?« fragte er.

Der Patagonier nickte mit dem Kopfe, ein bei allen Völkern gleichmäßiges Zeichen der Bestätigung.

»Gut«, sagte der Major, »das ist etwas für unsern Freund Paganel. Es war doch gut, daß er auf den Gedanken kam, das Spanische zu lernen.«

Paganel wurde gerufen. Er kam sogleich herbei und begrüßte den Patagonier mit ganz französischem Anstand, von dem dieser voraussichtlich nichts verstand. Der gelehrte Geograph verständigte sich bald über die Lage der Dinge.

»Ganz recht!« erwiderte er.

Dann sagte er, den Mund weit öffnend, um deutlicher auszusprechen:

»Vos sois um homem e bem!«*

Der Eingeborene spitzte das Ohr, aber antwortete nicht.

»Er versteht es nicht«, sagte der Geograph.

»Sind Sie auch sicher, richtig zu betonen?« versetzte der Major.

»Sie haben recht. Der verteufelte Akzent!«

Paganel wiederholte seine höfliche Anrede, aber nur mit dem nämlichen Erfolge.

»So will ich etwas anderes sagen«, erklärte er, und sprach mit der Langsamkeit eines Schulmeisters die Worte:

»Sem duvida, um Patagâo?«**

Der andere blieb stumm, wie zuvor.

»Dizeime!«*** setzte Paganel hinzu.

Der Patagonier erwiderte noch immer nichts.

»Vos compriendeis?«**** schrie Paganel so laut, daß er sich beinahe die Stimmbänder zerrissen hätte.

Offenbar verstand ihn der Patagonier nicht, denn er antwortete, aber in spanischer Sprache:

»No comprendo.«*****

Jetzt war die Reihe an Paganel, erstaunt zu sein; wie ein

---

*Sie sind ein braver Mann.
**Ohne Zweifel ein Patagonier.
***Antworten Sie.
****Verstehen Sie mich?
*****Ich verstehe nicht.

durch Neckereien Gereizter schob er die Brille von der Stirn sich vor die Augen.

»Ich will mich hängen lassen«, sagte er, »wenn ich ein Wort von diesem teuflichen Kauderwelsch verstehe. Das ist araucanisch, ganz gewiß!«

»Nein doch«, entgegnete Glenarvan, »der Mann hat unzweifelhaft spanisch geantwortet.«

Und sich wieder an den Patagonier wendend, sagte er nochmals:

»Español?«

»Jawohl«, erwiderte der Eingeborene.

Paganel war bis zur Bestürzung erstaunt. Der Major und Glenarvan sahen sich schielend einander an.

»Aha, mein gelehrter Freund«, sagte der Major, während schon ein verstecktes Lächeln auf seinen Lippen spielte, »sollte hier nicht wieder eine jener Zerstreutheiten vorliegen, auf die Sie ein Patent zu haben scheinen?«

»Was!« rief der Geograph und horchte gespannt.

»Nun ja, es ist doch unzweifelhaft, daß der Patagonier spanisch spricht.«

»Wie, er sollte ...?«

»Ja, gewiß. Und hätten Sie vielleicht zufällig eine andere Sprache studiert, und glaubten ...«

MacNabbs konnte seine Worte nicht beenden. Ein nachdrückliches »Oho!« von seiten des Gelehrten, begleitet mit Achselzucken, schnitt sie ihm ab.

»Major, Sie gehen etwas zu weit!« sagte Paganel mit trokkener Stimme.

»Ei nun, da Sie ihn nicht verstehen!« erwiderte Mac Nabbs.

»Ich verstehe ihn nicht, weil dieser Eingeborene schlecht spricht!« entgegnete der Geograph, dem nun die Geduld ausging.

»Das heißt, er spricht wohl schlecht, weil Sie ihn nicht verstehen«, meinte sehr ruhig der Major.

»Mac Nabbs«, sagte da Glenarvan, »das ist doch wohl eine unzulässige Annahme. So zerstreut auch unser Freund Paganel sein mag, so ist doch kaum zu glauben, daß er darin so weit ging, eine Sprache statt einer andern lernen.«

»Nun, mein lieber Edward, oder vielmehr Sie, mein braver Paganel, so erklären Sie mir, was hier vorliegt.«

»Ich erkläre nicht«, sagte Paganel, »ich beweise. Hier ist das Buch, in dem ich mich täglich in den Schwierigkeiten der spanischen Sprache übe. Betrachten Sie es selbst, Major, und Sie werden ja sehen, ob ich Unrecht habe oder nicht!«

Bei diesen Worten suchte Paganel in seinen Taschen; nach wenigen Minuten zog er einen in sehr schlechtem Zustande befindlichen Band hervor und reichte ihn zuversichtlich hin. Der Major nahm das Buch und sah ihn an:

»Das ist ›Die Lusiade‹«, erwiderte Paganel, »ein herrliches Heldengedicht, welches . . .«

»Die Lusiade«, rief erstaunt Glenarvan.

»Jawohl, mein Freund, die Lusiade von dem großen Camoëns, nichts mehr, nichts weniger!«

»Camoëns«, wiederholte Lord Edward, »aber, Sie unglücklicher guter Freund, Camoëns war – ein Portugiese! Portugiesisch haben Sie seit sechs Wochen getrieben!«

»Camoëns! Lusiade! Portugiesisch! . . .«

Paganel konnte nichts weiter vorbringen. Unter der Brille trübten sich seine Augen, während ihm ein homerisches Gelächter in die Ohren schallte, denn alle seine Genossen hatten sich um ihn versammelt.

Der Patagonier verzog nicht die Miene; er erwartete geduldig die Aufklärung eines Zwischenfalls, der ihm ganz unverständlich war.

»O, ich Gedankenloser! Ich Narr!« sagte endlich Paganel. »Wie? Es ist also wirklich so und die Geschichte nicht bloß zum Scherz erfunden? Ich habe das getan? Ich? Das ist ja eine Sprachenverwirrung wie die zu Babel. Ach, Freunde, meine lieben Freunde! Nach Indien abzureisen und in Chili anzukommen! Spanisch lernen und Portugiesisch sprechen, das ist doch zu stark, und wenn das so fortgeht, werf' ich mich einmal selbst, statt meiner Zigarre, zum Fenster hinaus.«

Wenn man hörte, wie Paganel sein Unglück auffaßte, wenn man sah, wie komisch er sich in seinem Mißgeschick benahm, war es unmöglich, ernsthaft zu bleiben. Übrigens ging er selbst mit gutem Beispiele voran.

»Lacht nur, Freunde«, sagte er; »lacht aus vollen Herzen; niemand kann mich so sehr verlachen, als ich selbst.«

Dazu ließ er ein so furchtbares Gelächter erschallen, wie es niemals aus dem Munde eines Gelehrten gekommen ist.

»Jedenfalls haben wir nun keinen Dolmetscher«, sagte der Major.

»O, darüber seien Sie außer Sorge«, erwiderte Paganel; »das Portugiesische und das Spanische ähneln sich ebenso sehr, als ich mich vorher geirrt habe; aber diese Ähnlichkeit soll mir helfen, meinen Irrtum wiedergutzumachen, und bald werd' ich imstande sein, dem würdigen Patagonier in der Sprache, die er so gut spricht, zu danken.«

Paganel hatte recht, denn bald konnte er mit dem Eingeborenen einige Worte wechseln. Er hörte, daß der Patagonier Thalcave hieß, ein Wort, welches in der araucanischen Sprache soviel wie »Der Donnerer« bedeutet.

Diesen Beinamen verdankte er gewiß seiner Geschicklichkeit in Handhabung der Feuerwaffen.

Am meisten erfreute es aber Glenarvan zu hören, daß der Patagonier seines Zeichens Führer, und zwar Führer in den Pampas sei. Dieses Zusammentreffen erschien so von der Vorsehung gefügt, daß ihnen der Erfolg ihres Unternehmens schon zur Tatsache wurde und keiner mehr in die Rettung des Kapitän Grant einen Zweifel setzte.

Indessen kehrten die Reisenden nebst dem Patagonier zu Robert zurück. Dieser streckte seine Hände dem Eingeborenen entgegen, welcher ihm, ohne ein Wort zu sprechen, die Hand auf den Kopf legte. Er untersuchte das Kind und befühlte dessen schmerzende Gliedmaßen. Dann pflückte er lächelnd an dem Flußufer einige Hände voll wilden Sellerie und frottierte damit den Körper des Kranken. Unter dieser mit unendlicher Zartheit ausgeführten Operation fühlte der Knabe seine Kräfte wiederkehren, und es war offenbar, daß einige Stunden Ruhe hinreichen würden, sie ganz wieder herzustellen.

Man beschloß also, diesen Tag und die folgende Nacht zu

lagern. Es waren auch noch zwei wichtige Fragen zu entscheiden, betreffs der Nahrungsmittel und ihres Transportes. Es fehlte an Lebensmitteln wie an Mauleseln gleichmäßig. Zum Glück war nun Thalcave da. Dieser Führer, gewohnt, die Reisenden längs der patagonischen Grenzen hin zu geleiten und einer der intelligentesten Baqueanos des Landes, machte sich anheischig, alles zu beschaffen, was Glenarvan und seiner kleinen Gesellschaft fehlte. Er erbot sich, sie nach einer kaum vier Meilen entfernten indianischen »Tolderia« zu geleiten, wo sie alles für die Expedition Notwendige finden würden. Dieser Vorschlag wurde halb mittels Gesten gemacht und halb durch spanische Worte, welche Paganel zu verstehen begann. Sofort nahmen Glenarvan und sein gelehrter Freund von den übrigen Abschied und gingen unter Führung des Patagoniers wieder stromaufwärts.

Anderthalb Stunden gingen sie ziemlich schnell dahin und mußten große Schritte machen, um dem Riesen Thalcave folgen zu können. Diese ganze Gegend der Anden ist sehr schön und äußerst fruchtbar. Fette Weideplätze folgten eine auf die andere und hätten hingereicht, ein Heer von hunderttausend Wiederkäuern zu ernähren. Große Teiche, die miteinander durch ein Netz von Nebenflüssen verbunden waren, lieferten diesen Ebenen eine befruchtende Feuchtigkeit. Schwarzköpfige Schwäne erlustigten sich darauf mit launischem Behagen und machten zahlreichen Straußen, die drollig über die Llanos sprangen, die Herrschaft über das Gewässer streitig. Die Vogelwelt war sehr farbenschön, sehr lärmend, aber auch von bewundernswerter Mannigfaltigkeit. Isacas, schlanke grauliche Turteltauben mit weißgestreiftem Gefieder, und gelbe Kardinäle schaukelten sich auf den Zweigen der Bäume wie lebende Blumen; und das ganze gefiederte Volk der Sperlingsarten, »Chingolos«, »Hilgueros« und »Monjitas« verfolgte sich in schnellem Fluge und erfüllte die Luft mit ihrem durchdringenden Geschrei.

Jacques Paganel fiel von einer Bewunderung in die andere; unaufhörliche Ausrufe entströmten seinen Lippen, sehr zur Verwunderung des Patagoniers, der es ganz natürlich fand, daß Vögel in den Lüften, Schwäne auf den Weihern und Gras auf den Wiesengründen war. Der Gelehrte hatte keine Ursache, diesen Weg zu bedauern, noch sich über seine Länge zu beklagen. Er glaubte kaum aufgebrochen zu sein, als sich auch schon das indianische Lager vor seinen Augen entfaltete.

Diese Tolderia befand sich im Grunde eines zwischen den Bergabhängen der Anden eingeklemmten Tales. Dort lebten unter Hütten von Gezweig einige dreißig nomadisierende Indianer, welche große Herden Milchkühe, Schafe, Ochsen und Pferde weideten. Sie zogen von einem Weidegrund zum andern und fanden den Tisch für ihre vierfüßigen Gäste immer gedeckt.

Der Mischlingstypus des Menschenschlags von Araucanien, der Pehuenchem und Aucas, jene olivenfarbigen Ando-Peruaner von mittlerem Wuchs, kernhaften Formen, niedriger Stirn, fast kreisrundem Gesicht, schmalen Lippen, hervorspringenden Backenknochen, weibischen Zügen und kalter Physiognomie, konnten den Blicken eines Anthropologen unmöglich als eine reine Rasse erscheinen. Im allgemeinen boten diese Eingeborenen sehr wenig Interesse. Aber Glenarvan hatte es auf ihre Tiere abgesehen, nicht auf sie selbst. Sobald sie nur Ochsen und Pferde hatten, verlangte er von ihnen nichts weiter.

Thalcave unterzog sich der Unterhandlung, welche nicht lange währte. Für sieben kleine argentinische Pferde mit voller Ausrüstung, hundert Pfund Charqui oder getrocknetes Fleisch, einige Maß Reis und mehrere Lederschläuche für das Wasser, erhielten die Indianer, statt Wein oder Rum, den sie freilich weit lieber gehabt hätten, zwanzig Unzen Gold*, deren Wert sie vollkommen kannten. Glenarvan wollte noch ein achtes Pferd für den Patagonier kaufen, was dieser aber als unnötig abwies.

Nach Abschluß des Handels nahm Glenarvan von seinen neuen »Lieferanten«, wie Paganel sich ausdrückte, Abschied und gelangte in kaum einer halben Stunde nach dem Lagerplatze zurück. Mit Freudenrufen ward seine Rückkehr begrüßt, doch galten diese im Grunde den Lebensmitteln und

*1304 Mark = 652 fl. S. ö. W.

den Reitpferden. Alle aßen mit gutem Appetit; Robert nahm auch etwas zu sich; seine Kräfte waren schon fast ganz wiedergekehrt.

Der Rest des Tages verging in vollkommener Ruhe. Man plauderte von allerlei, von den teuren Abwesenden, vom »Duncan«, vom Kapitän John Mangles, seiner braven Mannschaft und von Harry Grant, der vielleicht nicht fern war.

Paganel für seine Person wich dem Indianer nicht mehr von der Seite. Doch fühlte er sich nicht behaglich bei einem echten Patagonier, neben dem er für einen Zwerg gelten konnte. Dann marterte er den ernsthaften Indianer mit spanischen Redensarten, und dieser ließ ihn gewähren. Diesmal studierte der Geograph ohne Hilfe eines Buches. Immer hörte man ihn mit Hilfe der Kehle, der Zunge und der Kinnlade lautschallende Worte artikulieren.

»Wenn ich den Akzent nicht richtig treffe«, wiederholte er dem Major, »so möge man mir's nicht verdenken. Wer hätte auch vorausgesagt, daß mich einmal ein Patagonier Spanisch lehren sollte?«

Sechzehntes Kapitel

Der Rio Colorado

Um acht Uhr früh am 22. Oktober gab Thalcave das Zeichen zur Abreise. Zwischen dem zweiundzwanzigsten und dem zweiundvierzigsten Breitengrade senkt sich der Boden Argentiniens von Westen nach Osten. Bis zum Meere hin hatten die Reisenden nur einen sanften Abhang niederzusteigen.

Da der Patagonier das Pferd, welches ihm Glenarvan anbot, ablehnte, glaubte letzterer, er wolle, wie viele Führer zu tun pflegen, lieber zu Fuße gehen, und gewiß mußten seine langen Beine ihm das Gehen sehr erleichtern.

Doch Glenarvan täuschte sich.

Als man aufbrechen wollte, pfiff Thalcave auf eigentümliche Weise. Sofort sprang ein prächtiges argentinisches Pferd von herrlichem Wuchse aus einem kleinen Gebüsch in der Nähe und stellte sich auf den Zuruf seines Herrn. Das Tier war von vollkommener Schönheit; braun von Farbe, zeigte es sich als ein stolzes, mutiges und lebendiges Tier; es hatte einen feinen Kopf, den es gefällig trug, die Nüstern weit offen, glänzende Augen, breite Häcksen, wohlausgebildeten Widerrist und lange Fesseln, d. h. alle Eigenschaften der Kraft und der Gewandtheit. Der Major, ein vollkommener Kenner, bewunderte ohne Rückhalt dieses Musterexemplar der Pampa-rasse, bei dem er gewisse Ähnlichkeiten mit dem englischen »Hunter« herausfand. Dieses schöne Tier hieß »Thaouka«, was in patagonischer Sprache »Vogel« bedeutet, und diesen Namen verdiente es in der Tat.

Sobald Thalcave im Sattel war, sprang sein Pferd in die Höhe. Der Patagonier, ein vollendeter Reiter, war stattlich anzusehen. Sein Pferdegeschirr enthielt auch die beiden in der argentinischen Ebene gebräuchlichen Jagdgeräte, die »Bolas« und den »Lazo«. Der Bolas besteht aus drei durch einen Lederriemen verbundenen Kugeln, der vorn am Recado befestigt ist.

Der Indianer schleudert sie oft auf hundert Schritte weit nach dem Tiere oder dem Feinde, welche er verfolgt, und das mit solcher Sicherheit, daß sie sich ihnen um die Füße wikkeln und sie auf der Stelle niederstrecken. Es ist das in seinen Händen also ein furchtbares Hilfsmittel, und er handhabt es auch mit erstaunlicher Gewandtheit. Der Lazo dagegen verläßt nie ganz die Hand, welche ihn schleudert. Er besteht aus nur einem gegen dreißig Fuß langen Strick, der aus zwei sorgfältig geflochtenen Lederstreifen hergestellt ist, und endigt mit einer beweglichen Schlinge, die durch einen eisernen Ring gleitet. Diese bewegliche Schlinge wird mit der rechten Hand geschleudert, während die Linke das andere Ende des Lazo hält, das übrigens fest an das Sattelzeug geknüpft ist. Ein langer umgehängter Karabiner vervollständigte die Angriffswaffen des Patagoniers.

Thalcave setzte sich, ohne die Bewunderung zu bemerken, welche seine natürliche Grazie, seine Ungezwungenheit und sein zwangloser Stolz hervorriefen, an die Spitze, und so ging es einmal im Galopp und dann wieder im Schritt vorwärts, da die Pferde das Traben gar nicht gewöhnt zu sein schienen. Robert ritt mit großer Kühnheit und beruhigte Glenarvan bald vollständig über seine Sattelfestigkeit.

Gleich am Fuße der Kordilleren beginnt die Ebene der Pampas. Sie läßt sich in drei Teile teilen. Der erste erstreckt sich von der Kette der Anden an über einen Raum von zweihundertundfünfzig Meilen und ist mit niedrigen Bäumen und Buschwerk besetzt. Der zweite, vierhundertfünfzig Meilen weit mit prächtigem Graswuchs bedeckt, zieht sich bis hundertvierundzwanzig Meilen vor Buenos Aires. Von da aus bis zum Meere durchschreitet der Wanderer ungeheure Wiesenflächen voll Luzernerklee und Disteln; dies ist der dritte Teil der Pampas.

Beim Austritt aus den Schluchten der Kordillerenkette stieß Glenarvans Gesellschaft zunächst auf eine große Menge sandiger Dünen, welche »Medanos« genannt werden und wirklich Wogen gleichen, welche der Wind unaufhörlich hin und her bewegt, wenn sie nicht durch Pflanzenwurzeln am Boden festgehalten werden. Dieser Sand ist äußerst fein; so sah man ihn sich schon beim geringsten Windhauch in leichten dünnen Säulchen erheben, aber auch wirkliche Tromben von beträchtlicher Höhe bilden, ein Schauspiel, das den Reisenden ebensoviel Vergnügen als Unannehmlichkeiten bereitete; Vergnügen, da es höchst merkwürdig aussah, wenn diese Tromben über die Ebene liefen, scheinbar gegeneinander stritten, sich verschmolzen, zusammenbrachen und sich auch ohne alle Ordnung wieder erhoben; Unannehmlichkeiten, denn aus diesen unzähligen Medanos löste sich ein kaum fühlbarer Staub ab, der noch zwischen die Augenlider eindrang, wenn sie auch fest geschlossen waren.

Unter der Herrschaft des Nordwindes dauerte diese Erscheinung den größten Teil des Tages hindurch. Dennoch kam man schnell vorwärts, und gegen sechs Uhr abends boten die etwa vierzig Meilen entfernten Kordilleren ein dunkles Bild, das sich schon in dem Nebel des Abends verlor.

Die Reisenden waren durch ihren wohl achtunddreißig

Meilen betragenden Ritt doch etwas ermüdet und sahen schon die Stunde zum Schlafen herannahen. An den Ufern des reißenden Neuquem machten sie Rast, einem brausenden Strom voll trüben Wassers, der zwischen steile, rötliche Uferwände eingezwängt ist.

Der Neuquem, den andere Geographen auch Ramid und Comoe nennen, entspringt aus Seen, welche nur den Indianern bekannt sind.

Die Nacht und der darauffolgende Tag boten nichts irgendwie Bemerkenswertes. Schnell und bequem ging es weiter; ein gleichmäßiger Boden und eine erträgliche Temperatur unterstützten die Reise. Gegen Mittag jedoch war die Sonne mit heißen Strahlen gar verschwenderisch, und am Abend türmte sich am südwestlichen Horizonte eine Wolkenwand auf, ein sicheres Anzeichen für einen Wechsel der Witterung. Der Patagonier wußte das sehr wohl und wies den Geographen mit dem Finger auf die westliche Himmelsgegend.

»Gut! Ich verstehe«, sagte Paganel und fügte zu seinen Begleitern gewendet hinzu: »Da vollzieht sich eben ein Umschlag des Wetters. Wir werden einen tüchtigen Pampero auszuhalten haben.«

Er erklärte ferner, dieser Pampero sei in den argentinischen Ebenen nicht gerade selten. Es ist das ein sehr trockener Südwestwind. Thalcave hatte sich nicht getäuscht; denn während der Nacht, welche für Leute, die nur in einen Poncho gehüllt waren, sehr peinlich war, wehte der Pampero mit großer Gewalt. Die Pferde legten sich auf den Boden, und die Menschen streckten sich neben ihnen in dichter Gruppe aus.

Glenarvan fürchtete schon, durch diesen Sturm, wenn er lange andauere, zurückgehalten zu werden, doch beruhigte ihn Paganel, nachdem er sein Barometer zu Rate gezogen hatte.

»Gewöhnlich verursacht der Pampero«, sagte derselbe, »einen dreitägigen Sturm, der durch das Fallen der Quecksilbersäule sehr sicher angezeigt wird. Wenn das Barometer dagegen – und das ist jetzt der Fall –, wieder steigt, so legt er sich meist nach einigen Stunden heftiger Windstöße wieder. Beruhigen Sie sich also, bester Freund; bei Tagesanbruch wird der Himmel seine gewöhnliche Reinheit wieder haben.«

»Sie sprechen wie ein Buch, Paganel«, antwortete Glenarvan.

»Darin bin ich auch eins«, erwiderte Paganel. »Blättern Sie gefälligst ganz nach Belieben darin.«

Das Buch täuschte sich nicht. Gegen ein Uhr morgens legte sich plötzlich der Wind, und alle konnten durch den Schlaf neue Kräfte sammeln. Am andern Morgen stand man frisch und munter auf, vorzüglich Paganel, der alle Glieder knacken ließ und sich wie ein junger Hund streckte.

Es war nun der 24. Oktober, der zehnte Tag seit der Abreise von Talcahuano. Dreiundneunzig Meilen (das sind einhundertundfünfzig Kilometer) trennten die Reisenden noch von demjenigen Punkte, wo der See Colorado den siebenunddreißigsten Parallelkreis schneidet. Während dieses Zugs durch den südamerikanischen Kontinent lauerte Lord Glenarvan mit großer Spannung auf eine Begegnung mit Eingeborenen. Er wollte sie durch Vermittlung des Patagoniers, mit dem sich Paganel jetzt schon hinreichend zu verständigen vermochte, bezüglich des Kapitän Grant ausfragen. Man verfolgte jedoch eine von Indianern weniger berührte Linie, denn die Straßen der Pampa, welche von der argentinischen Republik nach den Kordilleren führen, liegen weit nördlicher. Daher traf man auch nicht auf herumschweifende Indianer oder seßhafte Stämme unter der Herrschaft von Kaziken. Wenn zufällig einmal ein nomadisierender Reiter in Sicht kam, entfloh er schnell und schien wenig Lust zu haben, mit Unbekannten in Verbindung zu treten. Ein Trupp der Art mußte wohl jedem, der einsam durch die Ebenen streifte, verdächtig vorkommen, dem Räuber, den die Klugheit gegenüber acht wohlbewaffneten und berittenen Männern zurückhielt, und dem Reisenden in diesen verlassenen Landstrichen, der in ihnen selbst Leute mit bösen Absichten erkennen mochte. Daher war es auch durchaus unmöglich, weder mit ehrlichen Leuten, noch mit Räubern sich zu unterhalten. Es war fast bedauerlich, sich niemals einer Bande

»Rastreadores«* gegenüber zu befinden, und hätte man auch die Unterhaltung mit Flintenschüssen einleiten sollen.

Wenn aber Glenarvan auch im Interesse seiner Nachforschungen das gänzliche Fehlen der Indianer zu bedauern hatte, so trug sich ein kleines Ereignis zu, welches die Auslegung des Dokumentes sehr wesentlich bestätigte.

Mehrmals kreuzte nämlich der Weg der kleinen Expedition verschiedene Fußpfade der Pampa, unter anderen einen ziemlich bedeutenden, – den von Carmen nach Mandoza – der an den Knochenresten von Haustieren, Mauleseln, Pferden, Schafen und Rindern kenntlich war, welche ihn bezeichneten, abgenagt von den Schnäbeln der Raubvögel und gebleicht durch die entfärbende Einwirkung der Luft. Zu Tausenden lagen diese umher und sicher mischte sich der Staub manches menschlichen Skelettes mit dem der niedersten Tiere.

Bis jetzt hatte Thalcave noch nie eine Bemerkung über die streng eingehaltene Wegesrichtung fallenlassen. Doch war ihm klar, daß man, da man keinem Wege in den Pampas folgte, auch nicht auf Städte, Dörfer oder Niederlassungen in den argentinischen Provinzen treffen könne. An jedem Morgen ging man der aufgehenden Sonne entgegen und wich nicht von dieser geraden Linie, so daß sich die untergehende Sonne jeden Tag direkt hinter ihnen befand. In seiner Eigenschaft als Führer verwunderte sich Thalcave doch, daß er viel weniger führte als vielmehr geführt wurde. Sein Erstaunen barg er aber unter der natürlichen Zurückhaltung der Indianer, und da bis hierher nur unbedeutende Fußpfade vernachlässigt worden waren, machte er eben keine Bemerkung darüber. Aber heute, als der erwähnte Verbindungsweg erreicht war, hielt er doch das Pferd an und sagte zu Paganel gewendet:

»Der Weg von Carmen.«

»Jawohl, mein braver Patagonier«, erwiderte der Geograph in seinem reinsten Spanisch, »der Weg von Carmen nach Mendoza.«

»Schlagen wir den nicht ein?« fragte Thalcave.

---

*Räuber in den Ebenen.

»Nein«, antwortete Paganel.

»Und wohin gehen wir?«

»Immer nach Osten.«

»Das heißt: nirgends hin.«

»Wer weiß es?«

Thalcave schwieg und sah den Gelehrten mit höchst verwundertem Gesichte an. Er konnte nicht annehmen, daß Paganel nur im geringsten scherze. Ein Indianer, der immer ernsthaft ist, kann sich gar nicht einbilden, daß jemand nicht ernsthaft spreche.

»Sie gehen also nicht nach Carmen?« fragte er nach einer kleinen Pause.

»Nein«, erwiderte Paganel.

»Noch nach Mendoza?«

»Ebensowenig.«

In diesem Augenblicke kam Glenarvan zu Paganel und fragte, was Thalcave gesagt und warum er sein Pferd angehalten habe.

»Er hat mich gefragt, ob wir nach Carmen oder nach Mendoza gingen, und war höchst erstaunt, als ich beide Fragen verneinte.«

»Freilich muß ihm unser Weg ziemlich sonderbar erscheinen«, meinte Glenarvan.

»Ich glaube es. Er sagte, wir gingen nirgends hin.«

»Nun, Paganel, könnten Sie ihn nicht über den Zweck unserer Expedition aufklären und über das Interesse, welches wir daran haben, immer nur nach Osten zu gehen.«

»Das wird sehr schwer sein«, entgegnete Paganel, »denn ein Indianer versteht nichts von den Erdgraden, und die Geschichte des Dokuments würde für ihn eine Fantasie sein.«

»Nun«, sagte sehr ernsthaft der Major, »würde er die Geschichte nicht verstehen oder den Erzähler?«

»O, MacNabbs«, versetzte Paganel, »Sie zweifeln doch immer noch an meinem Spanisch.«

»Nun, so versuchen Sie es, mein werter Freund.«

»Gut, ich werde es versuchen.«

Paganel wandte sich zu dem Patagonier zurück und fing eine Erzählung an, die oft genug durch das Fehlen einzelner

Worte unterbrochen wurde, ebenso wie durch die Schwierigkeit, gewisse Eigentümlichkeiten zu übersetzen und einem fast ganz unwissenden Indianer Einzelheiten zu erklären, die für ihn nur wenig verständlich waren. Der Gelehrte war ergötzlich anzusehen. Er gestikulierte, artikulierte, bewegte sich auf hunderterlei Weise hin und her, und Schweißtropfen fielen ihm reichlich von der Stirne auf die Brust. Wenn die Zunge nicht ausreichte, kamen ihm die Arme zu Hilfe. Paganel stieg vom Pferde und zeichnete im Sande eine geographische Karte, auf der sich die Breiten- und Längengrade kreuzten und die beiden Ozeane sichtbar waren, zu denen sich die Straße von Carmen erstreckte. Niemals war ein Professor in größerer Verlegenheit. Thalcave beobachtete sein Verfahren mit ruhigem Blicke, aus dem man nicht erkennen konnte, ob er etwas davon verstand oder nicht.

Fast eine halbe Stunde währte diese Unterweisung des Geographen. Dann schwieg er, trocknete sein überschwemmtes Gesicht ab und sah den Patagonier an.

»Hat er Sie verstanden?« fragte Glenarvan.

»Wir werden es gleich sehen«, erwiderte Paganel, »aber wenn es nicht der Fall ist, verzichte ich auf weitere Versuche.«

Thalcave wich nicht von der Stelle. Er sprach nicht mehr. Seine Augen hafteten auf den im Sande gezeichneten Figuren, die der Wind allmählich verwischte.

»Nun?« fragte ihn Paganel.

Thalcave schien ihn nicht zu verstehen. Paganel sah schon ein ironisches Lächeln auf den Lippen des Majors, und um seine Ehre zu retten, wollte er eben mit neuer Energie seine geographischen Erklärungen wieder aufnehmen, als der Patagonier ihn durch eine Handbewegung unterbrach.

»Ihr sucht einen Gefangenen«, sagte er.

»Ja«, antwortete Paganel.

»Und genau auf dieser Linie zwischen der aufgehenden und untergehenden Sonne«, sagte Thalcave, der durch eine Umschreibung nach Indianerart den Weg von Westen nach Osten bezeichnete.

»Jawohl! So ist es!«

»Und euer Gott hat den Fluten des unermeßlichen Meeres das Geheimnis des Gefangenen anvertraut?«

»Ja, Gott selbst.«

»So möge sich sein Wille erfüllen«, sagte Thalcave mit einer gewissen Feierlichkeit, »wir ziehen gen Osten, und wäre es bis zum Aufgange der Sonne!«

Paganel übersetzte, triumphierend über seinen gelehrigen Schüler, seinen Genossen sofort die Worte des Indianers.

»Welch intelligente Rasse!« sagte er. »Von zwanzig Bauern in unserer Heimat hätten neunzehn von meinen Erklärungen nichts verstanden!«

Glenarvan veranlaßte Paganel, den Patagonier zu fragen, ob er nicht davon gehört habe, daß Fremde den Indianern der Pampas in die Hände gefallen seien.

Paganel stellte diese Frage und erwartete die Antwort.

»Kann sein«, sagte der Patagonier.

Kaum war dies Wort übersetzt, als Thalcave auch von den sieben Reisenden umringt war; man fragte ihn mit den Blikken.

Paganel, der vor Erregung kaum die Worte fand, fuhr in der so interessanten Fragestellung fort, während seine auf den so ernsthaften Indianer gerichteten Augen die Antwort schon zu erspähen suchten, bevor sie jenem über die Lippen kam.

Jedes spanische Wort des Patagoniers wiederholte er englisch, so daß seine Genossen gleichsam in ihrer Muttersprache reden hörten.

»Und dieser Gefangene?« fragte Paganel.

»War ein Fremder«, antwortete Thalcave; »ein Europäer.«

»Ihr habt ihn gesehen?«

»Nein, aber in den Berichten der Indianer wurde er erwähnt. Es war ein tapferer Mann! Er hatte das Herz des Büffels!«

»Das Herz des Büffels!« wiederholte Paganel. »O, die prächtige Sprache der Patagonier. Sie verstehen es, meine Freunde – ein mutiger Mann!«

»Mein Vater!« rief Robert Grant.

Dann wendete er sich an Paganel und fragte:

»Wie heißt: ›Das ist mein Vater‹ auf Spanisch?«

»Es mio padre«, erwiderte der Geograph.

Sogleich ergriff Robert Thalcaves Hände und sprach mit sanfter Stimme:

»Es mio padre!«

»Suo padre!«* antwortete der Patagonier, dessen Augen aufleuchteten.

Er nahm den Knaben in die Arme, hob ihn von seinem Pferde und betrachtete ihn mit forschender Teilnahme. In seinem verständigen Gesicht prägte sich eine friedliche Gemütsbewegung aus.

Doch Paganel hatte seine Fragen noch nicht beendet. Wo war jener Gefangene? Wie erging es ihm? Wann hatte Thalcave von ihm reden hören? Alle diese Fragen drängten sich zugleich in ihm auf.

Die Antworten ließen nicht auf sich warten, und so vernahm er, daß der Europäer als Sklave bei einem der Indianerstämme sei, welche zwischen dem Colorado und dem Rio Negro das Land durchstreifen.

»Aber wo befand er sich zuletzt?« fragte Paganel.

»Bei dem Kaziken Calfucura«, antwortete Thalcave.

»In der Richtung, welche wir bis jetzt verfolgt haben?«

»Ja.«

»Und was ist dieser Kazike?«

»Der Häuptling der Poyuches-Indianer, ein Mann mit zwei Zungen und mit zwei Herzen.«

»Das heißt also, falsch mit dem Wort und falsch mit der Tat«, sagte Paganel, nachdem er seinen Begleitern dieses schöne Bild der Patagoniersprache übersetzt hatte. »Und werden wir unsern Freund befreien können?« fügte er hinzu.

»Vielleicht; wenn er noch in den Händen der Indianer ist.«

»Und wann habt Ihr von ihm sprechen hören?«

»Das ist lange Zeit her, und seitdem hat die Sonne schon zwei Sommer über den Himmel der Pampas geführt!«

Glenarvans Freude war unbeschreiblich. Diese Antwort

*Sein Vater.

stimmte genau mit den Angaben des Dokumentes überein. Aber eine Frage an Thalcave war noch übrig. Paganel stellte sie sofort.

»Ihr sprecht immer von einem einzigen Gefangenen«, sagte er; »waren es denn nicht deren drei?«

»Das weiß ich nicht«, antwortete Thalcave.

»Und Ihr wißt nichts von ihrer tatsächlichen Lage?«

»Nichts.«

Dieses letzte Wort schloß die Unterhaltung. Es war möglich, daß die drei Gefangenen schon seit langer Zeit getrennt waren. Aus den Angaben des Patagoniers ging aber doch hervor, daß die Indianer von einem Europäer sprachen, der in ihre Gewalt gefallen sei. Das Datum seiner Gefangennahme, der Ort, wo er sich befinden sollte, alles, bis auf die von dem Patagonier gebrauchte Redensart, um seinen Mut zu bezeichnen, bezog sich offenbar auf Kapitän Harry Grant.

Am nächsten Tage, den 25. Oktober, brachen die Reisenden mit frischer Zuversicht nach Osten hin auf. Die traurige, einförmige Ebene bildete eine jener Strecken ohne Ende, die in der Landessprache »Travesias« genannt werden. Der dem Einfluß der Winde preisgegebene tonige Boden war vollkommen eben; kein Gestein, kaum ein Kiesel fand sich, außer in einigen unfruchtbaren und ausgetrockneten Höhlungen oder am Rande von den Indianern künstlich hergestellter Wasserlachen. In langen Zwischenräumen erschienen niedrige Wälder mit dunklen Baumwipfeln, hier und da überragt von weißlichen Johannisbrotbäumen, deren Schotenfrucht einen zuckerhaltigen, angenehmen und erfrischenden Saft enthält; ferner einige Gruppen Terpentinbäume, »Chañaren«, wilder Ginster und allerlei stachlige Baumarten, deren Dürre schon die Unfruchtbarkeit des Bodens verriet.

Der 26. Oktober war ein sehr anstrengender Tag. Es galt, den Rio Colorado zu erreichen. Die von ihren Reitern angetriebenen Pferde entwickelten aber eine solche Schnelligkeit, daß man an demselben Abend, unter 69° 45′ der Länge, den schönen Strom der Pamparegionen erreichte. Sein indischer Name, der »Cobu Leubu«, heißt soviel wie »großer Fluß«, und nach einem langen Laufe mündet er im Atlantischen

Ozean. Nahe seiner Mündung zeigt er die merkwürdige Eigenschaft, daß seine Wassermenge mit der Annäherung an das Meer sich vermindert, entweder durch Einsaugung oder durch Verdunstung; doch ist die Ursache dieser Erscheinung noch nicht vollkommen aufgehellt.

Bei der Ankunft am Colorado war es Paganels erstes Streben, sich in seinem durch rötliche Tonerde gefärbten Wasser »geographisch« zu baden. Er war erstaunt, dasselbe so tief zu finden, was übrigens nur vom Schmelzen des Schnees durch die beginnende Sommersonne herrührte. Zudem hatte der Fluß auch eine beträchtliche Breite, daß ihn die Pferde nicht durchschwimmen konnten. Zum Glück fand sich etwa tausend Schritte stromaufwärts eine aus Flechtwerk bestehende Brücke, die durch Lederriemen unterstützt und auf indianische Art aufgehangen war. So konnte die kleine Gesellschaft über den Strom setzen und an seinem linken Ufer lagern.

Noch vor dem Einschlafen wollte Paganel eine genaue Aufnahme des Colorado ausführen, den er mit größter Sorgfalt in seine Karte einzeichnete, statt des Yarou-Dzangbo-Tchou, der ohne ihn in den Gebirgen von Tibet dahinfloß.

Während der beiden folgenden Tage, d. h. am 27. und 28. Oktober, ging die Reise ohne Zwischenfälle vonstatten. Dieselbe Eintönigkeit und Unfruchtbarkeit des Bodens. Nirgends möchte es eine so wechsellose Landschaft, ein so wenig charakterisiertes Panorama geben. Der Boden wurde nur allmählich feuchter. Man mußte »Canadas«, d. h. überschwemmte Untiefen, und »Esteros«, das sind permanente Wasserflächen, die mit Sumpfpflanzen angefüllt sind, passieren. Abends hielten die Pferde am Ufer eines großen, sehr salzhaltigen Sees, des Ure Lanquem, der von den Indianern »der bittre See« genannt wird und im Jahre 1862 Zeuge der grausamen Repressalien der argentinischen Truppen war.

Man lagerte sich in gewohnter Art und Weise, und ohne die Anwesenheit vieler Affen, Allouaten und wilder Hunde wäre die Nacht ganz gut gewesen. Diese Tiere führten aber, vielleicht als Ehrenbezeigung, jedenfalls aber zur Qual für jedes europäische Ohr, eine jener Natursymphonien auf, die nur ein »Zukunftsmusiker« gewiß nicht mißbilligt hätte.

Siebzehntes Kapitel

Die Pampas

Die argentinischen Pampas erstrecken sich vom vierunddreißigstens bis zum vierzigsten Grade östlicher Länge. Das Wort »Pampa« ist araucanischen Ursprungs und bezeichnet »voll Gras und Kräuter«, so daß es für diese Gegenden vollkommen paßt. Die baumartigen Mimosen der Westseite und die Kräuter der Ostseite verleihen ihnen ein eigentümliches Aussehen. Diese Vegetation wurzelt in einer Erdschicht, welche den rötlichen oder gelben, tonigsandigen Boden bedeckt. Ein Geologe würde reiche Ausbeute haben, wenn er diese der Tertiärperiode angehörigen Landstrecken durchforschte. Darunter liegt eine unendliche Menge antediluvianischer Knochen, welche die Indianer von sehr großen, ausgestorbenen Tatus herleiten, und unter jener Decke von Pflanzen liegt die Urgeschichte jener Gegenden begraben.

Die südamerikanische Pampa ist eine geographische Eigentümlichkeit, gleich den Savannen bei den »Großen Seen« oder den Steppen Sibiriens. Ihr Klima weist höhere Wärme und strengere Kälte auf und hat also mehr kontinentalen Charakter, als das der Provinz Buenos Aires. Denn, wie Paganel erläuterte, die vom Ozean aufgesaugte und in demselben gleichsam aufgespeicherte Sonnenwärme gibt dieser im Winter langsam an die Atmosphähre zurück. Eine Folge davon ist, daß Inseln immer eine gleichmäßigere Temperatur zeigen, als das Innere der Kontinente.* So hat auch der westliche Strich des Pampa-Landes nicht jene Gleichmäßigkeit, welche die Küsten, dank der Nachbarschaft des Atlantischen Ozeans, darbieten. Es unterliegt vielmehr grellen Änderungen, welche die Quecksilbersäule des Thermometers unaufhörlich von einem Grade zum andern treiben. Während der Monate April und Mai gibt es häufige und heftige Regen. In der damaligen Jahreszeit dagegen war die Witterung sehr trocken und die Wärme sehr hoch.

*Die Winter Islands sind aus diesem Grunde milder, als die der lombarischen Ebene.

Mit dem Aufgang der Sonne brach man auf, nachdem die Richtung des Weges festgestellt war. Der von niedrigen Bäumen und Strauchwerk eingefaßte Boden war ganz gleichmäßig fest; keine Medanos zeigten sich mehr, noch der Sand, der sie bildete, noch endlich jener feine Staub, den der Wind in der Luft schwebend erhielt.

Die Pferde hielten einen guten Schritt zwischen den Büschen von »Paja-brava«, dem spezifischen Pampagrase, welches den Indianern bei Orkanen als Schutz dient. In gewissen Zwischenräumen, die aber immer größer wurden, wuchsen in feuchten Niederungen einige Weidenbäume und eine gewisse Pflanzenart, Gygnerium argenteum, das die Nachbarschaft süßen Wassers liebt. Die Pferde erquickten sich dann nach Herzenslust und schienen den Durst gleich für die Zukunft zu löschen, indem sie das Gute nahmen, wo es sich eben fand. Thalcave war voraus und klopfte auf die Büsche. Damit verscheuchte er die »Cholinas«, eine sehr gefährliche Vipernart, deren Biß einen Ochsen in weniger als einer Stunde zu töten vermag. Der gewandte Thaouka sprang über die niedrigen Gebüsche hin und half so seinem Herrn den nachfolgenden Pferden den Weg bahnen.

Die Reise über die flachen und geraden Ebenen ging leicht und schnell vor sich. In der Natur des Wiesengrundes trat kein Wechsel ein; kein Stein, kein Kiesel fand sich auf hundert Meilen in der Runde. Nirgends traf man wieder eine solche Einförmigkeit von so hartnäckiger Ausdehnung. Von Landschaft, von Zwischenfällen, natürlichen Überraschungen – keine Spur! Um an den Einzelheiten des Weges Interesse zu finden, dazu gehörte ein Paganel, einer jener Schwärmer für die Wissenschaft, die da etwas sehen, wo nichts zu sehen ist. Dafür genügte schon ein Strauch, etwa auch ein Grashalm, um seine unerschöpfliche Beredsamkeit zu reizen und Robert zu belehren, der ihm gerne zuhörte.

Während dieses Tages, am 29. Oktober, erstreckte sich die durchzogene Ebene vor den Reisenden mit unbegrenzter Eintönigkeit weiter. Gegen zwei Uhr fanden sich weithin unter den Hufen der Pferde Spuren und Reste von Tieren. Es waren die Knochenreste einer unzählbaren Büffelherde aufgehäuft und gebleicht. Diese Trümmer lagen nicht in langer, gebogener Linie, wie man sie von Tieren findet, die aus Entkräftung nach und nach auf dem Wege fallen. Niemand vermochte sich diese Ansammlung von Skeletten auf diesem verhältnismäßig beschränkten Raume zu erklären, und Paganel, trotz seiner Kenntnisse, so wenig wie die andern. Er befragte also Thalcave, der um die Antwort gar nicht verlegen war.

Ein »Unmöglich!« von seiten des Gelehrten und eine klar sprechende Handbewegung des Patagoniers machten die Genossen neugierig.

»Was gibt es denn?« fragten diese.

»Das Feuer vom Himmel«, erwiderte der Geograph.

»Wie! Der Blitz sollte eine derartige Verheerung angerichtet haben«, sagte Tom Austin; »eine Herde von fünfhundert Köpfen niederzuschmettern?«

»Thalcave sagt es, und Thalcave irrt sich nicht. Übrigens glaube ich es auch, denn die Unwetter in den Pampas zeichnen sich vor allem durch ihre Heftigkeit aus. Wenn wir nur nicht einmal selbst ein solches auszuhalten haben!«

»Nun, es ist sehr heiß«, meinte Wilson.

»Das Thermometer«, bemerkte Paganel, »wird dreißig Grad im Schatten zeigen.«

»Mich verwundert das nicht«, sagte Glenarvan, »ich fühle die Wirkung der Elektrizität in meinem ganzen Wesen. Hoffentlich hält diese Temperatur nicht an.«

»O«, fiel Paganel ein, »auf einen Witterungswechsel ist jetzt nicht zu rechnen, da der Horizont ganz dunstfrei ist.«

»Desto schlimmer«, setzte Glenarvan hinzu, »denn unsere Pferde sind von der Glut sehr angegriffen. Ist es dir nicht zu heiß, mein Sohn?« wendete er sich an Robert.

»Nein, Mylord«, antwortete der Knabe, »ich liebe die Wärme, sie ist eine schöne Sache.«

»Vorzüglich im Winter«, bemerkte verständig der Major, indem er den Rauch seiner Zigarre in die Höhe blies.

Abends rastete man an einem verlassenen »Rancho«, einem Zweiggeflechte, das mit Kot verkittet und mit Stroh bedeckt war; diese Hütte stieß an einen mit halbvefaulten Pfählen umschlossenen Raum, der den Pferden während der Nacht immerhin genügend Schutz gegen einen Überfall der Füchse bot. Nicht für jene selbst hatten sie zwar von diesen Tieren zu fürchten, aber die schlauen Geschöpfe zernagen gern die Halfter der Pferde, so daß dann diese leicht davonlaufen.

Einige Schritte von dem Rancho befand sich auch ein ausgegrabenes Loch, das zur Küche gedient hatte und noch einige erkaltete Asche enthielt. In demselben befand sich eine Bank, ein Lager von Büffelfellen, ein Fleischtopf, ein Bratspieß und ein Siedekessel zum Maisabkochen. Der Mais liefert ein in Südamerika sehr gebräuchliches Getränk. Es ist der Tee der Indianer. Er besteht in einem heißen Aufguß auf getrocknete Blätter, den man, wie bei amerikanischen Getränken gewöhnlich, durch einen Strohhalm aufsaugt. Auf Paganels Aufforderung bereitete Thalcave einige Tassen dieses Trankes, der zu dem gewöhnlichen Nahrungsmittel recht gut zu passen schien und für ausgezeichnet erklärt wurde.

Am anderen Tage, dem 30. Oktober, erhob sich die Sonne aus glühendem Morgennebel und sandte ihre heißesten Strahlen herab. Die Hitze dieses Tages war wirklich ganz übermäßig, und zum Unglück bot die Ebene nirgends irgendwelchen Schutz. Dennoch setzte man unverdrossen den Weg nach Osten weiter fort. Öfters stieß die Gesellschaft auch auf ungeheure Viehherden, die nicht imstande waren, bei der ungeheuren Hitze zu weiden und die einfach hingestreckt liegen blieben. Von Wächtern oder vielmehr Viehhütern war keine Rede. Hunde, welche die Gewohnheit haben, wenn der Durst sie quält, den Schafen ihre Milch auszusaugen, bewachten allein diese zahlreichen Haufen von Milchkühen, Stieren und Ochsen. Übrigens sind diese Tiere von weit sanfterer Natur und haben auch nicht jenen instinktiven Abscheu vor der roten Farbe wie ihre europäischen Stammesgenossen.

»Das kommt ohne Zweifel daher, daß sie die Wiesen einer Republik weiden!« sagte Paganel, der über seinen Scherz von vielleicht etwas zu stark französischem Geschmacke ganz erfreut war.

Gegen Mittag änderte sich das Ansehen der Pampas dergestalt, daß es den durch die ewige Eintönigkeit ermüdeten Augen nicht entgehen konnte. Die grasartigen Gewächse wurden seltener. Sie machten mageren Kletten Platz und riesigen, bis neun Fuß hohen Disteln, woran sich alle Esel der Erde erquicken konnten. Hier und dort sproßten dunkelgrüne Stachelgebüsche empor, die den trockenen Gegenden eigen sind. Bis hierher hatte eine gewisse Feuchtigkeit, welche in dem Lehmboden der Prärie enthalten war, den Weideplätzen Nahrung gegeben; der Rasenteppich war fett und üppig. Weiterhin zeigten aber einzelne Stellen, wo dieser Samt abgenutzt oder ganz herausgerissen war, den Einschlag und die Armseligkeit des Erdbodens. Die Anzeichen einer zunehmenden Dürre waren unverkennbar, und Thalcave machte auch darauf aufmerksam.

»Diese Abwechslung ist mir gar nicht unleidlich«, sagte Tom Austin, »immer Gras und ewig Gras, das wirkt doch auf die Dauer sehr langweilig.«

»Ja, aber man hat dann auch immer Gras, immer Wasser«, warf der Major ein.

»O, so schlimm sind wir nicht daran«, sagte Wilson, »wir werden auf unserem Wege mehr als einmal einem Flusse begegnen.«

Hätte Paganel diese Antwort gehört, so würde er gewiß ausgesprochen haben, daß Flüsse zwischen dem Colorado und den Sierras der Provinz Argentinien sehr selten vorkommen; in diesem Augenblicke erklärte er aber Glenarvan irgend etwas, worauf dieser seine Aufmerksamkeit gelenkt hatte.

Einige Zeit schon schien in der Luft ein Rauchgeruch verbreitet. Doch war rings am Horizonte kein Feuer zu sehen, und keine Rauchwolke verriet eine entfernte Feuersbrunst. Dennoch mußte diese Erscheinung eine natürliche Ursache haben. Bald verstärkte sich dieser Geruch verbrannten Grases dermaßen, daß sie alle Reisenden, außer Paganel und Thalcave, in Verwunderung setzte. Der Geograph, der niemals um die Erklärung irgendeines Ereignisses verlegen war, sagte zu seinen Begleitern:

»Das Feuer sehen wir zwar nicht, aber wir bemerken doch

den Rauch. Das Sprichwort: ›Ohne Feuer ist kein Rauch‹, ist in Amerika nicht minder zutreffend, als in Europa. Irgendwo muß also doch ein Feuer sein. Diese Pampas aber sind so eben, daß nichts die Luftströmung ablenkt und man den Geruch von verbrennendem Grase oft auf eine Entfernung von dreihundert Kilometern noch verspürt.«

»Dreihundert Kilometer?« wiederholte der Major mit dem Tone leisen Zweifels.

»Ganz so weit«, versicherte Paganel. »Ich bemerke noch, daß die Feuersbrünste sich oft äußerst schnell weiterverbreiten und sich sehr weit ausdehnen.«

»Wer legt aber Feuer an die Prärien?« fragte Robert.

»Manchmal tut es der Blitz, wenn das Gras durch die Hitze sehr ausgetrocknet ist; manchmal auch die Hand der Indianer.«

»Aber aus welchem Grunde?«

»Sie nehmen an, – ich weiß zwar nicht, inwieweit diese Annahme berechtigt ist –, daß das Gras nach einem Präriebrande desto besser wachse. Es sollte also das Verbrennen ein Mittel sein, den Boden durch den Einfluß der Asche zu kräftigen. Ich für meinen Teil glaube vielmehr, daß diese Brände zur Vernichtung der Milliarden von Exoten dienen, einer Art parasitischer Insekten, welche vorzüglich die Herden belästigen.«

»Aber dieses energische Mittel«, sagte der Major, »wird auch manchem Stück Vieh in der Ebene das Leben kosten.«

»Jawohl; es verbrennen manche; aber was tut das gegenüber ihrer Anzahl?«

»Nun, ich trete nicht für diese ein«, erwiderte MacNabbs, »das ist eben ihre Sache, aber für die Menschen, welche durch die Pampas reisen. Kann es nicht vorkommen, daß diese überrascht und von den Flammen eingeschlossen werden?«

»Ei doch!« rief Paganel mit sichtbarer Befriedigung, »das kommt manchmal vor, und es würde mir nicht unangenehm sein, einem solchen Schauspiel beizuwohnen.«

»Da seht einmal unseren Weisen«, fiel Glenarvan ein, »er treibt die Liebe zur Wissenschaft soweit, daß er sich lebendig verbrennen ließe.«

»O nein, mein lieber Glenarvan; aber man hat seinen Cooper gelesen, und Bas de Cuir lehrt das Mittel, sich die Flammen vom Leibe zu halten, indem man einige Toisen weit rings um sich das Gras ausreißt. Es gibt ja nichts Einfacheres. Übrigens zweifle ich nicht, daß sich uns ein Präriebrand nähert, und ich wünsche ihn von ganzem Herzen herbei!«

Paganels Wunsch sollte jedoch nicht in Erfüllung gehen, und wenn er doch bald gebraten wurde, so geschah das nur durch die Hitze der Sonnenstrahlen, welche eine unerträgliche Glut verbreiteten. Die Pferde keuchten unter dem Drucke dieser Temperatur. Auf Schatten war nirgends zu rechnen, wenn ihn nicht dann und wann einmal eine Wolke spendete, die die flammende Scheibe verhüllte; dann eilte ein Schatten auf dem ebenen Boden hin, und die Reiter, welche ihre Tiere anspornten, versuchten Schritt zu halten mit der schattigeren Stelle, die der Westwind vor ihnen hertrieb. Aber die Pferde, welche nicht Schritt halten konnten, blieben zurück, und das unverhüllte Gestirn goß einen neuen Feuerregen über das verkalkte Terrain der Pampas.

Wenn Wilson aber behauptet hatte, es werde an Trinkwasser nicht fehlen, so brachte er nicht den unauslöschlichen Durst in Anschlag, welcher seine Begleiter während dieses Tages verzehrte, und indem er hinzufügte, man werde unterwegs einen Fluß finden, hatte er zuviel versprochen. In Wirklichkeit fehlten nicht nur Flüsse, denen die vollständige Ebenheit des Bodens kein geeignetes Bett bot, gänzlich, sondern auch die von den Händen der Indianer künstlich ausgegrabenen Wasserlachen waren vollständig vertrocknet. Als Paganel diese Anzeichen von Meile zu Meile zunehmender Trockenheit sah, machte er gegen Thalcave einige Bemerkungen darüber, und fragte ihn, wo er Wasser zu finden hoffe.

»Am See Salinas«, erwiderte der Indianer.

»Und wann kommen wir da an?«

»Morgen abend.«

Gewöhnlich graben die Argentiner, wenn sie die Pampas bereisen, Brunnen aus und treffen nur wenige Toisen unter dem Erdboden auf Wasser. Unsere Reisenden aber, denen die hierzu nötigen Werkzeuge fehlten, mußten diese Hilfsquelle entbehren. Man mußte sich also auf gewisse Rationen beschränken, und wenn auch niemand von quälendem Durste ganz und gar zu leiden hatte, so konnte doch auch keiner denselben vollständig stillen.

Am Abend machte man halt, nachdem man dreißig Meilen in einem Zug zurückgelegt hatte. Jedermann rechnete auf eine ruhige Nacht, um sich von den Strapazen des Tages zu erholen, und gerade diese wurde durch eine sehr lästige Wolke von Moskitos und Schnaken gestört. Ihre Anwesenheit deutete auf eine Änderung des Windes, der wirklich mit einer Drehung um ein Viertel nach Norden umschlug. Diese verwünschten Insekten verschwinden nämlich bei Süd- oder Südwestwind sogleich.

Wenn der Major selbst bei den kleinen Unannehmlichkeiten des Lebens seine Ruhe bewahrte, so war dagegen Paganel über die kleinen Nadelstiche des Geschicks sehr ungehalten. Er wünschte die Moskiktos und Schnaken zum Teufel und bedauerte sehr, kein gesäuertes Wasser zur Hand zu haben, um damit das Brennen der Tausende von Stichen zu mildern. Wenn ihm auch der Major den Trost einzureden suchte, sie könnten sich glücklich schätzen, daß sie es nur mit zwei Arten von den dreihunderttausend Insektenarten, welche die Naturforscher aufzählen, zu tun hätten, so stand dieser doch mit sehr übler Laune auf.

Dennoch ließ er sich nicht lange bitten, mit der Morgenröte wieder aufzubrechen, denn es handelte sich darum, noch an dem nämlichen Tage den See Salinas zu erreichen. Die Pferde waren sehr erschöpft; sie kamen vor Durst fast um, und wenn sich die Reiter auch um ihretwillen selbst einschränkten, so fiel doch ihr Anteil an Wasser sehr knapp aus. Die Trockenheit nahm noch mehr zu, und die Hitze war bei dem staubigen Nordwinde, jenem Samum der Pampas, nicht weniger unerträglich.

An diesem Tage wurde die Einförmigkeit des Zuges auf einen Augenblick unterbrochen. Mulrady, welcher vorausritt, kehrte plötzlich um und meldete die Annäherung einer Anzahl Indianer. Diese Begegnung wurde sehr verschieden aufgenommen. Glenarvan dachte dabei an die Nachrichten, welche ihm diese Eingeborenen über die Schiffbrüchigen von der »Britannia« mitteilen könnten. Thalcave war seinerseits weniger erfreut, auf seinem Wege nomadisierende Prärie-Indianer zu finden; er hielt sie für Räuber und Diebe und suchte sie möglichst zu vermeiden. Nach seinen Anordnungen zog sich die kleine Gesellschaft dicht zusammen und setzte die Waffen in Bereitschaft. Man mußte eben auf jeden Fall gerüstet sein.

Bald kam ihnen die Indianertruppe zu Gesicht. Sie bestand nur aus etwa zehn Eingeborenen, was den Patagonier wieder beruhigte. Die Indianer kamen bis auf hundert Schritte nahe. Man konnte sie leicht unterscheiden. Sie gehörten jener Pamparasse an, welche General Rosas im Jahre 1833 zu Paaren trieb; ihre hohe und gewölbte Stirn, ihr hoher Wuchs und ihre Olivenfarbe machten sie zu schönen Typen des Indianerstammes. Sie waren mit den Fellen von Guanacos oder Stinktieren bekleidet und führten eine zwanzig Fuß lange Lanze, Messer, Schleudern, Bolas und Lassos bei sich. Ihre Geschicklichkeit in der Behandlung der Pferde verriet die geübten Reiter.

Auf hundert Schritte Entfernung hielten sie an und schienen schreiend und gestikulierend zu beraten. Glenarvan bewegte sich auf sie zu. Kaum war er aber sechs Schritte vorwärts, als sie auf einmal umkehrten und mit unglaublicher Schnelligkeit verschwanden. Die abgetriebenen Pferde der Reisenden hätten sie nie zu erreichen vermocht.

»Diese Feiglinge!« rief Paganel.

»Für ehrliche Leute nehmen sie zu schnell Reißaus«, sagte MacNabbs.

»Was sind das für Indianer«, fragte Paganel Thalcave.

»Gauchos«, erwiderte der Patagonier.

»Gauchos!« wiederholte Paganel, sich an seine Gefährten wendend, »Gauchos! Da hatten wir nicht nötig, soviel Vorsichtsmaßregeln zu treffen; da war nichts zu fürchten.«

»Inwiefern?« fragte der Major.

»Weil die Gauchos ganz friedliche Landleute sind.«

»Das glauben Sie, Paganel?«

»Ganz gewiß. Die da haben uns für Räuber gehalten und sind deshalb entflohen.«

»Ich glaube vielmehr, daß sie nicht wagten, uns anzugreifen«, antwortete Glenarvan, der sehr ärgerlich war, daß er mit den Eingeborenen, sie mochten nun sein, wie sie wollten, nicht hatte in Verkehr treten können.

»Das ist auch meine Ansicht«, meinte der Major, »denn wenn ich mich nicht täusche, sind die Gauchos, weit entfernt, harmloser Natur zu sein, freche Räuber, die man zu fürchten hat.«

»Das wäre arg!« rief Paganel.

Er ging sogleich auf eine lebhafte Besprechung dieser ethnologischen Frage ein, auf eine so lebhafte Weise, daß er dadurch den Major völlig in Aufregung brachte und sich die in den Besprechungen MacNabbs' nicht eben gewöhnliche Antwort zuzog:

»Ich glaube, Sie haben unrecht, Paganel.«

»Unrecht?« versetzte der Gelehrte.

»Ja. Thalcave selbst hat diese Indianer für Diebe gehalten, und er weiß gewiß, worauf er seine Ansicht stützt.«

»Nun, so hat sich Thalcave diesmal geirrt«, entgegnete offenbar ärgerlich Paganel. »Die Gauchos sind Ackerbauer, Hirten, sonst nichts, und ich selbst habe das in einer aufsehenerregenden Broschüre über die Ureinwohner der Pampas geschrieben.«

»Nun wohl, so haben Sie einen Irrtum begangen, Herr Paganel.«

»Ich? Einen Irrtum, Herr MacNabbs?«

»Aus Zerstreuung, wenn Sie wollen«, entgegnete auf seiner Meinung bestehend der Major, »und Sie werden gut tun, wenn Sie in der nächsten Ausgabe einige Irrtümer verbessern«.

Paganel, sehr gekränkt, über seine geographischen Kenntnisse streiten und gar scherzen zu hören, fühlte, wie ihm die Galle überlief.

»Wissen Sie, mein Herr«, sagte er, »daß meine Bücher derartiger Fehlerverzeichnisse nicht bedürfen.«

»Gewiß! Aber wenigstens bei dieser Gelegenheit«, versetzte MacNabbs, der seinerseits eigensinnig darauf beharrte.

»Mein Herr, ich finde Sie heute sehr starrköpfig«, erwiderte Paganel.

»Und ich Sie sehr mürrisch!« antwortete der Major.

Die Diskussion nahm offenbar einen unerwarteten Fortgang, und das über einen Gegenstand, der nicht der Mühe wert war. Glenarvan hielt es an der Zeit, sich ins Mittel zu schlagen.

»Sicher spricht hier«, sagte er, »auf einer Seite der Eigensinn, auf der andern der Unmut, was mich bei Ihnen beiderseits Wunder nimmt.«

Der Patagonier hatte, ohne die Ursache des Wortwechsels zu kennen, doch verstanden, daß beide Freunde in Streit waren. Er begann zu lachen und sagte ruhig:

»Das macht der Nordwind.«

»Der Nordwind«, fuhr Paganel auf, »was hat der Nordwind mit alledem zu tun?«

»Jawohl, so ist's«, erwiderte Glenarvan, »der Nordwind ist die Ursache Ihrer üblen Stimmung! Ich habe sagen hören, daß er in Südamerika das Nervensystem ganz besonders aufrege.«

»Beim heiligen Patrick, Edward, Sie haben recht«, sagte der Major und brach in helles Lachen aus.

Paganel aber, der einmal in der Stimmung war, wollte von der Auseinandersetzung nicht ablassen, wandte sich an Glenarvan, dessen Zwischentreten ihm etwas unbescheiden erschien.

»Ja wirklich, Mylord«, sagte er, »ich habe ein erregtes Nervensystem, nicht wahr?«

»Ja, Paganel, das macht der Nordwind, ein Wind, unter dessen Einfluß in den Pampas viele Vergehen vorkommen, wie unter dem der Tramontana in der römischen Campagna.«

»Vergehen!« wiederholte der Gelehrte, »ich habe wohl das Aussehen eines Menschen, der zu Vergehungen geneigt ist?«

»Das will ich nicht gerade sagen.«

»Sagen Sie doch schnell, daß ich fähig wäre, Sie umzubringen!«

»O«, erwiderte Glenarvan, welcher das Lachen nicht unterdrücken konnte, »davor fürchte ich mich. Glücklicherweise hält der Nordwind nur einen Tag lang an!«

Alle Anwesenden zollten dieser Antwort Glenarvans lauten Beifall. Nun gab sich Paganel und ging, seine üble Laune verrauchen zu lassen, von dannen. Eine Viertelstunde nachher dachte er nicht mehr daran.

So trat der gute Charakter des Gelehrten zwar einen Augenblick in den Schatten, doch mußte das, wie Glenarvan ganz richtig gesagt hatte, auf eine äußere Ursache zurückgeführt werden.

Um acht Uhr abends meldete Thalcave, der ein Stück vorausgeritten war, daß er die Bodensenkung des herbeigesehnten Sees wahrnehme. Eine Viertelstunde später stieg die kleine Gesellschaft den Uferrand des Salinas hinab. Aber dort wartete ihrer eine große Enttäuschung – der See war ausgetrocknet.

Achtzehntes Kapitel

Beim Suchen nach Wasser

Der See Salinas beendigt jene Reihe von Lagunen, welche sich bis zu den Sierras Ventana und Guamini erstrecken. Früher wurden von Buenos Aires aus viele Züge hierher veranstaltet, um Salz zu holen, denn seine Gewässer enthielten Chlornatrium in beträchtlicher Menge. Jetzt aber hatte sich aus dem durch die Hitze verflüchtigten Wasser alles früher darin gelöste Salz niedergeschlagen, und der See bildete nur noch einen großen widerstrahlenden Spiegel.

Als Thalcave gesagt hatte, es sei trinkbares Wasser am See Salinas vorhanden, so bezog sich dies auf Zuflüsse süßen Wassers, die sich an manchen Stellen in denselben ergießen. Jetzt waren diese aber ausgetrocknet wie jener selbst. Die brennende Sonne hatte alles aufgesaugt. Daher diese allgemeine Bestürzung, als die verdurstete Gesellschaft an den ausgetrockneten Ufern des Salinas ankam.

Ein Entschluß mußte gefaßt werden. Das wenige noch in den Schläuchen befindliche Wasser war halb verdorben. Es vermochte den Durst nicht zu löschen, der sich nun peinigend fühlbar machte. Hunger und Anstrengung bedeutete nichts gegen dieses zwingende Bedürfnis. Ein »Roukah«, d. i. eine Art Zelt aus Leder, das in einer Bodensenkung aufgeschlagen und von Eingeborenen zurückgelassen war, diente den erschöpften Reisenden als Zuflucht, während ihre Pferde an den schlammigen Ufern des Sees nur mit Widerwillen die Seepflanzen und das trockene Schilf zermalmten.

Als alle in dem Roukah Platz genommen hatten, fragte Paganel Thalcave um seine Ansicht, was nun zu tun sei. Zwischen dem Geographen und dem Indianer entwickelte sich eine schnell geführte Unterhaltung, von der Glenarvan dennoch einige Worte auffaßte. Thalcave sprach sehr ruhig; Paganel gestikulierte für zwei. Dies Gespräch dauerte nur einige Minuten, und der Patagonier kreuzte seine Arme.

»Was hat er gesagt?« fragte Glenarvan. »Ich glaubte zu verstehen, daß er anriet, uns zu teilen.«

»Ja, und zwar in zwei Gruppen«, antwortete Paganel. »Diejenigen von uns, deren von Anstrengung und Durst erschöpfte Pferde kaum noch einen Fuß vor den andern setzen können, sollen, so gut es eben geht, ihren Weg dem siebenunddreißigsten Breitengrade entlang fortsetzen. Die besser Berittenen dagegen sollen auf demselben Wege vorausgehen, und den Fluß Guamini, der sich einunddreißig Meilen* von hier in den See San Lucas ergießt, zu erreichen suchen. Findet sich dort hinreichend Wasser, so erwarten Sie die übrigen am Ufer des Guamini; fehlt es dagegen, so kommen Sie ihnen wieder entgegen, um jenen einen nutzlosen Weg zu ersparen.«

»Nun, und dann?« fragte Tom Austin.

»Dann werden wir uns entschließen müssen, fünfundsiebzig Meilen gen Süden hinabzureisen, bis zu den ersten Ver-

*Fünfzig Kilometer.

zweigungen der Sierra Ventana, wo es zahlreiche Flüsse gibt.«

»Dieser Rat ist gut«, bemerkte Glenarvan, »und wir wollen ihn ohne Zaudern befolgen. Mein Pferd hat aus Mangel an Wasser noch nicht zu sehr gelitten, und so erbiete ich mich, Thalcave zu begleiten.«

»O, Mylord, nehmen Sie mich mit«, bat Robert, als ob es sich um einen Ausflug zum Vergnügen handelte.

»Aber wirst du uns folgen können, mein Kind?«

»Jawohl! Ich habe ein braves Tier, das nichts mehr verlangt, als vorwärts zu gehen. Gestatten Sie's, Mylord? ... O, ich bitte!«

»So sei es, mein Knabe«, sagte Glenarvan, selbst erfreut, sich nicht von Robert trennen zu müssen. »Wir drei«, fügte er hinzu, »müßten doch sehr ungeschickt sein, wenn wir keinen frischen und klaren Wasservorrat entdecken sollten.«

»Nun, und ich?« fragte Paganel.

»O, Sie, mein lieber Paganel«, erwiderte der Major, »Sie bleiben bei der Reserve-Abteilung. Sie kennen den siebenunddreißigsten Parallelkreis, den Guaminifluß und die ganzen Pampas viel zu genau, um uns zu verlassen. Weder Mulrady, Wilson noch ich selbst, keiner würde imstande sein, Thalcave an dem verabredeten Punkte wieder aufzufinden, während wir voller Vertrauen unter dem Banner des braven Jacques Paganel marschieren werden.«

»Ich verzichte also«, antwortete der Geograph, dem es schmeichelte, eine Art Oberkommando zu übernehmen.

»Aber keine Zerstreutheiten, muß ich bitten«, setzte der Major hinzu. »Führen Sie uns nicht dahin, wo wir nichts zu schaffen haben, und bringen Sie uns nicht etwa nach den Küsten des Stillen Ozeans zurück.«

»Sie verdienen es eigentlich, Sie unausstehlicher Major«, erwiderte Paganel lachend. »Indessen, lieber Glenarvan, sagen Sie mir, wie denken Sie sich mit Thalcave zu verständigen?«

»Ich denke, daß der Patagonier und ich nicht viele Veranlassung zum Plaudern haben werden. Mit den paar spanischen Worten, die ich innehabe, werde ich übrigens bei dringender Veranlassung wohl imstande sein, ihm meine Gedanken auszudrücken und die seinigen zu verstehen.«

»So ziehen Sie hin, mein werter Freund«, antwortete Paganel.

»Zunächst wollen wir zu Abend essen und wenn möglich bis zur Stunde der Abfahrt schlafen.«

Die Gesellschaft nahm ihr Abendessen, ohne dazu zu trinken, ein, was wenig erquickend erschien, und schlief, da sie nichts Besseres zu tun hatte. Paganel träumte von Gießbächen, von Flüssen, Strömen, Teichen, Bächen, von gefüllten Karaffen, kurz von allem, was gewöhnlich trinkbares Wasser enthält. Es war ein wahres Alpdrücken.

Am andern Morgen wurden um sechs Uhr die Pferde Thalcaves, Glenarvans und Robert Grants gesattelt; sie erhielten die letzte Ration Wasser, die sie mit mehr Begierde als Befriedigung verzehrten, denn sie war fast ekelerregend. Dann saßen die drei Reiter auf.

»Auf Wiedersehen!« riefen der Major, Austin, Wilson und Mulrady.

»Und vor allem, seht zu, daß ihr nicht wieder zurückkommt!« fügte Paganel hinzu.

Bald verloren der Patagonier, Glenarvan und Robert, nicht ohne eine gewisse Beklemmung zu fühlen, die der Klugheit des Geographen anvertraute Truppe aus den Augen.

Die »Desertio de las Salinas«, durch welche sie kamen, ist eine tonig-lehmige Ebene, bedeckt mit verkrüppeltem, zehn Fuß hohem Gesträuch kleiner Mimosenarten, welche die Indianer »Curra-Mammel« nennen, und mit »Jumes«, einem buschigen, salzreichen Strauche. Da und dort spiegelten große Bodenstrecken die Strahlen der Sonne mit erstaunlicher Stärke zurück. Das Auge konnte diese »Barreros«, das sind mit Salz durchsetzte Landstrecken, leicht mit Eisflächen, die von strenger Kälte herrührten, verwechseln, hätte nicht der Sonnenbrand ihm sofort diese Täuschung genommen. Immerhin verlieh dieser Gegensatz zwischen dem trokkenen und verbrannten Boden und jenen blinkenden Stellen der Wüstenei ein ganz besonderes Aussehen, das den Blick interessierte.

Dagegen bot diese Sierra Ventana, achtzig Meilen nach Süden zu, wohin die etwaige Trockenheit des Guamini die Reisenden vielleicht zu sehen zwingen konnte, einen sehr verschiedenen Anblick. Dieses im Jahre 1835 durch den Kapitän Fitz-Roy, der damals die Expedition des Beagle befehligte, aufgeschlossene Land, ist von ausnehmender Fruchtbarkeit. Dort gedeihen in einer Fülle ohnegleichen die besten Weideplätze des indianischen Territoriums. Der nordwestliche Abhang der Sierras ist da mit üppigen Gräsern bedeckt und mit Wäldern, welche reich an köstlichen Baumarten sind. Dort sieht man den »Algarrobo«, eine Art Johannisbrotbaum, dessen getrocknete und gemahlene Früchte ein von den Indianern sehr geschätztes Brot liefern; den »weißen Quebracho«, mit langen biegsamen Zweigen, wie bei der europäischen Trauerweide; den »roten Quebracho«, mit unzerstörbarem Holze; den »Naudubay«, der so sehr leicht Feuer fängt und nicht selten furchtbare Feuersbrünste veranlaßt; den »Viraro«, dessen violette Blüten sich pyramidenförmig aufbauen, und endlich den »Timbo«, der seine ungeheure sonnenschirmartige Krone bis achtzig Fuß in die Luft erhebt und unter dem sich ganze Herden vor den Strahlen der Sonne schützen können. Die Argentinier haben schon oft versucht, dieses reiche Land zu kolonisieren, haben aber die Feindseligkeit der Indianer noch nicht zu überwinden vermocht.

Ohne Zweifel war die Annahme gestattet, daß zahlreiche Bergwässer von den Höhen der Sierra herabfließen müßten, um das bei so großer Fruchtbarkeit notwendige Wasser zu liefern, und wirklich hat auch das trockenste Wetter diese Flüsse noch niemals ganz verdunsten lassen; um diese aber zu erreichen, hätte man gegen hundertdreißig Meilen* nach Süden vordringen müssen. Thalcave tat also recht daran, sich zunächst gegen den Guamini zu wenden, der, ohne eine Abweichung von der einmal eingehaltenen Richtung zu bedingen, in weit größerer Nähe angetroffen werden mußte.

Die Pferde galoppierten mit Feuer. Die prächtigen Tiere fühlten offenbar aus Instinkt, wohin ihre Herren sie führten.

*Mehr als hundert Stunden.

Vor allen zeigte Thaouka eine Munterkeit, die weder Anstrengungen noch Mangel zu mindern vermochten. Wie ein Vogel flog das Tier über die ausgetrockneten Rohrteiche und die Curra-Mammel-Büsche, indem es wie zu guter Vorbedeutung dabei wieherte. Glenarvans und Roberts Pferde, die zwar etwas schwerfälliger waren, folgten ihm doch mutig, von seinem Beispiele getrieben. Thalcave, der unbeweglich im Sattel saß, gab seinen Gefährten dasselbe Beispiel, wie Thaouka den seinigen. Öfters wandte der Patagonier den Kopf zurück, um nach Robert Grant zu sehen.

Wenn er so den Knaben sah, sattelfest und gut sitzend, den Rücken geschmeidig, die Schultern zurückgezogen, die Beine in natürlicher Lage, die Knie wohl geschlossen, so bezeugte er seine Befriedigung durch einen ermunternden Zuruf. In der Tat wurde Robert ein ausgezeichneter Reiter und verdiente die aufmunternden Belobungen des Indianers.

»Bravo, Robert«, sagte dann Glenarvan, »Thalcave scheint dich zu beglückwünschen! Er spendet dir seinen Beifall, mein Knabe.«

»Und in welcher Beziehung, Mylord?«

»Wegen der guten Haltung, mit der du reitest.«

»O, ich halte mich nur fest, das ist alles«, erwiderte Robert, der doch vor Vergnügen, sich loben zu hören, errötete.

»Das ist zwar die Hauptsache, Robert«, meinte Glenarvan, »aber du bist zu bescheiden, und ich sage dir voraus, es kann gar nicht ausbleiben, daß du ein vollendeter Sportsman wirst.«

»Herrlich«, sagte Robert lachend, »und was wird Papa, der einen Seemann aus mir machen will, dazu sagen?«

»Das eine schließt das andere nicht aus. Wenn auch nicht alle Reiter gute Seeleute abgeben mögen, so sind doch alle Seeleute imstande, gute Reiter zu werden. Beim Reiten auf den Rahen lernt man sich festhalten. Was dann das Zusammennehmen des Pferdes betrifft, oder die Ausführung der Bewegungen seitwärts oder im Kreise, das lernt sich, da es etwas ganz Natürliches ist, ganz von selbst.«

»Der arme Vater!« fiel Robert ein, »o, wie wird er Ihnen für seine Rettung danken!«

»Du liebst ihn wohl sehr, Robert?«

»Ja, Mylord. Er war so gut gegen meine Schwester und mich. Er dachte nur an uns! Von jeder Reise brachte er uns ein Andenken aus den Ländern, die er besucht hatte, mit, und mehr noch, zarte Liebkosungen und süße Schmeichelworte. Ach, Sie, Sie werden ihn auch lieben, wenn Sie ihn erst kennen! Mary ist ihm ähnlich. Er hat eine ebenso weiche Stimme wie sie. Bei einem Seemann ist das auffallend, nicht wahr?«

»Ja, sehr auffallend, Robert«, antwortete Glenarvan.

»Ich sehe ihn noch immer«, fuhr das Kind, wie im Selbstgespräch, fort. »Du guter, braver Vater! Ich schlief auf seinen Knieen ein, als ich noch klein war, und er sang immer leise ein altes schottisches Lied, welches die Seen unseres Heimatlandes verherrlicht. Manchmal komme ich auf die Melodie, aber nicht genau, Mary auch. O, Mylord, wie liebten wir ihn! Ich glaube, man muß noch klein sein, um seinen Vater zu lieben.«

»Und groß, um ihn zu verehren, mein Kind«, erwiderte Glenarvan, ganz bewegt von den Worten, die dem jungen Herzen entquollen.

Während dieses Gesprächs hatten die Pferde zu laufen nachgelassen und gingen im Schritt.

»Wir werden ihn wiederfinden, nicht wahr?« fragte Robert nach einigen Minuten des Stillschweigens.

»Ja, wir finden ihn wieder. Thalcave hat uns auf seine Spuren gebracht, und ich habe Zutrauen zu ihm.«

»Ein braver Indianer, der Thalcave«, sagte das Kind.

»Ganz gewiß.«

»Wissen Sie etwas, Mylord?«

»Sprich dich aus, ich werde dir antworten.«

»Nun, es sind nur lauter gute Menschen mit uns. Madame Helena, die ich so sehr liebe; der Major, mit seiner ruhigen Miene, der Kapitän Mangles, samt Herrn Paganel und die Matrosen vom Duncan, die ebenso mutig als ergeben sind.«

»Ja, das weiß ich, mein Sohn.«

»Und wissen Sie, wer von allen der Beste ist?«

»Nein, das weiß ich gerade nicht.«

»Nun, dann müssen Sie es wissen lernen, Mylord«, entgegnete Robert, der des Lords Hand ergriff und sie an seine Lippen führte.

Glenarvan senkte langsam das Haupt, und wenn das Gespräch nicht weiterging, so geschah es, weil eine Handbewegung Thalcaves die Nachzügler antrieb. Sie waren zurückgeblieben und mußten doch die Zeit zu Rate halten und an diejenigen denken, welche noch hinter ihnen waren.

Man setzte sich also wieder in schnellern Gang; es zeigte sich aber bald, daß die Pferd, außer Thaouka, diesen nicht lange aushalten würden. Gegen Mittag mußte man ihnen eine Stunde Rast gönnen. Sie konnten nicht mehr fort und verschmähten es, Alfafaresbüschel, nämlich eine Art magern und jetzt von der Sonne gedörrten Klees, zu verzehren.

Glenarvan ward unruhig. Die Zeichen der Unfruchtbarkeit wurden nicht geringer, und der Mangel an Wasser konnte für sie von sehr verderblichen Folgen sein. Thalcave sagte nichts; er dachte wahrscheinlich, daß es Zeit zum Verzweifeln wäre, wenn der Guamini sich als wasserlos auswies; ein Indianerherz hört überhaupt eigentlich nie die Stunde der Verzweiflung schlagen.

Der Weg wurde also wohl oder übel fortgesetzt, und die Pferde mußten mit Peitsche und Sporen getrieben werden, gingen aber nur im Schritt; sie konnten nicht anders.

Thalcave wäre gern vorausgeritten, denn Thaouka hätte ihn in wenigen Stunden an das Ufer des Bergflusses bringen können. Er dachte sicher daran; aber gewiß wollte er auch seine zwei Begleiter nicht allein mitten in der Wüste verlassen, und so zwang er, um ihnen nicht vorauszukommen, Thaouka, seine Schritte zu mäßigen.

Ohne Widerstand, ohne sich aufzubäumen und heftig zu wiehern, ließ sich aber Thaouka nicht bewegen, Schritt zu halten; dennoch bedurfte es dazu weniger der Körperkraft seines Herrn, als vielmehr seiner Worte. Thalcave sprach eigentlich mit seinem Pferde, und wenn dieses auch nicht antwortete, so verstand es ihn doch gewiß. Der Patagonier mußte ihm durchschlagende Gründe beigebracht haben, denn nachdem es einige Zeit Einwendungen gemacht, fügte es sich seinen Gründen und gehorchte, aber nicht ohne die

Zügel zu beißen.

Wenn aber Thaouka Thalcave verstand, so verstand Thalcave nicht minder Thaouka. Das mit sehr scharfen Sinnen ausgestattete Tier spürte einige Feuchtigkeit in der Luft. Es zog ganz rasend den Atem ein und schnalzte mit der Zunge, als wenn sie in eine erquickende Flüssigkeit getaucht wäre. Der Patagonier konnte das nicht mißverstehen: Wasser war nicht mehr fern.

Er trieb also seine Gefährten an, indem er ihnen Thaoukas Ungeduld zu erklären suchte, welche die beiden anderen Pferde auch bald verstanden. Mit äußerster Anstrengung galoppierten sie dicht hinter dem Indianer her.

Gegen drei Uhr zeigte sich ein heller Streifen in einem Erdeinschnitte. Er glitzerte in den Strahlen der Sonne.

»Wasser!« sagte Glenarvan.

»Wasser! Ja, das ist Wasser!« rief Robert.

Jetzt brauchten sie die Pferde nicht mehr zu treiben; die armen Tiere, deren Kräfte neubelebt schienen, jagten mit unzähmbarer Gewalt vorwärts. In wenigen Minuten hatten sie den Rio Guamini erreicht, und ganz gesattelt, wie sie waren, stürzten sie bis an die Brust in seine wohltuenden Wellen.

Etwas wider Willen nahmen die Reiter mit ihnen ein unfreiwilliges Bad, über das sie sich aber nicht beklagten.

»Ah, wie ist das schön!« jubelte Robert, der seinen Durst mitten im Fluß löschte.

»Mäßige dich, mein Sohn«, sagte Glenarvan, der aber selbst nicht mit gutem Beispiele voranging.

Thalcave für seine Person trank langsam, ohne sich zu übernehmen, in kleinen Schlucken, aber »lang', wie ein Lasso«, wie die Patagonier sagen.

»Endlich«, sagte Glenarvan, »werden unsere Freunde doch in ihrer Hoffnung nicht getäuscht werden; sie sind sicher, wenn sie am Guamini anlangen, ein klares und reichliches Wasser zu finden, wenn Thalcave etwas davon übrig läßt.«

»Sollten wir ihnen nicht entgegengehen?« meinte Robert; »wir würden ihnen einige Stunden Ungewißheit und Leiden ersparen.«

»Gewiß, mein Kind, aber wie sollten wir das Wasser fortbringen? Die Schläuche sind in Wilsons Händen geblieben. Nein, es ist besser, zu warten, wie verabredet war. Berechnet man die notwendige Zeit und nimmt auch darauf Rücksicht, daß ihre Pferde nur im Schritt gehen können, so werden unsere Freunde in der Nacht hier sein. Wir wollen ihnen ein gutes Lager und eine gute Mahlzeit besorgen.«

Thalcave hatte Glenarvans Ansicht gar nicht abgewartet und sich schon aufgemacht, eine Lagerstätte zu suchen. Glücklicherweise entdeckte er am Flußufer eine »Ramada«, ein mit weiter Umpfählung von drei Seiten umschlossener Raum, um Herden sicher unterzubringen. Die Stätte war ganz herrlich geeignet, sich darin einzurichten, wenn man sich nicht scheute, unter freiem Himmel zu schlafen, und das war für Thalcaves Begleiter der geringste Kummer. Sie suchten den Ort gar nicht besser und streckten sich in der vollen Sonne aus, ihre durchnäßten Kleider zu trocknen.

»Nun, da das Lager zur Hand ist«, sagte Glenarvan, »so denken wir ans Essen. Unsere Freunde sollen mit den Quartiermachern, welche sie vorausgeschickt haben, zufrieden sein, und irre ich nicht, so werden sie keinen Grund zur Klage haben. Eine Stunde Jagd wird keine verschwendete Zeit sein. Bist du bereit, Robert?«

»Ja, Mylord«, antwortete der junge Knabe und sprang auf, das Gewehr in der Hand.

Glenarvan kam auf diesen Gedanken dadurch, daß die Ufer des Guamini das Stelldichein allen Wildes aus den benachbarten Ebenen zu sein schienen. Rottenweise sah man das »Tinamous«, eine den Pampas eigentümliche Art Rebhühner, schwarze Birkhühner, eine Art Regenpfeifer, »Teru-Teru« genannt, gelbe Wiesenläufer und Wasserhühner von prachtvoll grüner Farbe.

Vierfüßige Tiere kamen zunächst nicht zum Vorschein; Thalcave gab aber zu verstehen, daß diese sich in den hohen Gräsern und dichten Gehauen verborgen hielten. Die Reisenden hatten nur wenige Schritte bis zum reichsten Jagdreviere der Welt.

Sie begaben sich also auf die Jagd, und da sie zunächst die

Feder gegenüber dem Felle geringschätzten, richteten sich ihre ersten Schüsse auf das Hochwild der Pampas. Bald erhoben sich vor ihnen hundertweise Rehe und Guanacos, ähnlich denen, welche auf dem Rücken der Kordilleren so heftig gegen sie anstürmten; aber diese sehr furchtsamen Tiere entflohen so schnell, daß es unmöglich war, ihnen auf Schußweite nahe zu kommen. Die Jäger beschränkten sich demnach auf ein minder flüchtiges Wild, welches dennoch rücksichtlich seines Nahrungswertes nichts zu wünschen übrigließ. Ein Dutzend Rebhühner und Wiesenläufer wurden erlegt, auch tötete Glenarvan sehr gewandt ein Bisamschwein, »Tay-Tetre«, einen Dickhäuter mit falbem Felle und schmackhaftem Fleisch, durch einen Flintenschuß.

In weniger als einer halben Stunde hatten die Jäger ohne Anstrengung soviel Wild, als sie brauchten, erlegt; Robert seinerseits bemächtigte sich eines wunderbaren, zu den Wiederkäuern gehörenden Tieres, eines »Armadillo«, eine Art Gürteltier, dessen Rückenschild mit knochigen, beweglichen Platten bedeckt ist, und dessen Länge anderthalb Fuß betrug. Es war sehr fett und versprach eine ausgezeichnete Schüssel zu liefern, wie der Patagonier wenigstens sagte. Robert war sehr stolz auf seinen Erfolg.

Thalcave endlich gewährte seinen Begleitern das Schauspiel einer Jagd auf einen »Nandou«, eine den Pampas eigentümliche Straußenart, deren Schnelligkeit ganz zum Erstaunen ist.

Der Indianer versuchte gar nicht erst, das so schnellfüßige Tier zu überlisten; dicht bei ihm setzte er Thaouka in Galopp, um es sogleich zu fangen, denn wenn der erste Angriff fehlschlug, hätte der Nandou Roß und Reiter durch vielfach verschlungene Wendungen ermüdet. Als Thalcave ihm in geeigneter Entfernung nahe war, schleuderte er mit kräftiger Hand seine Bolas, und das so geschickt, daß sie sich dem Strauße um die Beine schlangen und alle seine Anstrengungen vereitelten. In wenigen Sekunden lag er schon zu Boden.

Der Indianer fing ihn auch nicht aus bloßer Jägerlust; das Fleisch des Nandon ist sehr geschätzt, und Thalcave wollte doch auch seine Schüssel zu der allgemeinen Mahlzeit beitragen.

Man brachte also nach der Ramada die Rebhühner, den Strauß Thalcaves, das Bisamschwein Glenarvans und das Gürteltier Roberts.

Der Strauß und das Bisamschwein wurden sogleich zugerichtet, d. h. ihre zähen Körperdecken abgezogen und jene in dünne Schnitten zerlegt. Der Tatou ist ein köstliches Tier, das seine Bratpfanne gleich mit sich trägt, und so schob man es in seiner eigenen Schale auf die glühenden Kohlen.

Die drei Jäger aßen nur die Rebhühner zu Abend, und verwahrten die übrigen Stücke noch für ihre Freunde. Getrunken wurde zur Mahlzeit nur klares Wasser, das man jetzt höher schätzte als alle Portweine der Welt, und selbst jenem berühmten »Usquebaugh«* vorzog, der in den schottischen Hochlanden so verehrt wird.

Die Pferde waren nicht vergessen worden. Ein großer Vorrat trockenen Futters, der in der Ramada aufgehäuft war, diente ihnen zur Nahrung und zum Lager.

Als alles vorgerichtet war, wickelten sich Glenarvan, Robert und der Indianer in ihre Ponchos und streckten sich auf ein Dunenlager von Alfafares, dem gewöhnlichen Bette der Pampajäger.

Neunzehntes Kapitel

Die roten Wölfe

Die Nacht sank herab. Es war eine Neumondnacht, während welcher das nächtliche Gestirn allen Erdenwohnern unsichtbar bleiben mußte. Der unbestimmte Schimmer der Sterne erleuchtete allein die Ebene. Am Horizonte verschwammen die Sternbilder des Tierkreises in dunkleren Dünsten. Die Wasser des Guamini flossen ohne alles Gemurmel dahin, wie ein langer Streifen Öl, der auf einer Marmorplatte hingleitet. Vögel, Säugetiere und Reptilien ruhten von den Anstrengun-

*Ein Branntwein aus gegorener Gerste.

gen des Tages aus, und das Schweigen der Wüste lagerte über den ungeheuren Landstrecken der Pampas.

Glenarvan, Robert und Thalcave waren dem allgemeinen Gesetze erlegen. Auf dickem Kleelager hingestreckt, ruhten sie in tiefem Schlummer. Die Pferde hatten sich ermattet auf die Erde niedergelegt. Nur Thaouka, ein wahres Vollblutpferd, schlief im Stehen, die vier Beine senkrecht aufgestemmt, stolz in Ruhe wie in Tätigkeit, und bereit, auf den ersten Winke seines Herrn davonzusprengen. Eine vollkommene Ruhe herrschte im Innern der Umzäunung, und die Kohlen des nächtlichen Herdes, der langsam verlöschte, warfen ihre letzten Strahlen durch das schweigende Dunkel.

Ungefähr um zehn Uhr erwachte jedoch der Indianer nach kurzem Schlafe. Unter seinen herabgezogenen Brauen schienen sich die Augen auf einen Punkt zu heften, und sein Ohr richtete sich nach der Ebene zu. Offenbar suchte er sich über ein unbestimmtes Geräusch klarzuwerden. Bald zeigte sich auf seinem sonst so ruhigen Angesicht eine unstete Unruhe. Bemerkte er die Annäherung räuberischer Indianer oder das Herankommen von Jaguaren, Wassertigern oder anderer furchtbarer Tiere, welche in der Nachbarschaft der Ufer und Gestade nicht selten sind? Die letztere Annahme schien ihm ohne Zweifel einige Wahrscheinlichkeit zu haben, denn er warf einen schnellen Blick auf die in der Viehstätte aufgehäuften brennbaren Stoffe, und seine Unruhe nahm noch zu. Wirklich mußte alle diese Lagerstreu von trockenem Alfafareskraute bald aufgezehrt sein und konnte kühnere Raubtiere nicht lange aufhalten.

Unter diesen Umständen konnte Thalcave eben nur abwarten, was da kommen würde, und er wartete, halb liegend, den Kopf in den Händen und die Ellbogen auf die Knie gestützt, in der Haltung eines Menschen, dem eine plötzliche Angst den Schlaf geraubt hat.

Eine Stunde verging so. Jeder andere, als Thalcave, hätte sich, beruhigt durch die Stille draußen, wieder niedergelegt. Aber wo ein Fremder gar keinen Verdacht geschöpft hätte, da witterten die überreizten Sinne und der natürliche Instinkt des Indianers eine kommende Gefahr.

Während er so horchte und auslugte, ließ Thaouka ein dumpfes Wiehern hören, die Nase des Tieres streckte sich nach dem Eingange der Ramada. Sogleich richtete sich der Patagonier auf.

»Thaouka wittert einen Feind«, sagte er.

Er stand auf und durchspähte aufmerksam die Ebene.

Stillschweigen herrschte dort noch, aber keine Ruhe. Thalcave sah, wie sich Schatten geräuschlos durch die Curra-Mammel-Büschel bewegten. Da und dort funkelten leuchtende Punkte, die sich in jeder Richtung kreuzten und abwechselnd verloschen und wieder aufblitzten. Man hätte dabei an einen Tanz fantastischer Irrlichter auf dem Spiegel eines ungeheuren Sumpfes denken können. Mancher Fremde würde die umherfliegenden Funken gewiß für phosphoreszierende Insekten gehalten haben, welche nach Einbruch der Nacht an manchen Stellen der Pampagegenden leuchten. Doch Thalcave täuschte sich damit nicht. Er wußte, mit welchen Feinden er zu tun hatte, er lud seinen Karabiner und stellte sich zur Beobachtung an einem der ersten Pfähle der Umzäunung auf.

Er hatte nicht lange zu warten. Ein seltsames Geschrei, ein Gemisch von Heulen und Bellen hallte in den Pampas wieder. Ein Schuß des Karabiners war die Antwort, worauf hundertfaches schreckliches Gebrüll folgte.

Glenarvan und Robert, welche plötzlich erwachten, sprangen vom Lager auf.

»Was gibt's?« fragte der junge Grant.

»Indianer etwa?« sagte Glenarvan.

»Nein«, erwiderte Thalcave, »›Aguaras‹.«

Robert sah Glenarvan an.

»Aguaras?« fragte er.

»Ja«, antwortete Glenarvan, »die roten Wölfe der Pampas.«

Beide ergriffen ihre Waffen und stellten sich neben den Indianer. Dieser wies auf die Ebene hin, woher das entsetzliche Geheul sich erhob.

Unwillkürlich tat Robert einen Schritt rückwärts.

»Du hast keine Furcht vor Wölfen, mein Sohn?« sagte

Glenarvan zu ihm.

»Nein, Mylord«, erwiderte Robert mit fester Stimme. »Neben Ihnen fürchte ich mich vor gar nichts.«

»Desto besser. Diese Aguaras sind wenig zu fürchtende Tiere, und wären sie nicht in so großer Anzahl da, so würde ich sie mich gar nicht sehr kümmern lassen.«

»Was tut das!« antwortete Robert. »Wir sind gut bewaffnet, sie mögen nur herankommen.«

»Sie werden gut empfangen werden!«

Indem Glenarvan so sprach, wollte er den Knaben beruhigen, aber er dachte nicht ohne heimliches Schaudern an die Legion jener in der Nacht so frechen Fleischfresser. Vielleicht waren sie zu Hunderten da, und drei noch so gut bewaffnete Menschen konnten doch nicht mit Erfolg gegen eine solche Menge Tiere kämpfen.

Als der Patagonier das Wort »Aguara« aussprach, verstand Glenarvan sogleich den Namen, womit die Pampa-Indianer die roten Wölfe bezeichnen. Dieses Raubtier, der »Canis jubatus« der Naturforscher, hat die Natur eines großen Hundes und den Kopf eines Fuchses; seine Hauthaare sind zimtrot und auf seinem Rücken starrt eine schwarze Mähne, welche über das ganze Rückgrat hinabläuft. Dieses Tier ist sehr gewandt und stark; es bewohnt gewöhnlich sumpfige Orte und verfolgt die Wassertiere schwimmend. Die Nacht treibt dasselbe aus seinem Bau, in dem es während des Tages schläft; vorzüglich fürchtet man dasselbe in den Viehzuchtanstalten, denn sobald es nur etwas von Hunger gereizt ist, greift es auch großes Vieh an und stiftet beträchtliche Verheerungen.

Einzeln ist der Aguara nicht zu fürchten, so ist's aber nicht bei einer starken Anzahl dieser Tiere, wenn sie ausgehungert sind; da ist es noch besser, es mit einem Kuguar oder Jaguar zu tun zu haben, den man Auge in Auge angreifen kann.

Bei dem Geheul, von dem die Pampa widerhallte, und bei der Menge der Schattengestalten, die auf der Ebene hin- und hersprangen, konnte sich nun Glenarvan über die Menge der roten Wölfe, die sich am Ufer des Guamini gesammelt hatten, nicht täuschen; sie hatten dort eine sichere Beute, ob

Pferdepfleisch, ob Menschenfleisch, aufgespürt, und keiner von ihnen mochte wohl in sein Lager zurückkehren, ohne seinen Anteil zu haben. Die Lage war also sehr beunruhigend.

Indessen zog sich der Kreis der Tiere nach und nach enger zusammen. Die erwachten Pferde gaben Zeichen des äußersten Schreckens. Thaouka allein stampfte den Boden und suchte die Halfter zu zerreißen, um sich hinauszustürzen. Sein Herr konnte es nur durch fortwährendes Pfeifen beschwichtigen.

Glenarvan und Robert hatten sich so gestellt, um den Eingang zu verteidigen. Ihre Karabiner waren geladen und sie waren schon im Begriff, auf die vorderste Reihe der Aguaras Feuer zu geben, als Thalcave mit der Hand ihre schon angelegten Gewehre in die Höhe hob.

»Was will Thalcave?« fragte Robert.

»Er will nicht, daß wir schießen!« erwiderte Glenarvan.

»Warum?«

»Wahrscheinlich hält er den Augenblick noch nicht für gelegen.«

Das war aber nicht die Ursache, welche den Indianer so zu handeln veranlaßte, sondern ein weit gewichtigerer Grund, und Glenarvan verstand ihn, als Thalcave, sein Pulverhorn aufhebend und umdrehend, zeigte, daß es fast ganz leer war.

»Nun?« sagte Robert.

»Ei nun, wir müssen unsere Munition schonen. Unsere heutige Jagd hat uns zuviel davon gekostet, und wir haben nur noch wenig Pulver und Blei. Kaum zwanzig Schuß bleiben uns abzugeben!«

Der Knabe erwiderte nichts.

»Du hast keine Furcht, Robert?«

»Nein, Mylord!«

»Brav, mein Sohn.«

In diesem Augenblicke krachte wieder ein Schuß; Thalcave hatte einen der verwegensten Feinde zu Boden gestreckt. Die Wölfe, welche in gedrängter Reihe vorwärts gingen, wichen zurück und sammelten sich gegen hundert Schritte von der Umzäunung. Sofort nahm Glenarvan auf einen Wink des Indianers dessen Stelle ein; dieser raffte die

Lagerstreu, die Kräuter, mit einem Worte alles Brennbare zusammen und häufte es vor dem Eingange der Ramada auf und warf, um es anzuzünden, eine brennende Kohle hinein. Bald loderte ein Vorhang von Flammen vor dem dunklen Hintergrund des Himmels empor, und durch seine Lücken sah man die Ebene hell im flackernden Widerschein erleuchtet. Glenarvan konnte nun die unzählbare Menge Tiere beurteilen, welchen zu widerstehen es galt. Die Feuerwand, die ihnen Thalcave entgegengesetzt hatte, reizte nur ihren Zorn, da sie sich so plötzlich aufgehalten sahen. Dennoch kamen einige, gedrängt durch die hinteren Reihen, bis an den Herd des Feuers heran und verbrannten sich dabei die Tatzen.

Von Zeit zu Zeit wurde ein Gewehrschuß nötig, um die heulende Herde abzuhalten, und nach Verlauf einer Stunde bedeckten wohl fünfzehn Kadaver die Prärie.

Noch befanden sich die Belagerten in minder gefahrvoller Lage; solange der Schießbedarf ausreichte; solange die Schranke des Feuers sich noch vor dem Eingange zur Ramada erhob, war ein Anstrum nicht zu fürchten. Aber später – was sollte geschehen, wenn all diese Mittel, die Wolfsbande abzuhalten, ihnen abgingen?

Glenarvan sah Robert an und fühlte, wie sein Herz sich zusammenkrampfte. Er vergaß sich, er selbst, um an den armen Knaben zu denken, welcher einen Mut über sein Alter zeigte. Robert war blaß; aber seine Hand ließ die Waffe nicht los, und er erwartete festen Fußes den Angriff der gereizten Wölfe.

Indes beschloß Glenarvan, nachdem er ihre Lage kaltblütig bedacht hatte, dieselbe zu beenden.

»In einer Stunde«, sagte er, »werden wir weder Pulver, noch Blei oder Feuer mehr haben. Nun wohl, so wollen wir diesen Augenblick nicht erst abwarten, um zu einem Entschlusse zu kommen.«

Er wendete sich also gegen Thalcave, sammelte die wenigen spanischen Worte, die ihm sein Gedächtnis bewahrt hatte, und begann mit dem Indianer ein Gespräch, das häufig durch einen Gewehrschuß unterbrochen wurde.

Nur schwierig kamen die beiden Männer dazu, sich zu verständigen. Glenarvan kannte zum Glück die Art und Weise der roten Wölfe. Ohne diesen Umstand hätte er schwerlich die Worte und Gesten des Patagoniers verstehen können.

Nichtsdestoweniger verging eine Viertelstunde, bevor er Robert Thalcaves Antwort übersetzen konnte. Glenarvan hatte den Indianer über die gegenwärtige verzweifelte Lage befragt.

»Und was hat er erwidert?« fragte Robert Grant.

»Er meinte, daß wir uns, es koste, was es wolle, bis zum Anbruch des Tages halten müßten. Der Aguara streift nur in der Nacht herum, wenn der Morgen graut, zieht er sich in seine Höhle zurück. Er ist der Wolf der Finsternis, ein feiges Tier, das den hellen Tag scheut, eine vierfüßige Eule!«

»Nun gut, so werden wir uns bis zum Tage verteidigen.«

»Jawohl, mein Sohn, und das mit Messerstichen, wenn wir es nicht mehr mit Flintenschüssen tun können.«

Schon hatte Thalcave dafür das Beispiel gegeben, und allemal, wenn ein Wolf sich dem Feuer näherte, fuhr der lange bewaffnete Arm des Patagoniers schnell duch die Flammen und kam rot von Blut zurück.

Indessen, die Verteidigungsmittel gingen zur Neige. Gegen zwei Uhr morgens warf Thalcave den letzten Arm voll Brennmaterial ins Feuer, auch blieben den Belagerten nur noch fünf Schuß abzugeben.

Glenarvan sah mit schmerzlichem Blicke umher.

Er gedachte dieses Kindes, welches anwesend war, seiner Freunde, aller derer, die er liebte. Robert sprach gar nicht. Vielleicht erschien seiner vertrauensvollen Einbildung die Gefahr nicht so drohend. Aber Glenarvan dachte für ihn daran und vergegenwärtigte sich die schreckliche, jetzt fast unvermeidliche Aussicht, lebendig gefressen zu werden! Er war nicht mehr Herr seiner Gemütsbewegung; er zog das Kind an seine Brust, drückte es an sein Herz und heftete ihm seine Lippen auf die Stirne, während seinen Augen unwillkürlich Tränen entrannen.

Robert sah ihn lächelnd an.

»Ich habe keine Furcht!« sagte er.

»Nein, mein Kind, nein«, erwiderte Glenarvan, »und du

hast recht damit. In zwei Stunden bricht der Tag an, und wir werden errettet sein! – Sehr gut, Thalcave, sehr gut, mein wackerer Patagonier!« rief er in dem Augenblicke, als der Indianer zwei sehr große Tiere, die über die feurige Barriere hinüberzukommen versuchten, mit Kolbenschlägen tötete.

In diesem Augenblick aber zeigten ihm die ersterbenden Flammen des Herdes auch die ganze Bande der Aguaras, welche in dichten Reihen wie zum Sturme auf die Ramada heranrückte.

Die Lösung des blutigen Dramas näherte sich; das Feuer fiel nach und nach aus Mangel an Brennstoffen zusammen; die Flamme wurde kleiner; die bis jetzt beleuchtete Ebene ward wieder dunkel, und in dieser Dunkelheit blitzten die leuchtenden Augen der roten Wölfe wieder auf. Noch einige Minuten, und die ganze Herde mußte sich voraussichtlich in die Umzäunung hineinstürzen.

Zum letzten Male drückte Thalcave seinen Karabiner ab und streckte einen Feind zu Boden, dann aber, als seine Munition zu Ende war, kreuzte er die Arme. Sein Haupt sank auf die Brust herab. Er schien schweigend zu überlegen. Suchte er nach irgendwelchen kühnen, unmöglichen, törichten Mitteln, diese wütende Bande zurückzutreiben? Glenarvan wagte nicht, ihn darum zu fragen.

Jetzt vollzog sich auch plötzlich eine Änderung in der Angriffsweise der Wölfe. Sie schienen sich zu entfernen, und ihr Geheul, das eben noch so betäubend gewesen war, verstummte. Ein dumpfes Schweigen lagerte über der Ebene.

»Sie gehen davon!« sagte Robert.

»Vielleicht«, antwortete Glenarvan, der gespannt auf jedes Geräusch von außen horchte.

Thalcave aber, der jenen Gedanken erriet, schüttelte den Kopf. Er wußte zu gut, daß die Tiere von einer sicheren Beute nicht ablassen würden, bevor sie nicht der Tag in ihre dunklen Höhlen zurücktrieb.

Offenbar hatte sich aber die Taktik des Feindes geändert.

Er versuchte nicht mehr, den Eingang der Ramada zu stürmen, aber seine neuen Manöver brachten eine noch dringendere Gefahr. Die Aguaras nämlich umzingelten, als sie darauf verzichteten, durch diesen durch Feuer und Eisen hartnäckig verteidigten Eingang zu dringen, die Ramada, und suchten dieselbe wie nach allgemeiner Übereinkunft von der entgegengesetzten Seite anzugreifen.

Bald hörte man ihre Krallen sich in das halb verfaulte Holz einschlagen. Zwischen den wankenden Pfosten waren schon ihre kräftigen Tatzen und ihre blutigen Rachen zu sehen. Die erschreckten Pferde, welche die Halfter zerrissen, jagten voll toller Wut in der Umzäunung umher.

Glenarvan hielt den jungen Knaben in seinen Armen, um ihn bis zum letzten Augenblicke zu verteidigen. Vielleicht auch wollte er eine unmögliche Flucht versuchen und sich nach außen stürzen, als seine Blicke sich auf den Indianer richteten.

Thalcave näherte sich, nachdem er wie ein Rotwild in der Ramada sich getummelt hatte, schnell seinem Pferde, das vor Ungeduld zitterte, und begann, dasselbe mit aller Sorgfalt zu zäumen, wobei er weder einen Riemen noch eine Schnalle vergaß. Er schien sich über das Geheul, welches sich verdoppelte, nicht mehr zu beunruhigen. Glenarvan sah ihm mit unheimlich bangem Schrecken zu.

»Er verläßt uns!« rief er aus, als er Thalcave die Zügel zusammennehmen sah, wie einen Reiter, der eben aufsitzen will.

»Er? Niemals!« sagte Robert.

Und wirklich war der Indianer dabei, nicht seine Freunde zu verlassen, sondern ihre Rettung zu versuchen, indem er sich für sie opferte.

Thaouka war fertig; das Tier nagte an dem Gebiß; es sprang auf; seine Augen voll stolzen Feuers sprühten Blitze; es hatte seinen Herrn verstanden.

In dem Augenblicke, da der Indianer die Mähne seines Pferdes ergriff, hielt ihm Glenarvan mit krampfhafter Hand den Arm.

»Du gehst davon?« sagte er, auf die frei gewordene Ebene weisend.

»Ja«, erwiderte der Indianer, der die Bewegung seines Gefährten verstand.

Dann setzte er einige spanische Worte hinzu, welche bedeuteten:

»Thaouka! Gutes Pferd. Schnell. Wird die Wölfe nachziehen!«

»O, Thalcave!« rief Glenarvan aus.

»Schnell, schnell«, antwortete noch der Indianer, während Glenarvan zu Robert im Tone tiefster Rührung sagte:

»Robert, mein Kind, du hörst es! Er will sich für uns opfern. Er will in die Pampas hinausjagen und die Wut der Wölfe abwenden, indem er sie auf sich zieht.«

»Freund Thalcave!« antwortete Robert, der sich dem Patagonier zu Füßen warf, »Freund Thalcave, verlaß uns nicht!«

»Nein«, sagte Glenarvan, »er wird uns nicht verlassen.«

Und zu dem Indianer gewendet, sagte er, indem er auf die erschreckten und gegen die Pfähle gedrängten Pferde wies:

»Wir wollen zusammen fort.«

»Nein«, sagte der Indianer, der diese Worte nicht mißverstand. »Schlechte Tiere. Erschreckte. Thaouka. Gutes Pferd.«

»Nun wohl, es sei!« sagte da Glenarvan; »Thalcave wird dich nicht verlassen, Robert! Er lehrt mich, was ich zu tun habe. An mir ist, den Ritt zu wagen, an ihm aber, bei dir zu bleiben!«

Dann, den Zügel Thaoukas ergreifend, sagte er:

»Ich, ich werde mich hinauswagen.«

»Nein«, erwiderte ruhig der Patagonier.

»Ich, sage ich dir!« rief Glenarvan, der ihm die Zügel entriß, »ich tue es. Rette dieses Kind! Ich vertraue es dir an, Thalcave!«

Glenarvan vermischte in seiner Aufregung englische und spanische Worte. Doch was kommt es auf die Sprache an! In so entsetzlichen Lagen sagt die Geste alles und die Menschen verstehen sich schnell.

Dennoch widerstand Thalcave. Der Wortwechsel zog sich in die Länge, und die Gefahr wuchs von Sekunde zu Sekunde. Schon wichen die zernagten Pfähle den Zähnen und Krallen der Wölfe.

Weder Glenarvan noch Thalcave schien nachgeben zu

wollen. Der Indianer hatte Glenarvan gegen den Eingang der Umzäunung hingezogen; er zeigte ihm die von Wölfen freie Ebene; in seiner lebhaften Sprache suchte er ihm verständlich zu machen, daß kein Augenblick zu verlieren sei, daß die Gefahr, wenn das Vorhaben nicht von Erfolg wäre, für die Zurückbleibenden weit größer wäre; endlich, daß er allein Thaouka genügend kenne, um deren vollkommene Eigenschaften, ihre Leichtigkeit und Schnelligkeit für das allgemeine Beste zu verwerten. Glenarvan, verblendet, beharrte auf seiner Ansicht und wollte sich opfern, als er plötzlich heftig zurückgestoßen wurde. Thaouka bäumte sich, richtete sich auf die Hinterfüße und flog ungestüm mit einem Satz über das Feuer und den Saum von Tierleichen, während die Stimme des Kindes rief:

»Gott stehe Ihnen bei, Mylord!«

Glenarvan und Thalcave hatten kaum soviel Zeit, zu bemerken, wie Robert, sich an der Mähne Thaoukas anklammernd, in der Finsternis verschwand.

»Robert! Du Unglücklicher!« rief Glenarvan aus.

Aber diese Worte konnte selbst der Indianer nicht verstehen. Ein schreckliches Geheul erhob sich. Die roten Wölfe folgten dem Pferde auf den Fersen und flohen mit geisterhafter Schnelligkeit nach Westen zu.

Thalcave und Glenarvan stürzten vor die Ramada hinaus. Schon hatte die Ebene ihre Ruhe wieder, und kaum konnten sie noch eine sich bewegende Linie unterscheiden, die in der Entfernung in der Dunkelheit der Nacht dahinwogte.

Glenarvan sank zu Boden, von Schmerz überwältigt, in Verzweiflung die Hände ringend. Er sah Thalcave an. Der Indianer lächelte mit seiner gewöhnlichen Ruhe.

»Thaouka. Gutes Pferd! Wackerer Knabe! Er wird sich retten!« wiederholte er, indem er es durch Nicken mit dem Kopfe bekräftigte.

»Und wenn er stürzt!« sagte Glenarvan.

»Er wird nicht stürzen!«

Trotz der Zuversicht Thalcaves verbrachte der arme Lord die Nacht doch in der schrecklichsten Sorge. Er hatte gar kein Bewußtsein von der Gefahr mehr, die mit der Horde

Wölfe verschwunden war. Er wollte davon, um Robert aufzusuchen; doch der Indianer hielt ihn zurück; er machte ihm begreiflich, daß die Pferde ihn nicht einholen würden; daß Thaouka die Feinde überholen werde, daß man ihn in der Finsternis doch nicht fände, und daß der Tag abgewartet werden müsse, um die Spuren Roberts zu verfolgen.

Um vier Uhr morgens begann die Morgenröte. Die dichteren Nebel am Horizonte färbten sich bald mit falbem Lichte. Ein klarer Tau senkte sich auf die Ebene, und die hohen Gräser begannen sich unter dem ersten Lufthauch des Tages zu bewegen. Die Stunde zum Aufbruch war gekommen.

»Vorwärts nun!« sagte der Indianer.

Glenarvan antwortete nicht, aber er schwang sich auf Roberts Pferd. Bald galoppierten die beiden Reiter gegen Westen, indem sie die gerade Linie einhielten, von der ihre Genossen nicht abweichen sollten.

Während einer Stunde ritten sie so mit größter Schnelligkeit dahin, suchten Robert mit den Augen und fürchteten auf jedem Schritte, seine blutige Leiche zu treffen. Glenarvan zerriß die Weichen seinen Pferdes mit den Sporen. Endlich hörten sie Flintenschüsse, die in gleichen Zeiträumen, wie als Erkennungszeichen, ertönten.

»Das sind sie!« rief Glenarvan.

Thalcave und er setzten die Pferde noch schneller in Lauf, und einige Augenblicke später trafen sie auf die von Paganel geführte Abteilung. Ein Aufschrei drang aus Glenarvans Brust. Robert war da, lebend und ganz wohl, getragen von der prächtigen Thaouka, die vor Freude wieherte, als sie ihren Herrn wiedersah.

»O, mein Kind! Mein Kind!« rief Glenarvan mit einem unsäglichen Ausdruck von Zärtlichkeit.

Robert und er sprangen zur Erde und fielen einer dem andern in die Arme. Dann kam die Reihe an den Indianer, den mutigen Sohn des Kapitän Grant an die Brust zu pressen.

»Er lebt! Er lebt!« rief Glenarvan aus.

»Ja«, erwiderte Robert, »und das dankt er Thaouka!«

Der Indianer hatte diesen Ausdruck der Erkenntlichkeit nicht abgewartet, um seinem Pferde zu danken, und schon sprach er zu ihm und umarmte es, als ob menschliches Blut in den Adern des stolzen Tieres rollte.

Dann wendete er sich an Paganel zurück und sagte:

»Ein Braver!«

Und indem er die indianische Übertragung, den Mut zu bezeichnen, anwandte, fügte Thalcave hinzu:

»Seine Sporen haben nicht gezittert!«

Indessen umschloß Glenarvan Robert mit den Armen und sagte zu ihm:

»Warum, mein Sohn, warum hast du nicht Thalcave oder mir überlassen, diesen letzten Versuch zu deiner Rettung zu wagen?«

»Mylord«, erwiderte der Knabe mit dem Tone der innigsten Dankbarkeit, »war nicht die Reihe an mir, mich zu opfern? Thalcave hatte mir schon einmal das Leben gerettet, und Sie, – Sie werden ja meinen Vater retten!«

Zwanzigstes Kapitel

Die argentinischen Ebenen

Nach den ersten Freude-Ergießungen über die Rückkehr wurden alle, welche zurückgeblieben waren, Paganel, Austin, Wilson, Mulrady, ausgenommen vielleicht der Major Mac Nabbs, bald inne, daß sie entsetzlichen Durst hatten. Zum Glück floß nicht weit entfernt der Guamini. Man machte sich also wieder auf den Weg, und um sieben Uhr vormittags kam die kleine Truppe in der Nähe der Umzäunung an.

Beim Anblick der bei den Zugängen zerstreuten Körper der erlegten Wölfe konnte man leicht erkennen, wie heftig der Angriff und wie lebhaft die Verteidigung gewesen. Alsbald, nachdem sich die Reisenden reichlich erfrischt, nahmen sie ein außergewöhnliches Frühstück ein. Die Filets de Nandu wurden für vortrefflich erklärt, und der Tatubraten in seiner Schale galt für ein köstliches Gericht.

»Tüchtig essen«, sagte Paganel, »wäre Undankbarkeit gegen die Vorsehung; man muß ein weiteres tun.«

Und er tat ein weiteres, ja des Guten zuviel; doch schadete es ihm nichts, dank dem klaren Guaminiwasser, welches ganz besonders der Verdauung förderlich zu sein schien.

Um zehn Uhr gab Glenarvan das Zeichen zum Aufbruch. Man füllte die Schläuche mit Wasser und machte sich auf den Weg. Die Pferde, welche wieder volle Kraft hatten, hielten sich fast stets im kleinen Jagdgalopp. Das feuchtere Land wurde auch fruchtbarer; doch war es weit und breit ohne Bewohner. Am zweiten und dritten November ereignete sich kein Zwischenfall, und am Abend rasteten die Reisenden, welche schon an die Beschwerden langer Märsche gewöhnt waren, an der Grenze der Pampas auf dem Gebiete der Provinz Buenos Aires. Sie hatten die Bai von Talcahuano am 14. Oktober verlassen, also binnen zweiundzwanzig Tagen vierhundertundfünfzig Meilen*, d. h. nahezu zwei Drittel des Weges glücklich zurückgelegt.

Am folgenden Morgen kam man über die Grenze, welche man gewöhnlich als Scheidelinie der argentinischen Ebenen und der Region der Pampas annimmt. Hier hoffte Thalcave die Kaziken zu treffen, in deren Hände er glaubte, daß sich gewiß Harry Grant mit seinen beiden Gefährten befinden müsse.

Von den vierzehn Provinzen der Argentinischen Republik ist die von Buenos Aires die ausgedehnteste und bevölkertste. Ihre Grenzen reichen an das Gebiet der südlichen Indianer zwischen dem vier- und fünfundsechzigsten Breitengrad. Das Land ist erstaunlich fruchtbar, und das Klima ist ganz besonders der Gesundheit zuträglich, da diese mit Grasarten und baumartigen Schotengewächsen bedeckte Ebene bis zu den Sierras Tandil und Tapalquem eine fast völlig horizontale Lage darbietet.

Seitdem die Reisenden den Guamini hinter sich hatten, konnten sie mit großer Befriedigung eine auffallende Besse-

*Das Verhältnis der englisch-nordamerikanischen Meile zur deutschen geografischen und der Seemeile aller Nationen ist folgendes:

Seemeile.	Deutsche.	Englisch-Amerikanische.
0,868	0,217	–
4,060	1.	4,618.

rung in der Temperatur wahrnehmen. Der mittlere Stand derselben betrug nicht mehr wie siebzehn Grad hundertteilig, infolge der heftigen kalten Winde Patagoniens, welche unablässig die Luftwellen in Bewegung halten. Man hatte also, nachdem man unter der Trockenheit und Hitze so sehr gelitten, sich durchaus nicht zu beklagen, und kam rasch und sicher vorwärts. Aber das Land schien völlig unbewohnt, oder richtiger gesagt, von Bewohnern verlassen.

Die östliche Grenzlinie lief oft längs kleinen Seen, oder auch quer durch solche, die bald aus Süßwasser, bald aus etwas salzhaltigem bestanden. An deren Ufer sah man flinke Zaunkönige durch die Büsche schlüpfen und hörte Lerchen ihr Jubellied anstimmen, in Gesellschaft von »Tangaras«, die an funkelnder Farbenpracht mit den Kolibris wetteifern. Diese hübschen Vöglein flatterten munter, ohne die Spechte zu beachten, die am Uferrand min militärischer Haltung mit Epauletten und rotem Brustschild paradierten. An Dorngebüschen schaukelte das schwankende Nest der »Annubis«, und am Ufer der Lagunen spazierten, regelmäßig geschart, prachtvolle Flamingo, und schwangen im Winde ihre feuerfarbigen Fittiche. Ihre Nester, gleich abgestumpften Kegeln, sah man zu Tausenden beisammen, als wie eine kleine Stadt. Die Flamingos ließen sich durch die Nähe der Reisenden nicht im mindesten stören.

Dies benutzte Paganel nebst dem Major, sie näher zu betrachten und eine Weile darüber sich zu unterhalten. Inzwischen eilte Glenarvan voll Ungeduld mit Thalcave voran; aber er konnte sich mit ihm nicht verständigen und rief seinen gewöhnlichen Dolmetscher Paganel herbei.

Derselbe unterhielt sich einige Minuten mit dem Patagonier, dann sprach er zu Glenarvan:

»Thalcave wundert sich über eine wirklich sonderbare Tatsache.«

»Die ist?«

»Daß wir auf keine Indianer oder Spuren derselben in diesen Ebenen stoßen, durch welche sonst regelmäßig ihre Banden streifen, sei es, daß sie aus den Viehständen gestohlenes Vieh vor sich hertreiben oder zum Vertrieb ihre Teppiche und Lederflechtereien bis zu den Anden fortziehen.«

»Und womit erklärt Thalcave dieses Ausbleiben derselben?«

»Er weiß es nicht zu erklären, er staunte nur, nichts weiter.«

»Aber was für Indianer hoffte er in dieser Pampagegend zu treffen?«

»Eben die, welche Fremde als Gefangene bei sich hatten, jene Eingeborenen unter dem Kaziken Calfucura, Catriel oder Yanchetruz.«

»Was sind das für Männer?«

»Räuberhäuptlinge, welche vor dreißig Jahren, ehe sie über die Sierras hinausgetrieben wurden, alles vermochten. Seitdem sind sie unterworfen, soweit bei einem Indianer von Unterwerfung die Rede sein kann, und sie durchstreifen plündernd ebensowohl die Pampasebene als die Provinz Buenos Aires. Ich teile daher Thalcaves Erstaunen, daß man eben keine Spuren von ihnen in einem Lande trifft, wo sie gewöhnlich ihr Räuberhandwerk treiben.«

»Dann aber«, fragte Glenarvan, »wozu sollen wir uns entschließen?«

Paganel besprach sich einige Minuten mit Thalcave, dann sagte er:

»Sein Rat, der mir sehr verständig scheint, geht dahin, daß wir unseren Weg ostwärts bis zum Fort Indépendance fortsetzen müssen, und dort, sofern wir noch keine Auskunft über den Kapitän Grant haben, werden wir wenigstens erfahren, was aus den Indianern der argentinischen Ebene geworden ist.

»Ist dies Fort weit entfernt?« fragte Glenarvan.

»Nein, es liegt auf der Sierra Tandil, sechzig Meilen weit.«

»Und wann können wir dort ankommen?«

»Übermorgen abend.«

Glenarvan war über diesen Umstand sehr bestürzt. Daß man in den Pampas keine Indianer traf, hatte man sich durchaus nicht versehen. Sie mußten daher aus einem ganz besonderen Grunde sich fernhalten. Aber es war besonders wichtig, wenn sich Harry Grant bei einem dieser Stämme befand, zu wissen, ob er nach dem Norden oder Süden geschleppt worden sei.

Diese Ungewißheit mußte Glenarvan beunruhigen. Man mußte um jeden Preis die Spur des Kapitäns weiter verfolgen. Schließlich schien es am besten, Thalcaves Rat zu folgen, um das Dorf Tandil zu erreichen, wo man wenigstens jemanden finden würde, mit dem man sprechen konnte.

Gegen vier Uhr abends wurde am Horizont eine Hügelreihe signalisiert, die in einem so flachen Lande als Gebirge gelten konnte. Es war die Sierra Tandil, an deren Fuß die Reisenden in der folgenden Nacht rasteten.

Am folgenden Tage gelangte man zu dieser Sierra auf die leichteste Weise. Man folgte sandreichen Erhebungen eines sanft abfallenden Bodens. Für Leute, welche über die Andenkette gesetzt waren, konnte eine solche Sierra nicht schwierig sein, und die Pferde mäßigten kaum ihren raschen Trott. Zur Mittagszeit kam man an dem verlassenen Fort Tapalquem vorüber, dem ersten Ring der Kette von Befestigungen, die man am Südrande gegen die räuberischen Eingeborenen gezogen hatte. Doch am Nachmittag zeigten sich drei wohl berittene und gut bewaffnete Streifreiter und beobachteten eine Weile die kleine Truppe; aber man konnte ihnen nicht nahe kommen, sie entflohen unglaublich rasch. Glenarvan war entrüstet.

»Gauchos«, sagte der Patagonier, indem er den Eingeborenen die Benennung gab, welche einen Disput zwischen dem Major und Paganel veranlaßt hatte.

»Ei! Gauchos«, erwiderte MacNabbs. »Nun, Paganel, heut weht kein Nordwind. Was halten Sie von diesen Geschöpfen?«

»Ich halte dafür, sie sehen wie rechte Banditen aus«, entgegnete Paganel.

»Und um solche zu sein, mein lieber Gelehrter?«

»Ist nur ein Schritt, lieber Major!«

Dies Geständnis Paganels wurde mit allgemeinem Lachen aufgenommen, was ihn übrigens nicht außer Fassung brachte, und er machte sogar in Hinsicht der Indianer eine merkwürdige Bemerkung.

»Ich habe irgendwo gelesen«, sagte er, »bei den Arabern habe der Mund einen auffallenden Ausdruck von Wildheit, während in den Augen sich die Menschlichkeit ausgedrückt finde. Nur beim amerikanischen Wilden ist's gerade umgekehrt. Diese Leute haben ein ganz besonders boshaftes Auge.«

Hiermit war die Indianerrasse gut gekennzeichnet.

Inzwischen marschierte man, Thalcaves Anweisung zufolge, in geschlossenem Haufen; so menschenleer das Land war, mußte man sich vor Überfällen hüten; aber die Vorsicht war hier überflüssig, und man rastete diesen Abend in einer verlassenen großen »Tolderia«, wo der Kazike Catriel gewöhnlich seine Rotten versammelte. Bei Besichtigung des Terrains gewann der Patagonier aus der Abwesenheit neuerer Spuren die Überzeugung, daß die Tolderia seit langer Zeit unbewohnt war.

Am folgenden Tage begaben sich Glenarvan und seine Genossen wieder auf die Ebene; man gewahrte die ersten Viehzuchtgehöfte – Estancias – welche nächst der Sierra Tandil sich befinden; aber Thalcave beschloß, sich hier nicht aufzuhalten, vielmehr geradewegs auf das Fort Indépendance loszugehen, wo er sich insbesondere über die außerordentliche Lage dieses verlassenen Landes erkundigen wollte.

Nun kamen wieder Bäume zum Vorschein, welche von den Kordilleren an so selten gewesen; sie waren meist seit Ankunft der Europäer auf amerikanischem Boden gepflanzt. Es waren da Pfirsiche, Pappeln, Weiden, Akazien, die ohne Pflege rasch und wohl gediehen. Sie umgeben meistens die »Corrales«, geräumige, mit Pfählen umzäunte Viehstätten. Hier wurden Tausende von Ochsen, Hammeln, Kühen, aufgezogen und gemästet, denen der Stempel des Besitzers aufgebrannt wurde, während große Hunde, wachsam und zahlreich, die Umgebung hüteten. Der etwas salzhaltige Boden am Fuß der Gebirge ist für die Herden sehr geeignet und trägt treffliche Futterkräuter. Man wählt ihn daher vorzugsweise zur Anlegung von Viehhöfen, an deren Spitze ein Verwalter mit einem Aufseher steht, unter welchen vier Péons auf tausend Stück Vieh.

Diese Leute leben wie die Erzväter der Bibel; ihre Herden sind sehr zahlreich, vielleicht noch zahlreicher als die auf den Ebenen Mesopotamiens; aber hier ist der Herdenbesitzer ohne Familie, und die großen Viehzüchter (Estanceros) der Pampas, nur große Ochsenhändler, haben nichts mit den Patriarchen gemein.

Paganel verdeutschte dies seinen Gefährten recht gut und ließ sich dabei auf eine höchst interessante Erörterung über die Verschiedenheit der Rassen ein, der selbst der Major Interesse abgewann.

Paganel hatte auch Gelegenheit, auf eine merkwürdige Erscheinung der Luftspiegelung aufmerksam zu machen, welche in diesen horizontalen Ebenen häufig vorkommt. Die Viehzuchtanstalten hatten in der Entfernung das Aussehen großer Inseln; die Pappeln und Weidenbäume schienen in einem klaren Wasser sich abzuspiegeln, ein Bild, das vor den Schritten der Reisenden zurückgewichen schien; aber die Täuschung war so vollständig, daß das Auge sich nicht daran gewöhnen konnte.

Im Verlauf dieses Tages, 6. November, stieß man auf mehrere Estancias, und auch einige Saladoros, Pökelanstalten, wo das Vieh, nachdem es auf den nährenden Weidestätten fett geworden, dem Beile des Metzgers anheimfällt. Diese widerlichen Arbeiten beginnen im Anfang des Frühlings. Der »Salador« holt die Stücke Vieh aus dem Korral, wo er sie gewandt mit dem Lasso fängt und in den Saladoro führt, wo die Ochsen, Kühe, Hammel hundertweis abgeschlachtet und ausgeweidet werden. Oft aber lassen sich die Stiere nicht ohne Widerstand fangen. Dann wird der Schinder zum Torcador, und er verrichtet dieses gefährliche Geschäft mit einer Geschicklichkeit und Wildheit ohnegleichen. Diese Schlächterei bietet einen abscheulichen Anblick dar. Nichts ist so ekelhaft widerlich, als die Umgebung eines Saladoro. Aus den gräßlichen Umzäunungen dringen, neben einer von stinkenden Ausströmungen durchdrungenen Atmosphäre, wildes Geschrei der Schinder, Hundegebell, stöhnendes Geheul verendender Tiere, während die riesigen Geier der argentinischen Ebene – Urubus und Auras – aus einem Umkreis von zwanzig Meilen zu Tausenden herbeikommen, den Schlächtern die noch zuckenden Reste ihrer Opfer streitig zu machen.

Damals aber waren die Saladoros stille, ohne Bewohner. Es war noch nicht die Zeit gekommen. Thalcave drängte vorwärts, er wollte noch diesen Abend das Fort Idépendance erreichen; die gespornten Pferde, dem Beispiel Thaoukas folgend, flogen durch den riesigen Graswuchs des Bodens. Man stieß auf einige Meierhöfe, welche durch Zäune mit Schießscharten und tiefe Gräben zur Abwehr instand gesetzt waren; das Hauptgebäude war mit einer Terrasse versehen, von welcher herab die militärisch organisierten Bewohner mit ihren Flinten den Vorteil über die Räuber der Ebene haben. Glenarvan hätte vielleicht hier die gesuchte Auskunft erhalten können, aber am sichersten war es, bis zum Dorfe Tandil zu dringen. Unverzüglich setzte man durch eine Furt über den Rio Los Huasos und einige Meilen weiter über den Chapaleofu. Bald stampften die Rosse den grasigen Abhang der ersten Abdachung der Sierra Tandil, und nach einer Stunde zeigte sich das Dorf in der Tiefe eines engen Passes, welcher von den Mauern des Forts Indépendance beherrscht war.

Einundzwanzigstes Kapitel

Das Fort Indépendance

Die Sierra Tandil liegt tausend Fuß über dem Meeresspiegel; sie ist eine Kette von Vorgebirgen, d. h. sie bestand vor jeder organischen Schöpfung oder Umgestaltung, und zwar in dem Sinne, daß ihr Gebilde und ihre Bestandteile durch die Wirkung innerlicher Wärme nach und nach eine Veränderung erlitten haben. Sie besteht aus einer halbkreisförmigen Reihe von Hügeln aus Gneis mit Gras bewachsen. Der Distrikt Tandil, dem sie ihren Namen verliehen, umfaßt den ganzen südlichen Teil der Provinz Buenos Aires und wird von einer Wasserscheide begrenzt, welche die auf ihrer Abdachung entspringenden Gewässer nach Norden sendet.

Dieser Distrikt enthält ungefähr viertausend Einwohner, und sein Hauptort ist das Dorf Tandil, das am Fuß des nördlichen Rückens der Sierra unter dem Schutze des Fort Indépendance liegt; seine Lage am bedeutenden Chapaleofubach ist eine sehr günstige. Eine sonderbare Eigentümlichkeit, die auch Paganel nicht unbekannt sein konnte, besteht darin, daß dieses Dorf nur von französischen Basken und italienischen Kolonisten bewohnt ist. Frankreich hat in der Tat die ersten fremden Niederlassungen in diesem unteren Teile La Platas gegründet. Im Jahre 1828 wurde das Fort Indépendance zum Schutz des Landes gegen die wiederholten Einfälle der Indianer von dem Franzosen Parchappe errichtet. Ein bedeutender Gelehrter, namens Alcide d'Orbigny, unterstützte ihn bei diesem Unternehmen; dieser hat alle südlichen Staaten Südamerikas am besten gekannt, erforscht und beschrieben.

Das Dorf Tandil ist ein ziemlich wichtiger Punkt. Vermittelst seiner »Galeras«, großer, zum Befahren der Ebene sehr geeigneten Ochsenkarren, gelangt man in zwölf Tagen nach Buenos Aires; daraus ist ein bedeutender Verkehr mit jener Gegend entstanden: das Dorf schickt in die Stadt die Erzeugnisse seiner Viehstände und Pökelanstalten, sowie die höchst merkwürdigen Produkte der indianischen Industrie, wie die Baumwollstoffe, die Wollgewebe, die so gesuchten Lederflechtarbeiten usw. Daher besitzt auch Tandil, außer einer gewissen Anzahl ziemlich wohnlicher Häuser, Schulen und Kirchen zum Unterricht für diese und jene Welt. Nachdem Paganel diese Einzelheiten angeführt hatte, fügte er noch hinzu, es könne im Dorfe Tandil nicht an Auskunft fehlen; das Fort ist außerdem stets von einer Abteilung Nationaltruppen besetzt. Glenarvan ließ also die Pferde in den Stall einer ziemlich gut aussehenden »Fonda« einstellen; darauf wandten sich Paganel, der Major, Robert und er unter Führung Thalcaves dem Fort Indépendance zu.

Nachdem sie einige Minuten lang auf dem Rücken der Sierra hingestiegen, kamen sie vor einem, von einer argentinischen Schildwache ziemlich nachlässig bewachten Schlupftore an, und fanden ohne Schwierigkeit Einlaß; ein Beweis großer Sorglosigkeit oder vollkommener Sicherheit.

Einige Soldaten exerzierten auf dem Glacis der Feste; der älteste dieser Soldaten mochte zwanzig, der jüngste kaum sieben Jahre alt sein. Um es geradeheraus zu sagen, es war ein Dutzend Knaben und junger Burschen, die sich in eigentümlicher Weise in der Waffenkunst einübten. Ihre Uniform bestand aus einem gestreiften Hemde, das an der Hüfte von einem Ledergürtel zusammengehalten wurde; von Hosen, Jacke oder schottischem Kilt war keine Rede. Die Milde der Temperatur berechtigte übrigens zu diesem leichten Kostüme. Paganel bekam gleich von vornherein eine gute Meinung von einer Regierung, die nichts an Tressen und Zieraten vergeudet. Jedes dieser Bürschchen trug ein Perkussionsgewehr und einen Säbel, dieser für die Kleinen zu groß und jenes zu schwer. Alle hatten sonnverbrannte Gesichter und eine gewisse Familienähnlichkeit. Der sie unterweisende Korporal glich ihnen ebenfalls; es waren in der Tat zwölf Brüder, welche vom dreizehnten einexerziert wurden.

Paganel war darüber nicht erstaunt; er kannte die argentinische Statistik und wußte, daß in diesem Lande auf jeden Haushalt im Durchschnitt neun Kinder kamen; ganz besonders aber fiel ihm auf, daß er diese kleinen Soldaten auf französische Art exerzieren und mit vollkommener Genauigkeit die Hauptbewegungen des Ladens in zwölf Tempi ausführen sah. Öfters waren sogar die Kommandoworte des Korporals in der Muttersprache des gelehrten Geographen zu hören.

»Das ist doch sonderbar«, sagte er.

Glenarvan war jedoch nicht in das Fort Indépendance gekommen, um Knaben exerzieren zu sehen, noch weniger aber um ihre Nationalität oder Abstammung sich zu kümmern. Er ließ also Paganel nicht Zeit, sich noch mehr zu wundern, und bat ihn, nach dem Chef der Garnison zu fragen. Dieser tat es, und einer der argentinischen Soldaten begab sich in ein kleines Haus, das als Kaserne diente.

Einige Augenblicke nachher erschien der Kommandant selbst. Es war ein Mann von fünfzig Jahren, kräftig gebaut, von militärischem Aussehen, mit struppigem Schnurrbart, vorstehenden Backenknochen, graugesprenkelten Haaren und gebieterischem Blick, soviel man wenigstens durch die Rauchwolken, die seiner kurzen Pfeife entstiegen, erkennen konnte. Sein Gang erinnerte Paganel stark an die eigentümliche Haltung der alten Unteroffiziere seines Landes.

Thalcave stellte dem Kommandanten Lord Glenarvan und seine Gefährten vor. Während er sprach, hörte der Kommandant nicht auf, Paganel mit ziemlich störender Beharrlichkeit anzuschauen. Der Gelehrte wußte nicht, wohinaus der Offizier wolle, und stand im Begriff ihn zu fragen, als der andere ohne Umstände seine Hand faßte und mit freudiger Stimme in der Sprache des Geographen sagte:

»Ein Franzose?«

»Ja! Ein Franzose!« antwortete Paganel.

»Ei, ich bin entzückt! Willkommen, willkommen! Bin auch Franzose«, wiederholte der Kommandant, indem er den Arm des Gelehrten mit beunruhigender Heftigkeit schüttelte.

»Einer Ihrer Freunde?« fragte der Major Paganel.

»Versteht sich!« antwortete dieser mit einem gewissen Stolz; »man hat Freunde in allen fünf Weltteilen.«

Und nachdem er, nicht ohne Mühe, seine Hand aus dem lebendigen Schraubstock herausgezogen hatte, begnn er eine ordentliche Unterhaltung mit dem kraftvollen Kommandanten. Glenarvan hätte gern in bezug auf seine Angelegenheiten ein Wort angebracht, doch erzählte der alte Militär seine Geschichte und war nicht in der Laune, in der Mitte anzuhalten. Man ersah, daß dieser brave Mann sein Vaterland seit langer Zeit verlassen hatte; seine Muttersprache war ihm nicht mehr vertraut, er hatte, wenn auch nicht die Worte, aber doch die Wortstellung verlernt. Er sprach ungefähr wie ein Neger der französischen Kolonien.

Bald erfuhren auch seine Besucher, daß der Kommandant des Fort Indépendance ein französischer Sergeant, ein vormaliger Genosse Parchappes sei.

Seit der Gründung des Forts, 1828, hatte er es nicht mehr verlassen und befehligte es gegenwärtig mit der Bewilligung der argentinischen Regierung. Er war ein Fünfziger, Baske von Geburt, und hieß Manuel Ipharaguerre. Man sieht, wenn er nicht Spanier war, so war er noch gut dabei weggekommen. Ein Jahr nach seiner Ankunft im Lande ließ sich der Sergeant Manuel naturalisieren, nahm Dienste in der argentinischen Armee und heiratete eine brave Indianerin, die damals Zwillinge von sechs Monaten nährte. Zwei Knaben, wohl verstanden, denn die würdige Gefährtin des Sergeanten würde sich nicht erlaubt haben, ihm Töchter zu schenken. Manuel begriff keinen andern Stand als den Militärstand, und er hoffte sehr, mit der Zeit und der Hilfe Gottes der Republik eine ganze Kompagnie junger Soldaten darbieten zu können.

»Sie haben gesehen!« sagte er. »Prächtige, gute Soldaten! José, Juan, Miquele, Pepe; der siebenjährige Pepe beißt schon seine Patrone ab!«

Pepe, der sich loben hörte, zog seine zwei kleinen Füße zusammen und präsentierte das Gewehr mit vollkommener Grazie.

»Er wird seinen Weg machen!« fügte der Sergeant hinzu; »der wird einmal Oberst oder Brigadegeneral!«

Der Sergeant Manuel zeigte sich so entzückt, daß man ihm nicht widersprechen konnte, weder in bezug auf die Vorzüge des Waffenhandwerks, noch auf die Zukunft, die seiner kriegerischen Nachkommenschaft bevorstand. Er war glücklich, und wie Goethe sagt, ist »nichts Täuschung, was uns glücklich macht«.

Diese ganze Geschichte dauerte eine gute Viertelstunde zum großen Erstaunen Thalcaves. Der Indianer konnte nicht begreifen, wie so viel Worte aus einer einzigen Kehle hervorkommen können. Niemand unterbrach den Kommandanten. Aber da ein Sergeant, selbst ein französischer, endlich einmal zu sprechen aufhören muß, schwieg Manuel endlich, nicht ohne vorher seine Geäste genötigt zu haben, ihm in seine Wohnung zu folgen. Dieselben verzichteten darauf, Madame Ipharaguerre vorgestellt zu werden, die ihnen als eine »gute Person« erschien, wenn man überhaupt diese Bezeichnung der alten Welt bei einer Indianerin anwenden kann. Nachdem man seinen Willen erfüllt, fragte der Sergeant seine Gäste, was ihm die Ehre ihres Besuches verschaffe. Dies oder nie war der Augenblick sich zu erklären.

Paganel ergriff das Wort und erzählte ihm in französischer Sprache die ganze Reise durch die Pampas und schloß mit der Frage, aus welchem Grunde die Indianer das Land verlassen hätten.

»Ah! . . . Niemand! . . .« antwortete der Sergeant mit Achselzucken; »wirklich! Niemand! . . . wir andern die Hände im Schoß. Nichts zu machen!«

»Aber warum?«

»Krieg.«

»Krieg?«

»Ja! Bürgerkrieg . . .«

»Bürgerkrieg?« erwiderte Paganel, welcher, ohne es zu merken, anfing »die Negersprache« zu reden.

»Ja, Krieg zwischen Paraguay und Buenos Aires«, antwortete der Sergeant.

»Nun denn?«

»Ei, Indianer alle im Norden, im Rücken des General Flores. Indianer rauben, plündern.«

»Aber die Kaziken?«

»Kaziken mit ihnen.«

»Was! Catriel?«

»Kein Catriel.«

»Und Calfucura?«

»Kein Clafucura.«

»Und Yanchetruz?«

»Kein Yanchetruz mehr!«

Als diese Antwort Thalcave mitgeteilt wurde, nickte er mit dem Kopf zur Bestätigung. Wirklich hatte Thalcave keine Kenntnis davon oder es vergessen, daß ein Bürgerkrieg, der später die Einmischung Brasiliens herbeiführen sollte, die beiden Teile der Republik abschwächte. Die Indianer haben bei diesen inneren Kämpfen alles zu gewinnen, und mochten eine so schöne Gelegenheit zum Rauben nicht unbenutzt lassen. Also irrte auch der Sergeant nicht, indem er den Bürgerkrieg, welcher im Norden der argentinischen Provinzen geführt wurde, als Grund angab, weshalb die Indianer die Pampas verlassen hatten.

Dieses Ereignis störte jedoch die Pläne Glenarvans, die auf diese Weise vereitelt wurden. Wenn Sir Harry Grant in der Tat Gefangener der Kaziken war, mußte er bis an die Nordgrenzen mit fortgeschleppt worden sein. Wie und wo sollte man ihn von nun an auffinden? Sollte man eine gefahrvolle und fast unnütze Nachforschung bis an die äußersten nördlichen Grenzen der Pampa anstellen? Dies war ein ernsthafter Entschluß, der sorgfältig überlegt sein wollte. Indes konnte man dem Sergeanten noch eine wichtige Frage vorlegen, und der Major dachte daran, sie ihm vorzulegen, während seine Freunde sich schweigend anschauten.

»Hatte der Sergeant sagen hören, daß Europäer von den Kaziken der Pampa gefangengehalten würden?«

Manuel besann sich eine kleine Weile, wie jemand, der seine Erinnerung zurückruft.

»Ja«, sagte er endlich.

»Ah!« sagte Glenarvan, indem er eine neue Hoffnung schöpfte.

Paganel, MacNabbs, Robert drängten sich mit ihm um den Sergeanten.

»»Sprechen Sie! Sprechen Sie!« sagten sie und sahen ihn mit gierigen Blicken an.

»Vor einigen Jahren«, antwortete Manuel, »ja ... so ist's ... europäische Gefangene ... aber niemals gesehen ...«

»Einige Jahre«, wiederholte Glenarvan, »Sie irren sich ... das Datum des Schiffbruchs ist genau ... die »Britannia« ist im Juni 1862 verschwunden ... Es sind also noch keine zwei Jahre.«

»O mehr als das, Mylord.«

»Unmöglich«, rief Paganel aus.

»Doch, doch! Es war bei der Geburt Pepes ... Es handelte sich um zwei Männer ...«

»Nein, drei!« sagte Glenarvan.

»Zwei«, versetzte der Sergeant mit bestimmtem Ton.

»Zwei!« sagte Glenarvan sehr überrascht. »Zwei Engländer?«

»Nicht doch«, antwortete der Sergeant. »Wer spricht von Engländern? Nein, ein Franzose und ein Italiener.«

»Ein Italiener, der von den Poyuchen ermordet wurde!« rief Paganel aus.

»Ja! Und seitdem habe erfahren ... Franzose ... gerettet.«

»Gerettet!« rief der junge Robert, dessen Augen an den Lippen des Sergeanten hingen.

»Ja, aus den Händen der Indianer«, erwiderte Manuel.«

Jedermann schaute den Gelehrten an, der sich mit verzweifelter Miene vor die Stirne schlug.

»Ach! Ich begreife«, sagte er endlich, »es ist alles klar, alles klärt sich!«

»Aber worum handelt sich's?« fragte Glenarvan so unruhig wie ungeduldig.

»Meine Freunde«, antwortete Paganel, indem er Roberts Hände ergriff, »wir müssen uns in ein schweres Ereignis fügen! Wir sind einer falschen Fährte gefolgt! Es handelt sich hier nicht um den Kapitän, sondern um einen meiner Landsleute, dessen Gefährte, Marco Vazello, wirklich von den Poyuchen ermordet wurde; um einen Franzosen, welcher mehrere Male diese grausamen Indianer bis an die Ufer des Colorado begleitete, dann glücklich ihren Händen entrann und nach Frankreich zurückkam. Indem wir Harry Grant auf der Spur zu sein glaubten, sind wir auf die des jungen Guinnard geraten!«

Diese Erklärung wurde mit tiefem Schweigen aufgenommen. Der Irrtum war handgreiflich. Die vom Sergeanten angeführten Einzelheiten, die Nationalität des Gefangenen, der Mord seines Begleiters, sein Entkommen aus den Händen der Indianer, alles vereinigte sich, den Irrtum unwiderleglich darzutun. Glenarvan schaute Thalcave voll Bestürzung an. Der Indianer ergriff hierauf das Wort:

»Haben Sie niemals von drei gefangenen Engländern sprechen hören?« fragte er den französischen Sergeanten.

»Niemals«, antwortete Manuel, »man würde es in Tandil erfahren haben, ... ich würde es wissen ... Nein, ist es nicht der Fall ...«

Glenarvan hatte nach dieser bestimmten Antwort nichts

mehr im Fort Indépendance zu tun. Er verließ dasselbe also nebst seinen Freunden. Dem Sergeanten wurde herzlich gedankt und warm die Hand gedrückt.

Glenarvan war trostlos über dieses vollständige Scheitern seiner Hoffnungen. Robert ging schweigend neben ihm mit tränenfeuchten Augen. Glenarvan fand kein Wort, ihn zu trösten. Paganel sprach mit sich selbst und bewegte dabei lebhaft die Hände. Der Major öffnete nicht die Lippen, und Thalcave schien in seiner Eigenliebe als Indianer verletzt, sich auf einer falschen Spur verirrt zu haben. Niemand dachte indes daran, ihm einen so verzeihlichen Irrtum vorzuwerfen.

Man kehrte in die Fonda zurück. Das Abendessen verlief traurig. Gewiß bedauerte keiner dieser mutigen und hingebenden Männer soviel unnötig ertragene Mühseligkeiten, soviel vergebliche Gefahren. Doch sah jeder in einem Augenblick jede Hoffnung auf Erfolg vernichtet. Konnte man wirklich den Kapitän Grant zwischen der Sierra Tandil und dem Meere antreffen? Nein. Wenn irgendein Gefangener an den Küsten des Atlantischen Ozeans in die Hände der Indianer gefallen wäre, hätte der Sergeant jedenfalls davon gewußt. Ein derartiges Ereignis konnte den Eingeborenen nicht unbekannt bleiben, welche beständigen Verkehr von Tandil nach Carmen an der Mündung des Rio Negro haben. Bei dem regen Handelsverkehr auf der argentinischen Ebene weiß man alles, erfährt man alles. Es blieb also nichts anderes zu tun übrig, als unverzüglich den Duncan am bestimmten Zusammenkunftsort an der Spitze von Medano aufzusuchen. Indes hatte sich Paganel von Glenarvan das Dokument ausgebeten, demzufolge ihre Nachforschungen so unglücklich ihr Ziel verfehlt hatten. Er las es mit unverhohlenem Unmut wieder durch und versuchte ihm eine neue Deutung abzugewinnen.

»Dies Dokument ist doch ganz klar!« wiederholte Glenarvan. »Es drückt sich auf die bestimmteste Weise über den Schiffbruch des Kapitäns und der Art seiner Gefangenschaft aus.«

»Ei, nein!« antwortete der Geograph, indem er mit der Faust auf den Tisch schlug, »hundertmal nein! Weil Harry

Grant nicht in den Pampas ist, so ist er nicht in Amerika. Nun aber soll dies Dokument angeben, wo er ist, und es wird es angeben, meine Freunde, oder ich bin nicht Jacques Paganel!«

Zweiundzwanzigstes Kapitel

Überschwemmung

Das Fort Indépendance ist hundertundfünfzig Meilen* von der Küste des Atlantischen Ozeans entfernt. Ohne unvorhergesehene und gewiß unwahrscheinliche Zwischenfälle mußte Glenarvan in vier Tagen den Duncan wieder erreicht haben. Aber er konnte sich mit dem Gedanken nicht vertraut machen, ohne Kapitän Grant an Bord zurückzukehren, nachdem alle seine Nachforschungen so vollkommen vergeblich gewesen waren. Am anderen Tage dachte er auch gar nicht daran, Befehl zur Abreise zu geben. Der Major nahm es über sich, die Pferde satteln, die Lebensmittel erneuern und die Richtung des Weges feststellen zu lassen. Dank seiner Tätigkeit stieg die kleine Truppe gegen acht Uhr morgens die grasreichen Rücken der Sierra Tandil herab.

Glenarvan galoppierte, Robert zur Seite, ohne ein Wort zu sagen, dahin; seinem kühnen und entschlossenen Charakter sagte es nicht zu, diesen Mißerfolg ruhigen Blutes hinzunehmen; das Herz schlug ihm, als wollte es brechen, und der Kopf glühte ihm heiß.

Paganel studierte, gereizt durch die Schwierigkeiten, die Worte des Dokumentes auf alle Art und Weise, um daraus neue Fingerzeige zu gewinnen. Thalcave blieb stumm und überließ es Thaouka, ihn weiterzuführen. Der Major verblieb, immer zuversichtlich, auf seinem Posten, wie ein Mann, dessen sich die Entmutigung nie bemeistern kann. Tom Austin und die beiden Matrosen teilten das Mißbehagen ihres Herrn. In einem Augenblick, wo ein furchtsamer

*Gegen sechzig Stunden.

Hase vor ihnen über die Pfade der Sierra lief, sahen die abergläubischen Schotten einander an.

»Eine üble Vorbedeutung«, sagte Wilson.

»Ja, in den schottischen Hochlanden«, erwiderte Mulrady.

»Was in den Hochlanden schlecht ist, ist hier nicht besser«, sagte Wilson in der Weise des Sprichworts.

Gegen Mittag waren die Reisenden über die Sierra Tandil hinaus und kamen wieder auf die weitwallenden Ebenen, die sich bis zum Meere erstrecken. Auf jedem Schritte berieselten klare Bäche die fruchtbare Landschaft und verloren sich im hohen Graswuchs der Weidestätten. Der Boden wurde wieder vollkommen eben, wie der Ozean nach einem Sturme. Die letzten Hügelketten der argentinischen Pampas waren überschritten, und die einförmige Prärie bot den Pferden wieder ihren grünen Teppich.

Bis hierher war das Wetter schön geblieben. Von diesem Tage nahm der Himmel aber ein beunruhigendes Aussehen an. Die Unmasse Dünste, welche durch die hohe Temperatur der letzten Tage erzeugt und in dicken Wolken aufgesammelt waren, drohten sich in strömende Regen aufzulösen, zudem machte die Nachbarschaft des Atlantischen Ozeans und der hier herrschende Westwind das Klima dieser Gegend außerordentlich feucht. Man erkannte das leicht an ihrer Fruchtbarkeit, an der Üppigkeit und dem saftigen Grün der fetten Weideplätze. Doch barsten an diesem Tage die schweren Wolken noch nicht, und am Abend rasteten die Pferde, nachdem sie mit Leichtigkeit vierzig Meilen zurückgelegt hatten, am Rande tiefer »Canadas«, d. h. großer natürlicher Gräben, die mit Wasser gefüllt waren. Jedes Obdach mangelte. Die Ponchos dienten zugleich als Zelte und als Decken, und jeder schlummerte unter dem drohenden Himmel, der es zunächst bei der Drohung bewenden ließ, ganz ruhig.

Am anderen Tage, je nachdem die Ebene sich mehr und mehr senkte, wurde die Anwesenheit unterirdischer Wässer noch deutlicher merkbar; die Feuchtigkeit sickerte aus jeder Pore des Erdbodens. Bald unterbrachen große Teiche, von denen die einen schon tief, die andern in der Bildung begriffen waren, den Weg nach Osten. Solange es sich nur um

»Lagunas« handelte, d. h. wohlumgrenzte Wasseransammlungen, frei von Pflanzen, konnten die Pferde leicht darüber hinauskommen; aber gegenüber den lockeren Morästen, die man »Pentanos« nennt, war das schwieriger; mit hohen Gewächsen erfüllt und bedeckt, bargen sie eine Gefahr, die sich erst dann ermessen ließ, wenn man darin stak.

Diese Schlammlöcher waren schon mehr als einem lebenden Wesen verderblich gewesen. So kam eben Robert, der eine halbe Meile vorausgeritten war, im Galopp zurück und rief:

»Herr Paganel! Herr Paganel! Ein Wald von Hörnern!«

»Wie!« antwortete der Gelehrte, »du hast einen Wald von Hörnern gefunden?«

»Ja, ja, wenigstens ein Buschwerk.«

»Ein Gebüsch! Du träumst, mein Knabe«, erwiderte Paganel mit Achselzucken.

»Ich träume nicht«, antwortete Robert, »Sie werden es selbst sehen. Das ist ein sonderbares Land; da werden Hörner gesät und sie wachsen wie Getreide. Von solchem Samen möchte ich wohl haben!«

»Er spricht wohl im Ernste«, sagte der Major.

»Ja, Herr Major, Sie werden es bald selbst sehen!«

Robert hatte sich nicht getäuscht, und bald befand man sich vor einem ungeheuren Felde voller Hörner, die regelmäßig gepflanzt schienen, in unabsehbarer Ausdehnung. Es erschien wirklich wie ein Gebüsch, niedrig, gedrängt, aber seltsam.

»Nun?« fragte Robert.

»Das ist seltsam«, versetzte Paganel, der sich fragend an den Indianer wendete.

»Die Hörner stehen aus der Erde heraus«, sagte Thalcave, »aber die Ochsen dazu sind darunter.«

»Was?« rief Paganel, »in diesem Schlamme wäre eine ganze Herde versenkt?«

»Ja«, sagte der Patagonier.

Wirklich hatte eine ganze ungeheure Herde unter dem Boden, der unter ihren Füßen gewichen war, den Tod gefunden. So waren, Seite an Seite, Hunderte von Büffeln umgekommen, erstickt in dem weiten Schlammloche. Dieses Ereignis, welches in der argentinischen Ebene nicht einzeln dasteht, konnte doch von dem Indianer nicht außer acht gelassen werden, und war diesem ein Fingerzeig, dem er Rechnung tragen mußte.

Man ritt um die ungeheure Hekatombe herum, und nach einer Stunde hatte man das Hörnerfeld zwei Meilen im Rükken.

Thalcave beobachtete mit einer gewissen Ängstlichkeit die tatsächlichen Umstände, die ihm ungewöhnlich erschienen. Er hielt häufig an und hob sich in den Steigbügeln. Sein hoher Wuchs machte, daß er einen großen Umkreis überblicken konnte; da er aber nichts bemerkte, was ihm mehr Aufschluß gab, so setzte er bald den unterbrochenen Weg fort. Eine Meile weiterhin hielt er wieder an, machte, indem er sich von dem Wege entfernte, Abstecher von einigen Meilen, einmal nach Norden, das andere Mal nach Süden, und setzte sich wieder an die Spitze der Reisegesellschaft, ohne ein Wort von dem zu sagen, was er hoffte oder fürchtete. Dieses mehrmals wiederholte Benehmen reizte Paganel und beunruhigte Glenarvan. Der Gelehrte wurde demnach aufgefordert, den Indianer darüber zu befragen, was er auch sofort tat.

Thalcave erwiderte, er wundere sich, die Ebene so von Wasser durchdrungen zu finden. Niemals habe er, solange er schon Führer gewesen, einen so durchweichten Boden betreten. Selbst zur Zeit der großen Regen bot das argentinische Land immer noch benutzbare Wege.

»Aber auf was ist diese zunehmende Feuchtigkeit zurückzuführen?« fragte Paganel.

»Ich weiß es nicht«, erwiderte der Indianer, »und wenn ich es wüßte . . .«

»Treten die durch den Regen angeschwollenen Bergströme nie aus den Ufern?«

»Manchmal.«

»Und ist das jetzt vielleicht der Fall?«

»Vielleicht«, sagte Thalcave.

Paganel mußte sich mit dieser halben Antwort zufrieden geben und teilte Glenarvan den Inhalt seiner Unterhaltung mit.

»Und was rät Thalcave?« sagte Glenarvan.

»Was ist hierbei zu tun?« fragte Paganel den Patagonier.

»Schnell weiterreisen«, erwiderte der Indianer.

Das war aber leicht geraten und schwer befolgt. Die Pferde wurden schnell müde auf einem Boden, der ihnen unter den Füßen schwand; die Senkung nahm immer mehr zu, und dieser Teil der Ebene war wie eine ungeheure Niederung anzusehen, in welcher die aufströmenden Wasser sich leicht ansammeln mußten. Es kam also darauf an, über diese tiefliegenden Gegenden ohne Verzug hinwegzukommen, die eine Überschwemmung mit einem Schlage in einen See verwandeln mußte.

Man beeilte seine Schritte. Aber es war nicht genug an dem Wasser, das in großen Flächen unter den Hufen der Pferde sich ausbreitete. Gegen zwei Uhr öffneten sich die Schleusen des Himmels, und die Ströme eines Tropenregens ergossen sich über die Ebene. Es gab kein Mittel, sich dieser Sündflut zu entziehen, und es war am geratensten, sie mit stoischer Ruhe zu ertragen. Die Ponchos trieften, von den Hüten begossen wie von einem Dache, dessen Abflußrinnen verstopft sind. Die Fransen der Recados schienen aus Wasserfäden zu bestehen, und die Reiter, von den Hufen der Pferde mit Schlamm besudelt, der bei jedem Schritte vom Boden aufspritzte, wurden von oben und unten zugleich besprengt.

So kamen sie durch und durch naß, von Kälte erstarrt und entkräftet von Anstrengung, am Abend bei einem elenden Rancho an. Nur wenig wählerische Leute konnten ihm den Namen eines Obdachs geben, und nur Reisende, die am Ende ihrer Kräfte waren, darin eine Zuflucht suchen. Aber Glenarvan und seine Gefährten hatten keine Wahl. Sie verkrochen sich in der elenden Hütte, die ein Indianer der Pampas sonst verachtet hätte. Ein schlechtes Feuer von Gras, welches mehr Rauch als Wärme verursachte, wurde nicht ohne Mühe angezündet. Regenstöße wüteten draußen, und durch das halbverfaulte Strohdach sickerten große Tropfen. Wenn das Herdfeuer nicht zwanzigmal verlöschte, so kam es daher, daß Mulrady und Wilson es zwanzigmal gegen das Andringen des Wassers verteidigten.

Das sehr mittelmäßige und wenig stärkende Abendessen verlief traurig. Die Eßlust fehlte. Der Major allein tat dem feucht gewordenen Charqui alle Ehre an. Der kaltblütige MacNabbs stand über allen Zufällen. Paganel versuchte, in seiner Eigenschaft als Franzose, zu scherzen; aber das verfing nicht.

»Meine Späße sind feucht geworden«, sagte er, »sie versagen!«

Da unter diesen Umständen der Schlaf jedenfalls das Erwünschteste war, so suchte jeder im Schlummer ein augenblickliches Vergessen seiner Strapazen. Die Nacht war schlecht; die Bretter des Rancho krachten, als wollten sie brechen; er gab den Windstößen so sehr nach, daß man jeden Augenblick fürchten mußte, ihn fortgerissen zu sehen. Die armen Pferde jammerten draußen, da sie aller Unbill des Himmels ausgesetzt waren, und die Herren derselben litten fast nicht minder in ihrer traurigen Hütte. Endlich überwältigte sie doch der Schlaf. Robert schloß zuerst die Augen, indem er den Kopf auf Glenarvans Schulter ruhen ließ, und bald darauf schlummerten auch die andern Insassen des Rancho unter dem Schutze Gottes.

Es scheint, daß der Herr wohl über ihnen wachte, denn die Nacht ging ohne Unfall vorüber. Thaouka weckte früh die Schläfer, denn das immer muntere Tier wieherte draußen und schlug mit dem Hufe kräftig gegen die Hüttenwand. An Thalcaves Stelle wußte es zur Not das Zeichen zum Aufbruch zu geben. Man verdankte ihm zuviel, um nicht zu gehorchen, und reiste ab.

Der Regen hatte nachgelassen, aber der undurchlässige Boden hielt das Wasser zurück. Auf dem undurchdringlichen Lehmboden breiteten sich Lachen, Moräste und Teiche aus und bildeten ungeheure »Banados« von unzuverlässiger Tiefe. Paganel zog seine Karte zu Rate und vermutete nicht ohne Grund, daß der Rio Grande und der Vivarota, Flüsse, nach denen die Gewässer dieser Ebene ablaufen, zusammengeströmt seien und ein mehrere Meilen breites Bett bildeten.

Es ward also für die Reise die äußerste Schnelligkeit nötig.

Das Wohl aller war in Gefahr. Wo sollte man, wenn die Überschwemmung zunahm, eine Zuflucht finden? Der von dem Horizont begrenzte ungeheure Kreis bot nirgends einen erhöhten Punkt, und auf dieser waagerechten Ebene mußte das Wasser sehr schnell überhandnehmen.

Die Pferde wurden also möglichst angetrieben. Thaouka an der Spitze verdiente mehr als manche Amphibien mit unvollkommenen Schwimmhäuten den Namen eines Seepferdes, denn es sprang, als ob es sich ganz in seinem Elemente befinde.

Plötzlich, es war gegen zehn Uhr des Morgens, zeigte Thaouka eine ganz auffallende Unruhe. Es wendete sich häufig gegen die unbegrenzten Ebenen im Süden; sein Wiehern wurde länger, mit der Nase saugte es kraftvoll die frische Luft ein. Es bäumte sich heftig. Thalcave, den seine Sprünge nicht aus dem Sattel heben konnten, vermochte es kaum zu zügeln. Der Schaum aus dem Maule des Tieres mischte sich unter dem straff angezogenen Gebisse mit Blut, und doch beruhigte sich das aufgeregte Tier nicht; wäre es frei gewesen, so fühlte sein Herr wohl, daß es sich in aller Schnelligkeit nach Norden davongemacht hätte.

»Was hat denn Thaouka?« fragte Paganel, »ist das Tier von den so gierigen Blutegeln der argentinischen Gewässer gebissen worden?«

»Nein«, antwortete der Indianer.

»Es scheut also vor irgendeiner Gefahr?«

»Ja, es wittert Unheil.«

»Welches?«

»Das weiß ich nicht.«

Wenn das Auge die Gefahr auch noch nicht erblickte, welche Thaouka prophezeite, so konnte sich das Ohr doch schon davon Rechnung geben. In der Tat war jenseits der Grenzen des Horizonts ein dumpfes Geräusch, ähnlich dem der wachsenden Flut, zu hören. Der Wind trat in feuchten Stößen auf und war mit Wasserstaub beladen. Die Vögel, wie fliehend vor einem unbekannten Ereignisse, zogen schnellsten Fluges dahin. Die Pferde, welche mit den halben Beinen im Wasser gingen, fühlten die ersten Stöße der Strömung. Bald erhob sich ein furchtbarer Lärm; Gebrüll, Wiehern und Geblöke erschallte eine halbe Meile im Süden, und es wurden ungeheure Herden sichtbar, welche niederstürzend und sich erhebend, vorwärts drängend, eine unzusammenhängende Masse erschreckter Tiere, mit furchtbarer Schnelligkeit dahinflohen. Unter den Wasserwirbeln, die sie in ihrem Laufe erregten, konnte man sie kaum unterscheiden. Hundert Walfische der größten Art hätten die Wogen des Ozeans nicht mehr aufrühren können.

»Anda, anda!*« rief Thalcave laut.

»Was gibt es denn?« fragte Paganel.

»Die Überschwemmung! Die Überschwemmung!« erwiderte Thalcave, der seinem Pferde die Sporen gab und sich nach Norden wendete.

»Die Überschwemmung kommt!« rief Paganel, und seine Gefährten, er voraus, folgten den Spuren Thaoukas.

Es war hohe Zeit. Wirklich wälzte sich gegen fünf Meilen im Süden eine hohe und breite Springflutwoge über das Land, das sich in einen Ozean verwandelte. Wie abgemäht verschwanden die hohen Gräser. Die von der Strömung abgerissenen Mimosenbüschel rührten ebendaher und bildeten schwimmende Inseln. Die Flut verbreitete sich in tiefen Wassermassen mit unwiderstehlicher Gewalt. Offenbar hatte ein Bruch der Uferdämme der großen Flüsse in den Pampas stattgefunden, und vielleicht vereinigten sich sogar die Wasser des Colorado mit denen des Rio Negro in einem gemeinsamen Bette.

Die von Thalcave signalisierte Springflutwelle kam mit der Schnelligkeit eines Pferes im vollen Laufe heran. Vor ihr hin entflohen die Reisenden wie eine vom Sturm gejagte Wolke. Vergeblich suchten ihre Blicke eine schützende Zuflucht. Himmel und Wasser gingen am Horizonte ineinander über. Die durch die Gefahr doppelt angetriebenen Pferde stürmten in sausendem Galopp dahin, und ihre Reiter vermochten sich kaum im Sattel zu halten. Glenarvan schaute öfters zurück.

»Das Wasser holt uns ein«, dachte er.

*Schnell, schnell!

»Anda, anda!« trieb Thalcave.

Und nochmals trieb man die unglücklichen Tiere an. Von ihren durch die Sporen zerrissenen Weichen rann das Blut, welches auf dem Wasser lange, rote Streifen bildete. Sie strauchelten in den Spalten des Bodens; sie stürzten nieder. Man riß sie empor. Sie stürzten wieder, und wieder wurden sie emporgerissen.

Der Wasserstand wuchs merkbar. Lange Wellen kündigten den Ansturm jener hohen Woge an, die in höchstens noch zwei Meilen Entfernung ihr schaumiges Haupt hin und her bewegte. Eine Viertelstunde lang noch setzte sich dieser äußerste Kampf gegen das furchtbarste der Elemente fort. Die Flüchtlinge konnten sich nicht genau Rechenschaft über die Entfernung geben, welche sie durcheilten, wenn man aber die Schnelligkeit ihres Rittes zum Maßstabe nahm, so mußte sie beträchtlich sein. Unterdessen waren die Pferde bis zur Brust ins Wasser gekommen und konnten nur noch mit äußerster Schwierigkeit vorwärts. Glenarvan, Paganel, Austin und alle anderen hielten sich für verloren und dem schrecklichen Tode der im Meere verlassenen Unglücklichen geweiht. Die Reitpferde verloren nun allmählich den Boden unter den Füßen, und bei sechs Fuß Wasser mußten sie schon schwimmen.

Wir müssen darauf verzichten, die quälende Todesangst dieser acht Menschen zu beschreiben, die von der steigenden Flut überfallen waren. Sie fühlten ihre Ohnmacht gegenüber diesen Wasserfluten der Natur, welche menschlichen Kräften so weit überlegen waren. Ihre Rettung lag nicht mehr in ihrer Hand.

Fünf Minuten später schwammen die Pferde. Der Strom selbst trieb sie mit beispielloser Heftigkeit und einer den schnellsten Galopp erreichenden Schnelligkeit dahin, die wohl zwanzig Meilen in der Stunde übersteigen mochte.

Jede Rettung schien unmöglich, als die Stimme des Majors sich vernehmen ließ:

»Ein Baum!« rief er.

»Ein Baum?« wiederholte Glenarvan.

»Dort! Dort!« bestätigte Thalcave.

Er wies mit dem Finger auf einen etwa achthundert Klafter nach Norden zu entfernten ungeheuren Nußbaum, der sich feststehend mitten aus dem Wasser erhob.

Seine Gefährten bedurften keines Antriebes. Dieser Baum, der sich ihnen so unerwartet darbot, mußte um jeden Preis erreicht werden. Die Pferde würden ihn ohne Zweifel nicht erreichen, aber die Menschen konnten gerettet werden. Die Strömung trug sie dahin.

In diesem Augenblicke ließ Tom Austins Pferd ein ersticktes Wiehern hören und verschwand. Sein Herr, der glücklich aus den Steigbügeln gekommen war, schwamm mit vollen Kräften.

»Halte dich an meinen Sattel«, rief ihm Glenarvan zu.

»Ich danke, ehrenwerter Herr«, erwiderte Tom Austin, »meine Arme sind verläßlich.«

»Und dein Pferd, Robert? . . .« sagte Glenarvan zu dem jungen Grant.

»Es geht damit, Mylord, es geht! – Es schwimmt wie ein Fisch.«

»Achtung!« rief da der Major mit starker Stimme.

Kaum war das Wort gesprochen, als die ungeheure Masse ankam. Eine riesenhafte, wohl vierzig Fuß hohe Woge stürzte sich mit Höllengetöse über die Flüchtlinge. Menschen und Tiere, alles verschwand in einem Schaumwirbel. Eine flüssige Masse von mehreren Millionen Tonnen Gewicht wälzte sich in ihrem wütenden Wasser dahin.

Als die Wasserwand vorüber war, tauchten die Menschen wieder an der Oberfläche auf und zählten sich rasch. Die Pferde alle, außer Thaouka, das seinen Herrn noch trug, waren für immer verschwunden.

»Mut! Mut!« rief Glenarvan wiederholt, indem er mit dem einen Arme Paganel unterstützte und mit dem andern schwamm.

»Es geht schon, es geht!« erwiderte der würdige Gelehrte, »ich bin sogar gar nicht böse darüber . . .«

Worüber war er nicht böse? Man hat es nie erfahren, denn der arme Mann mußte das Ende seines Satzes mit einem halben Maße lehmigen Wassers hinunterschlucken. Der Major drang ruhig vorwärts, mit regelrechten Bewegungen, an welchen ein Schwimmeister nichts auszusetzen gehabt hätte. Die Matrosen schlichen sich hin wie zwei Meerschweine in ihrem Elemente. Robert, der sich an Thaoukas Mähne anklammerte, ließ sich mit dem Tiere forttreiben. Thaouka teilte das Wasser mit stolzer Kraft und hielt sich instinktiv in der Linie nach dem Baume, wohin auch die Strömung trieb.

Nur zwanzig Klafter war der Baum noch entfernt; in wenigen Augenblicken erreichte ihn die ganze Gesellschaft. Und es war zum Heile, denn ohne diese Zuflucht war keine Aussicht auf Rettung, und alle hätten in den Fluten umkommen müssen.

Das Wasser reichte bis an das obere Ende des Stammes, wo die ersten starken Zweige entspringen. Es war also leicht, sich festzuhalten. Thalcave verließ sein Pferd, hob Robert empor, kletterte zuerst hinauf, und bald hatten seine kräftigen Arme alle erschöpften Schwimmer an sicherem Orte untergebracht.

Aber Thaouka, von der Strömung fortgerissen, entfernte sich schnell. Das Pferd wandte den klugen Kopf nach seinem Herrn zurück und wieherte, seine lange Mähne schüttelnd.

»Du verläßt es!« sagte Paganel zu Thalcave.

»Ich!« rief der Indianer.

Und sich in das wütende Wasser stürzend, tauchte er gegen zehn Klafter von dem Baume entfernt wieder auf. Einige Augenblicke nachher schlang sich sein Arm um Thaoukas Hals, und Roß und Reiter trieben zusammen gegen den dunstigen Horizont nach Norden hin.

Dreiundzwanzigstes Kapitel

Wie Vögel auf den Zweigen

Der Baum, auf welchem Glenarvan und seine Begleiter einen Zufluchtsort gefunden hatten, glich einem Nußbaum; er hatte wie dieser glänzendes Laub und abgerundete Krone. Es war der »Ombu«, den man vereinzelt auf den argentinischen Ebenen antrifft. Dieser Baum, mit krummem und sehr starkem Stamm, steckt im Boden nicht allein mit seinen mächtigen Wurzeln, sondern mit kräftigen Schößlingen, welche ihn aufs Zäheste darin festhalten. So hatte er auch dem Andrang der Springflut widerstanden.

Dieser Ombu hatte eine Höhe von ungefähr hundert Fuß und konnte mit seinem Schatten einen Umkreis von sechzig Klaftern bedecken. Das ganze Baumgestell ruhte auf drei großen Ästen, die sich an der Spitze des sechs Fuß dicken Stammes auseinanderzweigten. Zwei dieser Äste erhoben sich fast senkrecht und trugen das ungeheure Blätterdach, dessen Zweige gekreuzt, verschlungen, ineinander verflochten wie von der Hand eines Korbflechters, einen undurchdringlichen Schutz gewährten. Der dritte Ast erstreckte sich dagegen fast horizontal über die brausenden Gewässer; seine niedrigen Blätter reichten schon bis in dasselbe hinein. Es fehlte nicht an Raum innerhalb dieses Riesenbaumes; das ringsum in die Weite gewachsene Laubwerk ließ große Zwischenräume frei, wahrhafte Lichtungen, Luft im Überfluß und Kühle überall. Sah man, wie diese Äste ihre unzähligen Zweige bis in die Wolken streckten, während Schmarotzerschlingpflanzen sie untereinander verbanden, und wie die Sonnenstrahlen durch die Öffnungen im Laubwerk drangen, so konnte man wirklich sagen, auf dem Stamm dieses Ombu stehe für sich allein ein ganzer Wald.

Die Ankunft der Flüchtigen scheuchte eine befiederte Welt auf die hohen Zweige, wobei sie durch ihr Geschrei gegen eine so arge Anmaßung ihres Wohnsitzes protestierte. Diese Vögel, welche ebenfalls eine Zuflucht auf diesem einsam stehenden Ombu gesucht hatten, befanden sich da zu

Hunderten; Amseln, Stare u. a., und besonders die Fliegenvögel (pica-flor) mit glänzendem Gefieder; wenn sie davonflogen, schien es, als ob ein Windstoß den Baum all seiner Blüten beraube.

Dieses Asyl bot sich Glenarvan und seiner kleinen Truppe dar. Der junge Grant und der behende Wilson kletterten, als sie kaum im Baume Platz gefunden, unverweilt bis auf die höchsten Zweige. Ihr Kopf durchbrach dort das grüne Blättergewölbe, und von diesem Gipfelpunkt umfaßte das Auge einen weiten Horizont. Der durch die Überschwemmung geschaffene Ozean umgab sie von allen Seiten, und soweit die Blicke reichten, sah man keine Begrenzung. Kein Baum ragte aus der Wasserfläche empor; nur der Ombu allein inmitten dieser umflutenden Gewässer erbebte dröhnend unter ihrem Anprall. In der Ferne trieben von Süden nach Norden, durch den Strom fortgerissen, entwurzelte Baumstämme, zerknickte Äste, Hütten, Strohbedachung zertrümmerter Ranchos, Dachbalken von Landhäusern, Körper ertrunkener Tiere, und auf einem schwankenden Baume eine ganze Familie brüllender Jaguars, die sich mit ihren Tatzen an ihr gebrechliches Floß anklammerten.

Noch weiter in der Ferne zog ein kleiner schwarzer, fast schon unsichtbarer Punkt die Aufmerksamkeit Wilsons auf sich. Es war Thalcave und sein treuer Thaouka, die in der Ferne verschwanden.

»Thalcave, mein Freund!« rief Robert aus, indem er die Hand nach dem mutigen Patagonier ausstreckte.

»Er wird sich retten, Herr Robert«, sagte Wilson, »aber lassen Sie uns wieder zu Sr. Herrlichkeit herabsteigen.«

Und flugs stiegen Robert Grant und der Matrose die drei Stockwerke der Äste hinab und befanden sich auf der Spitze des Stammes. Dort saßen Glenarvan, Paganel, der Major, Austin und Mulrady rittlings oder seitwärts, wie es ihnen paßte. Wilson stattete Bericht über seinen Besuch auf dem Gipfel des Ombu ab. Alle teilten seine Meinung hinsichtlich Thalcaves. Es war nur die Frage, ob Thalcave Thaouka, oder Thaouka Thalcave retten würde.

Die Lage der Insassen des Ombu war ohne Widerrede viel

beunruhigender. Der Baum würe zwar gewiß der Gewalt des Stromes widerstehen, aber die wachsende Überschwemmung konnte seine hohen Zweige erreichen, denn die Senkung des Bodens machte diesen Teil der Ebene zu einem tiefen Wasserbehälter. Die erste Sorge Glenarvans war also, vermittelst eingeschnittener Merkzeichen den verschiedenen Wasserstand zu beobachten. Das Anwachsen der Fluten schien bereits die größte Höhe erreicht zu haben. Dies war schon beruhigend.

»Und was sollen wir jetzt tun?« sagte Glenarvan.

»Uns einnisten, natürlich«, antwortete Paganel heiter.

»Uns ein Nest bauen!« rief Robert.

»Allerdings, mein Junge, und leben wie die Vögel, da wir nicht wie die Fische leben können.«

»Gut«, sagte Glenarvan, »aber wer wird uns den Schnabel füllen?«

»Ich«, versetzte der Major.

Aller Blicke richteten sich auf MacNabbs. Der Major saß ganz gemächlich in einem von elastischen Zweigen natürlich gebildeten Fauteuil und hielt mit einer Hand seine naß gewordenen, aber strotzend gefüllten Alforjas empor.

»Ei, MacNabbs«, rief Glenarvan aus, »daran erkenne ich Sie! Sie denken an alles, selbst bei Gelegenheiten, wo man alles vergessen darf.«

»Von dem Augenblick an, da wir uns vornahmen, nicht zu ertrinken, so wollten wir damit doch auch nicht Hungers sterben.«

»Ich würde wohl daran gedacht haben«, sagte Paganel naiv, »doch bin ich so zerstreut!«

»Und was enthalten die Alforjas?« fragte Tom Austin.

»Nahrung für sieben Menschen auf zwei Tage«, war die Antwort.

»Gut«, sagte Glenarvan, »ich hoffe, daß die Überschwemmung binnen vierundzwanzig Stunden hinreichend abgenommen haben wird.«

»Oder daß wir ein Mittel gefunden haben werden, wieder aufs Trockene zu kommen«, versetzte Paganel.

»Vor allem müssen wir also frühstücken«, sagte Glenarvan.

»Nachdem wir uns jedoch getrocknet haben«, bemerkte der Major.

»Und das Feuer?« sagte Wilson.

»Nun, man muß eins anmachen«, erwiderte ersterer.

»Wo?«

»Oben auf dem Stamme, natürlich!«

»Womit?«

»Mit dürrem Holz, welches wir aus dem Baume ausschneiden werden.«

»Aber wie es anzünden?« fragte Glenarvan, »unser Zunder gleicht einem nassen Schwamme!«

»Man wird sich ohne ihn helfen!« antwortete Paganel; »ein wenig trockenes Moos, ein Sonnenstrahl, die Linse meines Fernrohres, und ihr sollt sehen, welches Feuer ich mir anmache. Wer will Holz im Walde holen?«

»Ich«, rief Robert.

Und, gefolgt von seinem Freunde Wilson, verschwand er wie eine junge Katze im Innern des Baumes. Während ihrer Abwesenheit fand Paganel trockenes Moos in hinreichender Menge; er versicherte sich eines Sonnenstrahles, was leicht war, denn das Tagesgestirn glänzte hell; darauf zündete er mit Hilfe seiner Linse ohne Mühe diese brennbaren Stoffe an, die man sodann auf eine Lage nassen Laubes an der Stelle des Baumes hinlegte, wo die Hauptäste desselben sich auseinanderzweigten. Es war ein natürlicher Herd, der keine Gefahr einer Feuersbrunst bot. Bald kamen Wilson und Robert mit einem Arm voll dürrer Zweige zurück, welche man auf das Moos warf. Um den Luftzug zu fördern, setzte sich Paganel, wie die Araber zu tun pflegen, mit ausgespreizten Beinen etwas oberhalb des Herdes, und verstand mit schnellen Bewegungen vermittelst seines Poncho einen tüchtigen Zugwind hervorzubringen. Das Holz entzündete sich, und bald erhob sich eine prasselnde Flamme über dem improvisierten Feuerherde. Jeder trocknete sich nach Belieben, während die im Baum aufgehängten Ponchos im Winde flatterten. Hierauf frühstückte man, doch mit Sparsamkeit, denn man mußte an den folgenden Tag denken; das ungeheure

Wasserbecken würde vielleicht nicht so rasch sich entleeren, als Glenarvan hoffte, und im ganzen waren die Vorräte sehr beschränkt. Der Ombu trug keine Früchte; glücklicherweise bot er, infolge der zahlreichen Nester, die sich in seinen Zweigen befanden, eine ansehnliche Menge frischer Eier dar, ihre gefiederten Gäste ungerechnet. Diese Hilfsquellen waren keineswegs zu verachten.

Jetzt handelte es sich also, in der Voraussicht auf einen verlängerten Aufenthalt, darum, eine bequeme Einrichtung zu treffen.

»Da die Küche und das Speisezimmer im Parterre sind«, sagte Paganel, »werden wir in der ersten Etage schlafen; das Haus ist geräumig, die Miete nicht teuer, man braucht sich deshalb nicht zu genieren. Ich bemerke dort oben natürliche Wiegen, in denen wir, sind wir nur gut befestigt, wie in den schönsten Betten auf der Welt schlafen werden. Wir haben nichts zu befürchten; außerdem werden wir Wache halten, und wir sind in genügender Anzahl, um Indianerflotten und wilde Tiere abzuwehren.«

»Es fehlen uns nur die Waffen«, sagte Tom Austin.

»Ich habe meine Revolver«, bemerkte Glenarvan.

»Und ich die meinen«, versetzte Robert.

»Wozu nützen sie«, fuhr Tom Austin fort, »wenn Herr Paganel nicht ein Mittel findet, Pulver zu fabrizieren.«

»Das ist nicht nötig«, antwortete MacNabbs, indem er eine in vorzüglichem Zustand befindliche Pulverbüchse vorzeigte.

»Und wo kommt sie her, Major?« fragte Paganel.

»Von Thalcave. Er glaubte, daß sie uns nützlich sein könne, und übergab sie mir, ehe er sich zum Beistand Thaoukas ins Wasser stürzte.«

»Großmütiger und tapferer Indianer!« rief Glenarvan aus.

»Ja«, antwortete Tom Austin, »wenn alle Patagonier nach diesem Muster gebildet sind, so kann ich Patagonien nur Glück wünschen.«

»Ich bitte, das Pferd nicht zu vergessen!« sagte Paganel. »Es macht einen Teil des Patagoniers aus, und ich müßte mich sehr irren, oder wir werden sie eins mit dem anderen wiedersehen.«

»Wie weit sind wir vom Atlantischen Meere?« fragte der Major.

»Höchstens vierzig Meilen«, erwiderte Paganel. »Und jetzt, meine Freunde, da jeder tun kann, was er will, bitte ich um die Erlaubnis, Sie verlassen zu dürfen; ich werde mir dort oben ein Observatorium aussuchen, und mit Hilfe meines Fernrohres werde ich Sie über den Lauf der Dinge dieser Welt in Kenntnis erhalten.«

Man ließ dem Gelehrten seinen Willen, welcher sich behend von Zweig zu Zweig schwang und hinter dem dichten Blättervorhang verschwand. Seine Gefährten beschäftigten sich nun damit, die Lagerstätten zurechtzumachen. Das war weder schwer noch zeitraubend. Da gab es keine Decken zu legen, noch Möbel zu rücken, und jedermann kehrte bald an seinen Platz um den Herd zurück.

Man begann aufs neue zu plaudern, doch nicht mehr von ihrer gegenwärtigen Lage, die man geduldig ertragen mußte, sondern man kam auf das unerschöpfliche Thema des Kapitän Grant zurück. Wenn das Wasser zurückging, konnte der Duncan in weniger als drei Tagen die Reisenden wieder an Bord sehen. Doch Harry Grant, seine beiden Matrosen, diese unglücklichen Schiffbrüchigen, würden nicht bei ihnen sein. Es schien fast, als ob nach diesem Mißerfolg, nach diesem unglücklichen Ausflug quer durch Amerika, jede Hoffnung, sie wieder aufzufinden, unwiderruflich verloren sei. Wohin sollte man neue Nachforschungen richten? Mit welchem Schmerz würden Lady Helena und Mary Grant erfahren, daß sie in Zukunft keine Hoffnung mehr hegen dürften?

»Arme Schwester!« sagte Robert, »für uns ist alles zu Ende!«

Glenarvan fand zum ersten Male kein tröstendes Wort. Welche Hoffnung konnte er dem Knaben geben? Hatte er nicht mit peinlichster Genauigkeit die Anweisungen des Schriftstückes befolgt?

»Und doch«, sagte er, »dieser siebenunddreißigste Breitengrad ist nicht eine Ziffer ohne Sinn. Mag sie nun auf den Schiffbruch oder die Gefangenschaft Harry Grants sich beziehen, sie beruht nicht auf Vermutung, Auslegung, Ahnung! Wir haben sie mit eigenen Augen gelesen!«

»Das ist alles wahr, Eure Herrlichkeit«, antwortete Tom Austin, »und dennoch haben unsere Nachforschungen keinen Erfolg gehabt.«

»Das ist ärgerlich und trostlos zugleich!« rief Glenarvan aus.

»Ärgerlich, wenn Sie wollen«, antwortete MacNabbs ruhigen Tones, »aber nicht zum Verzweifeln. Gerade weil wir eine unbestreitbare Ziffer haben, muß man bis aufs äußerste alle seine Anweisungen befolgen.«

»Was wollen Sie damit sagen«, fragte Glenarvan, »und was bleibt Ihrer Meinung nach zu tun übrig?«

»Eine sehr einfache und sehr logische Sache, mein lieber Edward. Lassen wir das Kap östlich, wenn wir an Bord des Duncan sind, und folgen wir, wenn es nötig ist, diesem siebenunddreißigsten Breitengrad bis zu unserem Abfahrtspunkte.«

»Glauben Sie denn, MacNabbs, daß ich daran nicht schon gedacht hätte? Ja! Hundertmal! Aber welche Aussicht auf Erfolg haben wir? Das amerikanische Festland verlassen, heißt das nicht, sich von dem von Harry Grant selbst angegebenen Orte entfernen, von diesem so deutlich im Dokument benannten Patagonien?«

»Wollen Sie also Ihr Suchen in den Pampas fortsetzen«, erwiderte der Major, »wenn Sie die Gewißheit haben, daß die Britannia weder an den Küsten des Stillen noch des Atlantischen Ozeans gescheitert ist?«

Glenarvan schwieg.

»Und so schwach die Hoffnung sein mag, Harry Grant wiederzufinden, indem wir auf den von ihm angegebenen Grad zurückgehen, sollten wir es nicht dennoch versuchen?«

»Ich sage nicht nein«, erwiderte Glenarvan.

»Und ihr, meine Freunde«, fügte der Major, sich an die Seeleute wendend, hinzu, »seid ihr nicht meiner Ansicht?«

»Ganz und gar«, antwortete Tom Austin, dem Mulrady und Wilson durch ein Zeichen mit dem Kopfe beistimmten.

»Hört mich an, meine Freunde«, fuhr Glenarvan nach einigem Nachdenken fort, »und merke wohl, Robert, daß dies eine ernste Frage ist. Ich werde alles in der Welt tun, um den Kapitän Grant wiederzufinden, dazu habe ich mich verpflichtet, und ich werde mein ganzes Leben dem widmen, wenn es nötig sein sollte. Ganz Schottland würde sich mit mir vereinen, um diesen Braven zu retten, der sich für dasselbe geopfert hat. Ich denke ebenfalls, so schwach diese Aussicht auch ist, daß wir doch auf dem siebenunddreißigsten Grad die Welt umschiffen sollen, und ich werde es tun. Doch bleibt noch eine viel wichtigere Frage zu lösen, und die ist: sollen wir entschieden und von diesem Augenblick an unsere Nachforschungen auf dem amerikanischen Festlande aufgeben?«

Die so entschieden vorgelegte Frage blieb ohne Antwort. Niemand wagte sich auszusprechen.

»Nun?« begann Glenarvan wieder, indem er sich direkt an den Major wandte.

»Mein lieber Edward«, versetzte MacNabbs, »es heißt eine große Verantwortlichkeit auf sich nehmen, Ihnen hierauf augenblicklich zu antworten. Das erfordert Nachdenken. Vor allem wünsche ich zu wissen, welche Gegenden sind es, die der siebenunddreißigste Grad südlicher Breite durchschneidet.«

»Dies ist die Sache Paganels«, erwiderte Glenarvan.

»Befragen wir ihn also«, sagte der Major.

Man sah nichts mehr von dem im dichten Laubwerk des Ombu verborgenen Gelehrten, man mußte ihn deshalb anrufen.

»Paganel! Paganel!« rief Glenarvan.

»Hier!« antwortete eine Stimme, die vom Himmel kam.

»Wo sind Sie?«

»Auf meiner Warte.«

»Was machen Sie dort?«

»Ich betrachte den unendlichen Horizont.«

»Können Sie einen Augenblick herabkommen?«

»Bedürfen Sie meiner?«

»Ja.«

»Zu welchem Zweck?«

»Um zu wissen, welche Länder der siebenunddreißigste

Grad durchschneidet.«

»Nichts leichter«, antwortete Paganel; »es ist nicht nötig, daß ich mich stören lasse, um es Ihnen zu sagen.«

»Nun denn, sagen Sie es.«

»Also, indem der siebenunddreißigste Grad Amerika verläßt, durchschneidet er den Atlantischen Ozean.«

»Gut.«

»Zieht über die Inseln Tristan d'Acunha.«

»Wohl.«

»Läuft zwei Grad unterhalb des Kaps der Guten Hoffnung vorbei.«

»Nachher?«

»Durchläuft er den Indischen Ozean.«

»Danach?«

»Streift er die Insel Sankt Pierre von der Gruppe der Inseln Amsterdam.«

»Immer weiter!«

»Er durchschneidet Australien in der Provinz Viktoria.«

»Fahren Sie fort.«

»Indem er Australien verläßt . . .«

Dieser letzte Satz wurde nicht vollendet. Blieb der Geograph stecken? Wußte der Gelehrte nicht weiter? Nein, aber ein lauter Schrei, ein lauter Hilferuf ließ sich aus der Höhe des Ombu vernehmen. Glenarvan und seine Freunde erblaßten und schauten sich an. War ein neues Unglück hereingebrochen? Hatte der unglückliche Paganel sich herabfallen lassen?

Schon flogen Wilson und Mulrady zu seiner Hilfe, als ein langer Körper erschien. Paganel purzelte von Zweig zu Zweig herunter. Seine Hände konnten sich an nichts anklammern. War er lebend oder tot? Man wußte es nicht, und er wäre in das brausende Wasser gefallen, wenn ihn der Major nicht mit kräftigem Arm in seinem Sturz aufgehalten hätte.

»Sehr verbunden, MacNabbs«, rief Paganel.

»Was fehlt Ihnen denn?« fragte der Major. »Was ist Ihnen passiert? Wieder eine Ihrer ewigen Zerstreutheiten?«

»Ja, ja«, antwortete Paganel mit beklommener, von Gemütsbewegung erstickter Stimme. »Ja! Eine Zerstreutheit . . .

und diesmal eine sehr bedeutende!«

»Welche?«

»Wir haben uns geirrt! Wir irren uns noch! Wir irren uns immerwährend!«

»Erklären Sie sich doch!«

»Glenarvan, Major, Robert, meine Freunde«, rief Paganel, »alle, die ihr mich hört, wir suchen den Kapitän Grant da, wo er nicht ist!«

»Was sagen Sie?« rief Glenarvan aus.

»Nicht allein, wo er nicht ist«, fügte Paganel hinzu, »sondern auch, wo er niemals gewesen!«

Vierundzwanzigstes Kapitel

Ein Vogelleben (Fortsetzung)

Mit tiefem Erstaunen wurden diese so unerwarteten Worte aufgenommen. Was wollte der Geograph sagen? Hatte er den Verstand verloren? Er sprach indes mit solcher Überzeugung, daß alle Blicke sich auf Glenarvan richteten. Diese Behauptung Paganels war eine direkte Antwort auf die Frage, welche jener soeben vorgelegt hatte. Doch beschränkte sich Glenarvan vorerst darauf, ein Zeichen der Nichtzustimmung zu geben, welches nicht zugunsten des Gelehrten sprach.

Jedoch nahm dieser, als er wieder Herr seiner Bewegung geworden, aufs neue das Wort.

»Ja«, sagte er mit überzeugendem Tone, »ja, wir haben uns bei unseren Nachforschungen geirrt, und wir haben in dem Dokument etwas gelesen, was nicht darin steht!«

»Erklären Sie sich, Paganel« sagte der Major, »und mit mehr Ruhe.«

»Das ist sehr einfach, Major. Wie Sie war ich im Irrtum, wie Sie hatte ich eine falsche Anschauung, als mir vor einem Augenblicke oben auf diesem Baum bei Beantwortung Ihrer Fragen über dem Wort ›Australien‹ ein Gedanke wie ein Blitz durch den Kopf fuhr und ein Licht entzündete.«

»Was!« rief Glenarvan, »Sie behaupten, daß Harry Grant . . .?«

»Ich behaupte«, antwortete Paganel, »daß das Wort austral, welches im Dokument vorkommt, kein vollständiges Wort ist, wie wir bisher glaubten, sondern der Stamm des Wortes Australien.«

»Das wäre doch sonderbar!« erwiderte der Major.

»Sonderbar!« versetzte Glenarvan mit Achselzucken, »es ist einfach unmöglich.«

»Unmöglich!« erwiderte Paganel. »Das ist ein Wort, welches in der französichen Sprache nicht vorhanden ist.«

»Wie!« fügte Glenarvan mit zweifelndem Tone tiefsten Unglaubens hinzu, »Sie wagen mit dem Dokument zur Hand zu behaupten, daß der Schiffbruch der Britannia an den Küsten Australiens stattgefunden habe?«

»Ich bin davon überzeugt!« antwortete Paganel.

»Wahrhaftig, Paganel«, sagte Glenarvan, »diese Behauptung aus dem Munde eines Sekretärs der Geographischen Gesellschaft setzt mich sehr in Erstaunen.«

»Aus welchem Grunde?« fragte Paganel, an empfindlicher Stelle berührt.

»Weil, wenn Sie das Wort Australien annehmen, Sie zugleich annehmen, daß sich dort Indianer befinden, was man bis jetzt noch nicht gehört hat.«

Paganel war über diesen Beweisgrund keineswegs überrascht. Er erwartete ihn ohne Zweifel und lächelte dazu.

»Mein lieber Glenarvan«, sagte er, »triumphieren Sie nicht zu früh; ich werde Sie völlig schlagen.«

»Es ist mir das ganz recht, schlagen Sie nur immerhin, Paganel.«

»Hören Sie also. Es steht in dem Schriftstücke ebensowenig das Wort Indianer, als das Wort Patagonien. Das unvollständige Wort ›indi‹ bedeutet nicht Indianer, sondern indigénes, d. i. Eingeborene! Nun, und daß es Eingeborene in Australien gibt, geben Sie wohl zu?«

Offen gesagt, Glenarvan sah in diesem Augenblick Paganel starr an.

»Bravo, Paganel!« rief der Major.

»Lassen Sie meine Auslegung gelten, mein lieber Lord?«

»Ja«, antwortete Glenarvan, »wenn Sie mir beweisen, daß das Wortstück gonie nicht auf das Land Patagonien zu beziehen ist.«

»Nein! Sicherlich«, rief Paganel, »handelt es sich nicht um Patagonien! Lesen Sie alles heraus, nur das nicht.«

»Aber was?«

»Cosmogonie, théogonie, agonie!«

»Agonie!« sagte der Major.

»Das ist mir gleichgültig«, erwiderte Paganel, »dies Wort ist von keiner Wichtigkeit, ich will sogar nicht darnach suchen, was es bedeuten mag. Die Hauptsache ist die, daß austral Australien bezeichnet, und dann mußte man blindlings einer falschen Fährte folgen, um nicht von Anfang an eine so deutliche Erklärung zu finden. Wenn ich das Schriftstück gefunden hätte, wenn mein Urteil durch eure Auslegung nicht irregeleitet worden wäre, hätte ich es niemals anders verstanden!«

Diesmal folgten Hurras, Glückwünsche und Begrüßung auf die Worte Paganels. Austin, die Matrosen, der Major, vor allen Robert, der glücklich war, die Hoffnung wieder aufleben zu sehen, gaben dem würdigen Gelehrten ihren Beifall zu erkennen. Glenarvan, dem die Augen nach und nach aufgingen, war, wie er sagte, nahe daran, sich zu ergeben.

»Eine letzte Bemerkung noch, mein lieber Paganel, und mir bleibt nur noch übrig, mich vor Ihrem Scharfsinn zu neigen.«

»Sprechen Sie, Glenarvan.«

»Wie stellen Sie die neu ausgelegten Worte unter sich zusammen, und auf welche Weise lesen Sie das Dokument?«

»Nichts ist leichter. Hier ist es«, sagte Paganel, indem er das wertvolle Papier, welches er seit einigen Tagen so gewissenhaft studierte, vorzeigte.

Eine tiefe Stille verbreitete sich, während der Geograph, seine Gedanken sammelnd, sich Zeit zur Antwort nahm. Sein Finger folgte auf der Schrift den unterbrochenen Linien, während er mit sicherer Stimme und gewisse Wörter betonend Folgendes las:

»Den 7. Juni 1862 ist der Dreimaster Britannia von Glasgow nach ...« setzen wir, wenn Sie wollen, ›zwei oder drei Tagen‹, oder ›langer Agonie‹, darauf kommt nichts an, ›vom Sturm an die Küsten Australiens getrieben worden. Dem Lande zusteuernd, wollten zwei Matrosen und der Kapitän anzulegen versuchen‹, oder ›haben am Festlande angelegt, wo sie Gefangene grausamer Eingeborener sind‹ oder ›sein werden‹. Sie haben das Dokument in die See geworfen usw., usw. Ist das klar?«

»Es ist klar«, antwortete Glenarvan, »wenn der Name ›Festland‹ auf Australien, das nur eine Insel ist, angewendet werden kann.«

»Beruhigen Sie sich, mein lieber Glenarvan, die besten Geographen sind darin einig, diese Insel das australische Festland zu nennen.«

»Dann, meine Freunde«, rief Glenarvan, »habe ich nur noch eins zu sagen: Nach Australien! Und der Himmel möge uns beistehen!«

»Nach Australien!« wiederholten seine Begleiter einstimmig.

»Wissen Sie wohl, Paganel«, fügte Glenarvan hinzu, »daß Ihre Anwesenheit an Bord des Duncan eine Fügung der Vorsehung ist?«

»Wohl«, antwortete Paganel. »Nehmen wir an, ich sei ein Abgesandter der Vorsehung, und sprechen wir nicht mehr davon!«

So endete diese Unterredung, welche für die Zukunft so bedeutende Folgen hatte. Sie änderte gänzlich die moralische Lage der Reisenden. Sie ergriffen aufs neue den Faden des Labyrinthes, in welchem sie sich auf immer verirrt zu haben glaubten. Eine neue Hoffnung erstand aus den Ruinen ihrer gescheiterten Pläne. Sie konnten ohne Furcht das amerikanische Festland verlassen, und all ihre Gedanken flogen schon der australischen Erde zu. Indem sie den Duncan wieder zu besteigen vorhatten, brachten sie nicht die Verzweiflung mit, und Lady Helena sowie Mary Grant sollten nicht den unwiderruflichen Verlust des Kapitän Grant zu beweinen haben. So vergaßen sie denn die Gefahr ihrer Lage, um sich der Freude zu überlassen, und sie bedauerten nur das eine, daß sie nicht ohne Aufschub abreisen konnten.

Es war jetzt vier Uhr nachmittags. Man beschloß, um sechs zu Abend zu speisen. Paganel wollte diesen glücklichen Tag durch ein glänzendes Festessen feiern. Da nun der Speisezettel ein sehr beschränkter war, schlug er Robert vor, »im nächsten Walde« auf die Jagd zu gehen. Robert klatschte bei diesem guten Gedanken in die Hände. Man nahm Thalcaves Pulverbüchse, reinigte die Revolver und lud sie mit kleinem Blei; darnach brach man auf.

»Entfernen Sie sich nicht zu weit«, sagte der Major ernsthaft zu den beiden Jägern.

Nach ihrer Entfernung untersuchten Glenarvan und Mac Nabbs die in den Baum geschnittenen Merkzeichen, während Wilson und Mulrady die Kohlen des Herdes aufs neue anfachten.

Glenarvan, der bis zur Oberfläche des Sees hinabgestiegen war, sah kein Zeichen von Abnahme. Indes schienen die Gewässer ihren Höhepunkt erreicht zu haben; doch bewies die Heftigkeit, mit welcher sie von Süden nach Norden strömten, daß das Gleichgewicht in den argentinischen Flüssen noch nicht wieder hergestellt sei. Ehe sie fiel, mußte diese flüssige Masse stillstehen, wie das Meer in dem Augenblick, wo die Flut aufhört und die Ebbe beginnt. Man konnte also auf ein Fallen der Gewässer nicht hoffen, solange sie mit dieser stürmischen Schnelligkeit nach Norden flossen.

Während der Major und Glenarvan ihre Bemerkungen machten, knallten Schüsse im Baum, von fast ebenso lautem Freudengeschrei begleitet. Die helle Stimme Roberts übertönte den Baß Paganels, man wußte nicht, welcher am meisten Kind war. Die Jagd fing gut an und ließ Wunderstücke für die Küche ahnen. Als Glenarvan und der Major an den Herd zurückgekehrt waren, mußten sie zuerst Wilson über eine gute Idee beglückwünschen. Dieser brave Seemann hatte vermittelst einer Nadel und eines Stück Bindfadens einen wundervollen Fischzug getan. Mehrere Dutzend kleiner Fische, zart wie Stinte, »Mojarras« genannt, zappelten in einer Falte seines Poncho und versprachen ein ausgezeichnetes

Gericht.

In diesem Augenblick stiegen die Jäger von dem Gipfel des Ombu herab. Paganel brachte vorsorglich Eier von der schwarzen Schwalbe und eine Schnur mit Sperlingen, die er später unter dem Namen Drosseln vorzeigte.

Robert hatte geschickt mehrere Hilgueros, kleine grüne und gelbe Vögel erlegt, die vortrefflich zum Essen und auf dem Markte zu Montevideo sehr gesucht sind. Paganel, der fünfzigerlei Arten kannte, die Eier zuzubereiten, mußte sich diesmal damit begnügen, sie in der heißen Asche hart werden zu lassen. Nichtsdestoweniger war die Mahlzeit ebenso abwechselnd wie delikat. Das trockene Fleisch, die harten Eier, die gerösteten Mojarras, die gebratenen Sperlinge und Hilgueros bildeten eines jener Festmahle, deren Erinnerung unverlöschlich bleibt.

Die Unterhaltung war sehr heiter. Man beglückwünschte Paganel in seiner doppelten Eigenschaft als Jäger und Koch. Der Gelehrte nahm diese Komplimente mit der dem wahren Verdienst eigenen Bescheidenheit auf. Dann überließ er sich wunderbaren Betrachtungen über den prachtvollen Ombu, der sie mit seinem Laubdach schütze, und dessen Tiefe, ihm zufolge, unendlich sein mußte.

»Robert und ich«, fügte er scherzend hinzu, »glaubten uns während der Jagd in einem wirklichen Walde. Ich glaubte einen Augenblick, wir würden uns verirren. Ich konnte meinen Weg nicht wiederfinden! Die Sonne neigte sich dem Horizonte zu, und ich suchte vergeblich die Spur meiner Schritte. Der Hunger meldete sich auf grausame Art, schon erschollen die finsteren Dickichte von dem Gebrüll wilder Tiere . . . Das heißt, nein! Es gibt ja hier keine wilden Tiere, und das bedaure ich!«

»Wie«, sagte Glenarvan, »Sie vermissen die wilden Tiere?«

»Ja, gewiß.«

»Indes, wenn man alles von ihrer Wildheit zu befürchten hat . . .«

»Die Wildheit existiert nicht, wissenschaftlich gesprochen«, antwortete der Gelehrte.

»Ah, sicherlich, Paganel«, sagte der Major, »werden Sie mich niemals dazu bringen, die Nützlichkeit wilder Tiere einzugestehen. Wozu dienen sie?«

»Major«, rief Paganel, »aber sie dienen doch dazu, Klassifikationen, Ordnungen, Familien, Arten, Abarten, untergeordnete Arten zu geben ...«

»Ein schöner Vorteil!« sagte MacNabbs. »Ich könnte ihn wohl entbehren! Wenn ich einer der Gefährten Noahs bei der Sündflut gewesen wäre, würde ich diesen würdigen Patriarchen sicherlich verhindert haben, Löwen-, Tiger-, Panter-, Bärenpaare und andere ebenso schädliche wie unnütze Tiere in die Arche zu tun!«

»Sie würden das getan haben?« fragte Paganel.

»Ich hätte es getan.«

»Nun wohl! So würden Sie unrecht in zoologischer Hinsicht gehabt haben!«

»Aber nicht in menschlicher Hinsicht«, versetzte der Major.

»Das ist empörend!« erwiderte Paganel, »und ich für meinen Teil würde gerade aufs genaueste die Megatherium, die Pterodactilen und all die vorsündflutlichen Wesen aufgenommen haben, deren wir unglücklicherweise beraubt sind ...«

»Ich sage Ihnen«, versetzte MacNabbs, »daß Noah sehr wohl daran getan hat, sie ihrem Schicksal zu überlassen, angenommen, sie hätten zu seiner Zeit gelebt.«

»Ich aber sage Ihnen, daß Noah unrecht gehandelt hat«, erwiderte Paganel, »und daß er bis ans Ende aller Jahrhunderte die Verwünschungen der Gelehrten verdient.«

Die Zuhörer Paganels und des Majors konnten sich des Lachens nicht enthalten, als sie sahen, wie die beiden Freunde sich auf Kosten des alten Noah stritten. Der Major war ganz im Gegensatz zu seinen Grundsätzen, die ihn im ganzen Leben noch mit niemand in Streit gebracht hatten, jetzt jeden Tag mit Paganel im Kampfe. Es ist anzunehmen, daß der Gelehrte ihn besonders dazu reizte.

Glenarvan, seiner Gewohnheit zufolge, vermittelte in der Debatte und sagte:

»Ob es nun, vom wissenschaftlichen oder menschlichen Standpunkt aus, zu bedauern ist oder nicht, wilder Tiere beraubt zu sein, so müssen wir uns doch für heut in ihre Abwesenheit ergeben. Paganel konnte nicht hoffen, ihnen in diesem luftigen Walde zu begegnen.«

»Und warum nicht?« fragte der Gelehrte.

»Wilde Tiere auf einem Baume?« sagte Tom Austin.

»Jawohl, ohne Zweifel! Der amerikanische Tiger, der Jaguar, flüchtet sich, wenn er von den Jägern zu heftig verfolgt wird, auf die Bäume. Eins dieser Tiere hätte, von der Überschwemmung überrascht, vollkommen ein Obdach zwischen den Zweigen des Ombu suchen können.«

»Nun, ich vermute, Sie haben keines angetroffen«, sagte der Major.

»Nein«, antwortete Paganel, »obgleich wir das ganze Gehölz abgesucht haben. Das ist ärgerlich, denn dies wäre eine herrliche Jagd gewesen. Ein wilder Fleischfresser, der Jaguar! Mit einem einzigen Schlag seiner Tatze bricht er einem Pferde den Hals. Hat er einmal vom Menschenfleisch gekostet, bekommt er mehr gierige Lust dazu. Am liebsten verzehrt er den Indianer, dann kommt der Neger, der Mulatte und zuletzt der Weiße.«

»Ich bin sehr froh, daß ich erst in vierter Linie komme!« antwortete MacNabbs.

»Gut! Das beweist ganz einfach, daß Sie geschmacklos sind!« versetzte Paganel mit verächtlicher Miene.

»Sehr froh, daß ich geschmacklos bin!« versetzte der Major.

»Ei, das ist demütigend!« antwortete der störrische Paganel. »Der Weiße stellt sich als der erste Mensch auf, doch es scheint dies nicht die Ansicht der Herren Jaguare zu sein.«

»Wie dem auch sein mag, mein guter Paganel«, sagte Glenarvan, »da es unter uns weder Indianer, noch Neger oder Mulatten gibt, freue ich mich der Abwesenheit Ihrer lieben Jaguare. Unsere Lage ist nicht in dem Maße angenehm . . .«

»Wie, angenehm!« rief Paganel, sich an dies Wort haltend, welches der Unterhaltung eine andere Wendung geben konnte, »Sie beklagen Ihr Los, Glenarvan?«

»Ohne Zweifel«, antwortete dieser. »Ist es Ihnen in diesem unbequemen und harten Gezweige behaglich?«

»Ich habe mich niemals, selbst in meinem Zimmer, besser befunden. Wir führen das Leben der Vögel, wir singen, wir flattern! Ich fange an zu glauben, daß die Menschen bestimmt sind, auf den Bäumen zu leben.«

»Es fehlen ihnen nur die Flügel«, sagte der Major.

»Sie werden sich eines Tages welche machen.«

»Unterdes«, antwortete Glenarvan, »erlauben Sie mir, lieber Freund, dieser lustigen Wohnung den Sand eines Parkes, den Fußboden eines Hauses oder das Verdeck eines Schiffes vorzuziehen.«

»Glenarvan«, sagte Paganel, »man muß die Dinge nehmen, wie sie sind. Sind sie gut, desto besser, sind sie schlecht, beachtet man sie nicht. Ich sehe, Sie vermissen den Komfort von Malcolm-Castle?«

»Nein, doch . . .«

»Ich bin überzeugt, daß Robert vollkommen glücklich ist«, sagte Paganel hastig, um sich wenigstens einen Anhänger seiner Therorie zu sichern.

»Jawohl, Herr Paganel!« rief Robert mit lustigem Tone aus.

»So ist man in der Jugend«, erwiderte Glenarvan.

»Und auch in meinem Alter!« entgegnete der Gelehrte. »Je weniger Annehmlichkeiten man hat, je weniger Bedürfnisse.«

»Jetzt«, sagte der Major, »wird Paganel einen Ausfall gegen den Reichtum und das vergoldete Getäfel machen.«

»Nein, MacNabbs«, antwortete der Gelehrte, »aber wenn Sie wollen, werde ich Ihnen bei dieser Gelegenheit eine kleine Geschichte erzählen, die mir gerade einfällt.«

»Ja, ja, Herr Paganel«, sagte Robert.

»Und was soll Ihre Geschichte beweisen?« fragte der Major.

»Was alle Geschichten beweisen, mein lieber Kamerad.«

»Also nicht viel«, erwiderte MacNabbs. »Nun, fangen Sie immerhin an, und erzählen Sie eine der Geschichten, die Sie so gut zu erzählen verstehen.«

»Es war einmal«, begann Paganel, »ein Sohn des großen Harun al Raschid, der war nicht glücklich. Er ging und fragte einen alten Derwisch um Rat. Der weise Greis antwortete ihm, daß Glück sei in dieser Welt schwer zu finden. ›Indes‹, fügte er hinzu, ›kenne ich ein unfehlbares Mittel, dir das Glück zu verschaffen‹. ›Welches ist dies?‹ fragte der junge Prinz. ›Du mußt‹, antwortete der Derwisch, ›das Hemd eines glücklichen Menschen anziehen!‹ Darauf umarmte der Prinz den Greis, und ging aus, den Talisman zu suchen. Er besuchte alle Hauptstädte der Erde! Er zog die Hemden von Kaisern, Königen, Prinzen und Edelleuten an! Alles vergeblich. Er wurde nicht glücklicher. Nun legte er die Hemden von Künstlern, Kriegern, Kaufleuten an. Dasselbe! So wanderte er viel herum, ohne das Glück zu finden. Endlich kehrte er, verzweifelt, so viel Hemden vergeblich probiert zu haben, eines schönen Tages in den Palast seines Vaters zurück, als er auf dem Felde einen braven Landmann sah, der fröhlich singend seinen Karren schob. ›Da ist doch einmal ein Mensch, der glücklich ist, oder es gibt auf Erden kein Glück.‹ Er trat zu ihm und sprach: ›Guter Mensch, bist du glücklich?‹ ›Ja‹, antwortete er. ›Hast du weiter keinen Wunsch?‹ ›Nein.‹ ›Du würdest dein Los nicht mit dem eines Königs tauschen?‹ ›Niemals!‹ ›Verkauf‹ mir doch dein Hemd!‹ ›Mein Hemd? Ich hab' keins!‹«

Fünfundzwanzigstes Kapitel

Zwischen Feuer und Wasser

Jacques Paganels Erzählung machte sehr tiefen Eindruck. Man überhäufte ihn mit Beifall, doch blieb jeder bei seiner eigenen Ansicht, und der Gelehrte erreichte nur das gewöhnliche Resultat jedes derartigen Gesprächs, nämlich das, niemanden zu überzeugen. Doch gestand man zu, daß man beim bösen Spiele gute Miene machen müsse und sich mit einem

Baum begnügen, wenn man weder Palast noch Hütte habe.

Unter solchen Gesprächen war der Abend herangekommen. Nur ein guter Schlaf konnte diesen aufregenden Tag würdig schließen. Die Gäste des Ombu fühlten sich nicht allein durch die Überschwemmung ermüdet, sondern besonders durch die Hitze des Tages, welche ganz außerordentlich gewesen war, gedrückt. Ihre beflügelten Gefährten gaben ihnen schon ein Beispiel der Ruhe; die Hilgueros, jene Nachtigallen der Pampas, stellten ihren melodischen Gesang ein, und alle Vögel des Baumes waren in dem dunklen Blätterdikkicht verschwunden. Es schien am geratensten, es ihnen nachzutun.

Bevor sie sich aber, wie Paganel sagte, »zu Neste begaben«, erkletterte er mit Glenarvan, Robert die Warte, um noch einmal die wogende Ebene zu überschauen. Es war gegen neun Uhr. Die Sonne war eben in den leuchtenden Dünsten des westlichen Horizontes verschwunden. Diese ganze Hälfte des Himmelsgewölbes war bis zum Zenit wie eingetaucht in warme Dünste. Die so glänzenden Sternbilder der südlichen Halbkugel schienen wie von einem feinen Schleier überdeckt und leuchteten nur unsicher. Dennoch unterschied man dieselben deutlich genug, um sie zu erkennen, und Paganel belehrte seinen Freund Robert, auch zum Vorteil seines Freundes Glenarvan, über jene Polar-Zone, deren Sterne so besonders glänzend sind. Unter anderem zeigte er ihm das südliche Kreuz, eine Gruppe von vier Sternen erster und zweiter Größe, die ungefähr in Polhöhe die Form eines länglichen Vierecks bilden; ferner den Zentaur, worin der Fixstern leuchtet, welcher der Erde am nächsten steht, nur viertausend Milliarden Meilen von uns entfernt ist, die Magellanwolken, zwei große Nebelflecke, deren größerer einen Raum bedeckt, welcher zweihundertmal die scheinbare Größe des Mondes einnimmt; endlich das »Schwarze Loch«, wo jede Sternsubstanz vollständig zu fehlen scheint. Zu seinem großen Leidwesen war der Orion, der beiden Hemisphären leuchtet, nicht sichtbar; doch teilte Paganel seinen beiden Zuhörern eine besondere Merkwürdigkeit der Patagonischen Kosmographie mit. Nach der Anschauung dieser poetischen Indianer stellt Orion einen ungeheuren Lasso und drei Bolas dar, geschleudert von der Hand eines Jägers, der die Prärien des Himmels durchstreift. Alle diese Sternbilder, welche sich in der Wasserfläche widerspiegelten, riefen die lebhafteste Bewunderung hervor, da sie einen zweiten Himmel ringsherum zu bilden schienen.

Während der gelehrte Paganel so sprach, nahm der ganze östliche Horizont ein gewitterdrohendes Aussehen an. Ein dichter und dunkler, scharf abgeschnittener Wolkenstreifen stieg langsam empor und verlöschte die Sterne. Diese düstere Wolke nahm bald die halbe Himmelswölbung ein, die sie ganz auszufüllen schien. Ihre bewegende Kraft mußte ihr selbst innewohnen, denn es war kein Windhauch zu spüren; die Luftschichten bewahrten ihre vollkommene Ruhe. Kein Blatt bewegte sich am Baume, nicht die kleinste Welle kräuselte sich auf dem Wasser. Die Luft selbst schien zu fehlen, so, als ob eine ungeheure Luftpumpe sie verdünnt hätte. Dagegen war die Atmosphäre von hochgespannter Elektrizität gesättigt, welche jedes lebende Wesen in den Nerven verspürte.

Glenarvan, Paganel und Robert waren von diesen elektrischen Wogen fühlbar beeinflußt.

»Wir werden ein Gewitter bekommen«, sagte Paganel.

»Du hast keine Furcht vor dem Donner?« fragte Paganel den kleinen Knaben.

»O, Mylord!« erwiderte Robert.

»Nun, desto besser, denn das Wetter ist nicht fern.«

»Und es wird stark werden«, bemerkte Paganel, »wenn ich nach dem Zustand des Himmels urteile.«

»Das Gewitter an sich beunruhigt mich nicht«, fuhr Glenarvan fort, »wohl aber die Platzregen, die es begleiten. Wir werden bis auf das Mark durchnäßt werden. Was Sie auch sagen, Paganel, ein Nest reicht doch nicht für einen Menschen aus, und Sie werden es zu Ihrem Schaden bald selbst einsehen.«

»Oho, mit der nötigen Philosophie reicht es!« erwiderte der Gelehrte.

»Mit Philosophie! Die schützt aber auch nicht vor dem

Naßwerden.«

»Nein, aber sie erwärmt doch.«

»Nun«, sagte Glenarvan, »wir wollen uns wieder unsern Freunden anschließen und sie veranlassen, daß sie sich so dicht wie möglich in ihre Philosophie und ihre Ponchos einwickeln, auch einen guten Vorrat an Geduld sammeln, denn diese wird uns not tun!«

Glenarvan warf einen letzten Blick auf den drohenden Himmel. Die Wolken bedeckten ihn nun völlig. Kaum durchbrach ein unbestimmter Streifen im Westen das Dämmerlicht. Das Wasser nahm eine düstere Färbung an und gleich einer großen unten befindlichen Wolke, die mit den schweren Dünsten zu verschmelzen drohte. Selbst der Schatten war nicht sichtbar. Keine Empfindung von Licht oder Geräusch drang zu dem Auge oder dem Ohre. Das Schweigen wurde ebenso tief wie die Finsternis.

»Steigen wir hinab«, sagte Glenarvan, »die Blitze werden bald aufleuchten!«

Sie glitten miteinander auf den glatten Zweigen herab und waren nicht wenig erstaunt, in eine Art Halblicht zu gelangen. Das wenige Licht rührte von Myriaden leuchtender Punkte her, die summend über dem Wasser hin- und herflogen.

»Eine Erscheinung von Phosphoreszenz?« sagte Glenarvan.

»Nein«, erwiderte Paganel, »aber phosphoreszierende Insekten, wirkliche Leuchtkäferchen, lebende und sehr billige Diamanten, mittels deren sich die Damen von Buenos Aires prächtige Schmucke herstellen.«

»Was?« rief Robert, »das sind Insekten, die so wie Funken umherfliegen?«

»Ja, mein Sohn.«

Robert fing eines der herrlichen Tierchen. Paganel hatte sich nicht getäuscht. Es war eine Art großer Drohnen von einem Zoll Länge, denen die Indianer den Namen »Tuco-Tuco« gegeben haben. Dieser merkwürdige Hornflügler strahlte von zwei Stellen seines Brustschildes aus, und sein Licht genügte wohl, um im Dunkeln lesen zu können. Als

Paganel das Insekt seiner Uhr näherte, konnte er erkennen, daß es um zehn Uhr war.

Nachdem Glenarvan zu dem Major und den drei Seeleuten gekommen war, erteilte er ihnen Anweisungen für die Nacht. Es war ein heftiges Gewitter zu erwarten. Nach den ersten Donnerschlägen würde sich voraussichtlich der Sturm entfesseln und den Ombu tüchtig schütteln. Ein jeder wurde also aufmerksam gemacht, sich in dem ihm zugefallenen Neste von Zweigen gut zu befestigen. Wenn man auch den Wassern des Himmels nicht entgehen konnte, so wollte man doch denen auf der Erde ausweichen und nicht in die Strömung stürzen, die sich etwa am Fuße des Baumes brach.

Ohne sehr darauf zu rechnen, wünschte man sich gute Nacht. Dann schlüpfte jeder in sein luftiges Lager, hüllte sich in seinen Poncho und erwartete den Schlaf.

Aber das Herannahen mächtiger Naturerscheinungen senkt eine gewisse Unruhe in das Herz jedes fühlenden Wesens, deren sich auch die Stärksten nicht erwehren können. Die Insassen des Ombu, die beunruhigt und gedrückt waren, vermochten die Lider nicht zu schließen, und das erste Donnern fand sie alle wach. Es machte sich kurz vor elf Uhr als ein entferntes Rollen bemerkbar. Glenarvan kroch bis zur Spitze des waagerechten Astes und wagte seinen Kopf aus dem Blätterwerk heraus.

Der dunkle Hintergrund wurde schon von lebhaften und helleuchtenden Einschnitten zerrissen, welche die Wasser des Sees treu wiederspiegelten. An mancher Stelle zerriß die Wolkenschicht, aber ohne kreischendes Geräusch, wie ein weiches Wollgewebe. Nachdem Glenarvan den Zenit und den Horizont, die in gleicher Finsternis lagen, beobachtet hatte, kam er wieder nach dem Gipfel des Stammes zurück.

»Was sagen Sie dazu, Glenarvan?« fragte Paganel.

»Ich meine, daß das gut anfängt, und wenn das so fortgeht, wird es ein furchtbares Wetter abgeben.«

»Desto besser«, erwiderte der enthusiastische Paganel, »ich liebe ein schönes Schauspiel sehr, da ich ihm doch nicht entfliehen kann.«

»Das ist auch eine von Ihren schönen Theorien, die noch

einmal in Stücke gehen wird«, sagte der Major.

»Eine meiner besten, MacNabbs. Ich bin Glenarvans Ansicht. Das Gewitter wird herrlich sein. Gerade als ich einzuschlafen versuchte, kam mir einiges in den Sinn, welches mich das hoffen läßt, denn wir befinden uns hier in der Gegend der starken elektrischen Stürme. Ich erinnere mich irgendwo gelesen zu haben, daß es, gerade in der Provinz Buenos Aires, im Jahre 1793 bei einem einzigen Gewitter siebenunddreißigmal eingeschlagen hat. Mein Kollege, Martin de Moussy, hat bis fünfundfünfzig Minuten unaufhörlichen Donnerrollens gezählt.«

»Mit der Uhr in der Hand?« fragte der Major.

»Mit der Uhr in der Hand. Ein einziger Umstand«, setzte Paganel hinzu, »würde mich beunruhigen, wenn das imstande wäre, die Gefahr vermeiden zu lassen, es ist der, daß der einzige hervorragende Punkt der ganzen Ebene gerade nur der Ombu ist, worauf wir uns befinden. Ein Blitzableiter würde hier von großem Nutzen sein, denn unter allen Bäumen der Pampas zieht gerade dieser den Blitz besonders an, und es ist Ihnen nicht unbekannt, meine Freunde, daß die Gelehrten vorzüglich widerraten, bei einem Gewitter unter Bäumen Schutz zu suchen.«

»Schön«, sagte der Major, »das ist wirklich eine Empfehlung, die zur rechten Zeit gegeben ist.«

»Man muß gestehen, Paganel«, bemerkte Glenarvan, »daß Sie den geeigneten Augenblick recht wohl auswählen, um uns diese beruhigenden Mitteilungen zu machen.«

»Bah«, erwiderte Paganel, »etwas zu lernen, ist jeder Augenblick recht. Aha! Es geht los!«

Heftigere Donnerschläge unterbrachen das unbehagliche Gespräch. Ihre Stärke nahm zu, auch nahmen sie einen höheren Ton an. Sie näherten sich und gingen von den tiefen zu mittleren Tönen über, um der Musiksprache einen ganz passenden Vergleich zu entlehnen. Bald wurden sie knarrend und ließen die atmosphärischen Saiten in raschen Schwingungen erzittern. Der ganze Himmel stand in Flammen, und bei diesem Aufruhr konnte man nicht unterscheiden, welchem elektrischen Funken das unablässig verlängerte Rollen angehörte, das von Echo zu Echo bis in die Tiefen des Himmels widerhallte.

Die unaufhörlichen Blitze nahmen verschiedene Formen an. Einige, welche senkrecht nach dem Boden schlugen, wiederholten sich fünf- oder sechsmal an derselben Stelle. Andere hätten die Wißbegier des Naturforschers aufs höchste gereizt; denn wenn Arago in seiner merkwürdigen Statistik nur zwei Beispiele gegabelter Blitze aufführt, so bildeten sich diese hier zu Hunderten. Manche, die wohl in zahllose Arme geteilt waren, traten in korallenartiger Zickzackform auf und erzeugten an dem schwarzen Himmel das erstaunliche Bild sich verzweigenden Lichtes.

Bald war eine ganze Sehne des Himmels von Osten bis zum Norden durch einen phosphoreszierenden Streifen des blendenden Lichtes erhellt. Dieses Feuer nahm nach und nach den ganzen Horizont ein, entzündete gleichsam die Wolken, wie einen Haufen brennbarer Stoffe, und bildete, zurückgestrahlt von dem spiegelnden Wasser, bald eine ungeheure Feuerkugel, deren Mittelpunkt der Ombu einnahm.

Schweigend sahen Glenarvan und seine Genossen diesem entsetzlichen Schauspiele zu. Sie hätten sich auch gegenseitig nicht hören können. Große Massen weißen Lichtes strömten zu ihnen nieder, und bei diesem plötzlichen Aufleuchten erschienen und verschwanden bald die ruhige Figur des Majors, bald das neugierige Gesicht Paganels oder die energischen Züge Glenarvans, bald das erschreckte Haupt Roberts oder die sorglose Physiognomie der Matrosen, die plötzlich von gespenstischem Leben erregt schien.

Indes fiel noch kein Regen, und auch der Wind ruhte noch. Bald aber öffneten sich die Schleusen des Himmels und lotrechte Streifen bildeten sich, wie die Fäden eines Webers, auf dem Grunde des Himmels. Große Wassertropfen, die auf dem See aufschlugen, strahlten in Tausenden durch die flammenden Blitze erleuchteten Funken zurück.

Verkündete dieser Regen das Ende des Unwetters? Sollten Glenarvan und seine Genossen mit einigen ausgiebig gespendeten Sturzbädern davonkommen? Nein. Als dieser Kampf des Feuers der Lüfte am ärgsten wütete, zeigte sich an der

Spitze des einen Hauptastes, der sich waagerecht ausstreckte, plötzlich eine faustgroße Feuerkugel, die von schwarzem Rauche umgeben war. Diese Kugel zersprang endlich, nachdem sie sich einige Sekunden um sich selbst gedreht hatte, wie eine Bombe und mit einem Schlage, der selbst in dem allgemeinen Getöse hörbar war. Ein schwefliger Dunst erfüllte die Atmosphäre. Einen Augenblick hörte der Lärm auf und es ward Tom Austins Stimme vernehmlich, als er rief:

»Der Baum steht in Flammen!«

Tom Austin täuschte sich nicht. In einem Augenblicke verbreitete sich die Flamme, wie an einem ungeheuren Feuerwerkskörper, über die Westseite des Ombu. Das tote Holz, die Nester von trockenen Gräsern und endlich der ganze Splint von schwammiger Natur lieferten der gefräßigen Tätigkeit geeignete Nahrung.

Dann erhob sich auch der Wind und blies in diese Feuersbrunst. Man mußte fliehen. Glenarvan mit den Seinen flüchtete sich nach der von der Flamme verschonten Ostseite des Ombu; stumm, verstört, erschreckt, kletterten, rutschten, wagten sie sich auf Zweige hinaus, die sich unter ihrem Gewichte niederbogen. Unterdes schrumpften die Zweige zusammen, krachten und wanden sich, wie lebendig verbrannte Schlangen; ihre glimmenden Reste fielen in das ausgetretene Wasser und schwammen mit der Strömung dahin, über welche sie fahle Lichter warfen. Die Flammen loderten zu gewaltiger Höhe auf und verloren sich in dem Aufruhr der Atmosphäre; bald aber umhüllten sie, von dem Orkane zurückgeworfen, den ganzen Ombu. Glenarvan, Robert, der Major, Paganel und die Matrosen, alle entsetzten sich; ein dicker Rauch erstickte, eine unerträgliche Hitze brannte sie; die Feuersbrunst ergriff auch auf ihrer Seite das untere Gerüst des Baumes; nichts vermochte sie aufzuhalten oder zu löschen, und sie sahen sich unwiderruflich zu der Todesart jener Opfer verurteilt, welche in den flammenden Leib einer Hindugottheit eingeschlossen werden.

Endlich war ihre Lage nicht mehr zu ertragen, und es galt von zwei Todesarten die minder schreckliche zu wählen.

»Ins Wasser!« rief Glenarvan.

Wilson, an dem schon die Flammen leckten, hatte sich eben in den See gestürzt, als man ihn mit dem Ausdrucke des heftigen Schreckens rufen hörte:

»Zu Hilfe! Zu Hilfe!«

Austin stürzte auf ihn zu und half ihm, wieder den Stamm zu ersteigen.

»Was gibt es denn?«

»Die Kaimans! Die Kaimans!« schrie Wilson auf.

Wirklich sah man den Fuß des Baumes von diesen schrecklichen Tieren aus der Ordnung der Saurier umgeben. Ihre Schuppen spiegelten sich in dem von der Feuersbrunst verbreiteten Lichte; ihr in vertikaler Richtung abgeplatteter Schwanz, der lanzenspitzenförmige Kopf, die leuchtenden Augen, die bis hinter das Ohr gespaltenen Kinnladen, alle diese charakteristischen Zeichen konnten bei Paganel keine Täuschung aufkommen lassen. Er erkannte diese wilden Alligatoren Amerikas, die man in den spanischen Ländern Kaimans nennt. Wohl gegen zehn Stück waren da, peitschten das Wasser mit ihrem furchtbaren Schwanze und griffen den Ombu mit den langen Zähnen ihres Unterkiefers an.

Bei diesem Anblick fühlten sich die Unglücklichen verloren. Es war ihnen der schreckliche Tod aufgespart, entweder von den Flammen oder von den Zähnen der Kaimans verzehrt zu werden. Da hörte man den Major, sogar ihn, mit ruhiger Stimme sagen:

»Es könnte wohl sein, daß dies das Ende vom Ende wäre.«

Es gibt Umstände, unter denen der Mensch zu ohnmächtig zum Kampfe ist, und wo die entfesselten Elemente nur durch andere Elemente überwunden werden können. Glenarvan sah verstörten Blickes Feuer und Wasser gegen sich verbündet und wußte nicht, welche Hilfe er vom Himmel erflehen sollte.

Das Gewitter war im Abnehmen; es hatte aber in der Atmosphäre eine beträchtliche Menge Dünste entwickelt, denen die elektrischen Erscheinungen eine ganz besondere Kraft verliehen hatten. Im Süden bildete sich nach und nach eine ungeheure Wasserhose, zunächst ein umgekehrter Nebelkegel, welcher mit der Spitze unten, der Basis oben, die schäumenden Wasser mit den Gewitterwolken verband. Das Meteor bewegte sich vorwärts, indem es sich mit schwindelnder Schnelligkeit um sich selbst drehte. In seiner Mittellinie häufte es eine Menge dem See entnommenen Wassers auf, und wie auf energischen Befehl zog es durch seine Drehbewegungen alle benachbarten Luftströme mit sich.

Nach wenigen Augenblicken stürzte sich die ungeheure Trombe auf den Ombu und umflocht ihn mit ihren Windungen. Der Baum wurde bis in die Wurzeln erschüttert. Glenarvan mochte glauben, daß die Kaimans ihn mit ihren furchtbaren Kiefern ergriffen und aus dem Boden rissen. Seine Gefährten und er hielten sich alle aneinander fest; sie fühlten, daß der starke Baum nachgab und umstürzte; mit schrecklichem Zischen tauchten seine flammenden Äste in das aufrührerische Wasser. Das alles war das Werk einer Sekunde. Die Trombe, welche schon vorüber war, trug ihre verderbliche Gewalt weiter und saugte die Gewässer des Sees dermaßen auf, daß sie ihn zu entleeren schien.

Da trieb auch der Ombu, auf dem Wasser liegend, der vereinten Gewalt des Sturmes und der Strömung nachgebend. Die Kaimans waren entflohen, bis auf einen, der auf die emporgerichteten Wurzeln kroch und mit offenem Rachen vorwärtsdrang; aber Mulrady ergriff einen vom Feuer halb verzehrten Ast und versetzte dem Tiere einen so derben Schlag, daß er ihm das Rückgrat zerbrach. Der Kaiman stürzte herunter und verschwand in dem Strudel des Stromes, den sein schrecklicher Schweif noch mit furchtbarer Gewalt peitschte.

Glenarvan und seine Begleiter besetzten, von den gefräßigen Sauriern befreit, die gegen die Feuersbrunst vor dem Winde gelegenen Äste, während der Ombu, dessen Flammen im Wehen des Orkans weißglühende Segel bildeten, wie ein in Flammen loderndes Brandschiff in das Dunkel der Nacht hinausfuhr.

Sechsundzwanzigstes Kapitel

Das Atlantische Meer

Seit zwei Stunden trieb der Ombu auf dem ungeheuren See, ohne das feste Land zu erreichen. Die verzehrenden Flammen waren allmählich erloschen. Die Hauptgefahr dieser fürchterlichen Fahrt war vorüber. Der Major sagte nur, man würde nicht zu staunen haben, wenn man glücklich davonkäme.

Die Strömung war in der bisherigen Richtung, stets von Südwest nach Nordost. Es war wieder völliges Dunkel eingetreten, das nur dann und wann ein verspäteter Blitz erleuchtete, und Paganel sah sich vergebens nach Merkzeichen am Horizonte um. Das Gewitter nahte seinem Ende; an die Stelle reichlichen Regens trat nun ein leichter Nebel, den der Wind zerstreute; das dicke Gewölk löste sich auf und durchkreuzte sich streifenweise in den höheren Regionen.

Der Ombu fuhr mit reißender Schnelligkeit; er glitt über die Strömung zum Erstaunen rasch, als sei er von einer Schraube im Schoß getrieben. So konnte er wohl ganze Tage lang fahren. Gegen drei Uhr früh morgens bemerkte der Major, daß er mitunter am Boden trieb. Tom Austin sondierte mit Hilfe eines langen abgetrennten Zweiges und überzeugte sich, daß der Boden allmählich aufwärts stieg. Wirklich stieß das Fahrzeug zwanzig Minuten später an, und der Ombu saß fest.

»Land! Land!« rief Paganel mit weit hallender Stimme.

Das Ende verkohlter Äste war wider eine Erhöhung des Bodens gestoßen. Niemals waren Schiffsleute mehr mit ihrem Scheitern zufrieden. Die Klippe hier vertrat den Hafen.

Bereits stießen Robert und Wilson, die auf eine feste Hochfläche geschleudert wurden, ein Freudengeschrei aus, als man ein bekanntes Pfeifen vernahm. Ein galoppierendes Pferd stampfte die Ebene und die hohe Gestalt des Indianers ragte im Dunkel empor.

»Thalcave!« schrie Robert.

»Thalcave!« riefen alle einstimmig jubelnd.

»Freunde!« sagte der Patagonier, welcher die Reisenden da erwartet hatte, wo die Strömung sie hinführen mußte, denn sie hatte ihn selbst dahin geführt.

Zugleich erhob er Robert Grant zu sich in seine Arme, ohne zu vermuten, daß Paganel an ihm hing, und drückte ihn an seine Brust. Glenarvan, der Major und die Bootsleute, froh, ihren treuen Führer wiederzusehen, drückten ihm herzlich die Hände. Hierauf führte sie der Patagonier in den Schuppen einer verlassenen Estancia. Ein hübsches Feuer loderte da, ihre Glieder zu wärmen und das Wildbret zu braten, welches sie bis aufs letzte Krümmchen aufzehrten. Und als ihr wieder beruhigter Geist nachzudenken anfing, hielt es keiner von ihnen für möglich, daß er den mehrfachen Gefahren, dem Wasser, Feuer und den Kaimans, glücklich entronnen sei.

Thalcave erzählte Paganel in der Kürze, wie's ihm ergangen, und wies das Verdienst der Rettung der Ausdauer seines unverzagten Pferdes zu.

Paganel versuchte auch ihm die Aussicht begreiflich zu machen, welche man aus der neuen Auslegung des Dokuments schöpfen durfte.

Dieses verstand er wohl nicht, aber er sah seine Freunde froh und voll Zuversicht, und das war ihm schon genug.

Es versteht sich von selbst, daß die unerschrockenen Reisenden, nachdem sie ihren Rasttag auf dem Ombu zugebracht, sich nicht lange bitten ließen, ihren Weg fortzusetzen. Um acht Uhr vormittags waren sie bereit. Man befand sich zu weit südlich von den Estancias und Saladeros, um sich da Transportmittel zu verschaffen, mußte also notwendig zu Fuß gehen. Es handelte sich überhaupt nur um etwa vierzig Meilen, und Thaouka war wohl willig, von Zeit zu Zeit einen ermüdeten Fußgänger, auch nötigenfalls zwei, auf den Rükken zu nehmen. In sechsunddreißig Stunden konnte man am Gestade des Atlantischen Ozeans sein.

Als es Zeit war, ließ der Führer mit seinen Begleitern die noch unter Wasser stehende ausgedehnte Niederung hinter sich und nahm seinen Weg über höhere Ebenen. Das argentinische Gebiet nahm wieder sein einförmiges Aussehen an; einige von Europäern angepflanzte Gehölze ragten hier und da über Weidestätten, die übrigens so selten waren, wie in der Umgebung der Sierra Tandil und Tapalquem; die einheimischen Bäume gediehen nur am Rande dieser weit ausgedehnten Wiesengründe und in der Nähe des Kap Corrientes.

So verlief dieser Tag. Am folgenden Morgen spürte man die Nähe des Ozeans schon fünfzehn Meilen, ehe man ihn erreichte. Der Wind beugte das hohe Gras. Hier und da glänzten kleine Salzlachen wie Glasscherben und machten das Fortkommen mühevoll, denn man mußte sie umgehen.

Man eilte, um noch denselben Tag beim See Salado am Gestade des Ozeans anzukommen, und die Reisenden waren gehörig müde, als sie um acht Uhr abends die zwanzig Klafter hohen Sanddünen gewahrten. Bald hörte man das Meer rauschen.

Doch die todesmüden Wanderer erstiegen merkwürdig rasch die Dünen.

Aber es war sehr dunkel; die schweifenden Blicke suchten vergebens den Duncan.

»Doch muß er hier sein«, rief Glenarvan, »und auf uns warten.«

»Das werden wir morgen sehen«, versetzte MacNabbs.

Tom Austin rief die unsichtbare Jacht an. Keine Antwort; es war starker Wind und hohles Meer, man konnte sich gegenseitig nicht vernehmen. Die Küste bot übrigens keinen Schutz, nicht einmal eine Bucht als Nothafen; lange Sandbänke, die ins Meer hinausliefen, machten das Annähern gefährlich. Natürlich hielt sich der Duncan von der Küste fern; Tom Austin versicherte, der Duncan müsse wenigstens fünf Meilen weit entfernt bleiben.

Glenarvan allein wachte. Der Wind wehte fortwährend stark; und der Ozean war von dem bestandenen Sturme noch nicht völlig in Ruhe. Die Annahme, der Duncan sei noch nicht angekommen, war unstatthaft. Glenarvan hatte die Bai Talcahuano am 14. Oktober verlassen und kam am 12. November an der Küste des Atlantischen Ozeans an. Während dieser dreißig Tage hatte der Duncan Zeit genug, um das Kap Hoorn herum an der Ostküste anzulangen. Zwar hatten heftige Stürme stattgefunden, aber die Jacht war ein tüchtiges Schiff und der Kapitän John Mangles ein tüchtiger Seemann.

Diese Erwägungen konnten dennoch Glenarvan nicht beruhigen.

Der »Laird« von Malcolm-Castle empfand mit lebhafter Unruhe, daß sein Teuerstes sich auf dem Duncan befand. Er irrte am öden Ufer auf und ab, schaute, horchte; glaubte sogar zuweilen einen unbestimmten Schein auf dem Meere zu erblicken.

»Ich täusche mich nicht«, sprach er zu sich, »ich habe ein Schiffslicht gesehen, das Licht des Duncan. Ach, warum können meine Blicke die Dunkelheit nicht durchdringen!«

Da kam ihm ein Gedanke; Paganel sagte, er sei nachtsichtig, also kann er in der Nacht sehen; er ging, ihn zu wecken.

Der Gelehrte schlief in seinem Maulwurfsloche, als ihn ein kräftiger Arm aus seinem sandigen Lager zog.

»Wer ist da?« rief er.

»Ich bin es, Paganel.«

»Wer? Sie?«

»Glenarvan. Kommen Sie, ich brauche Ihre Augen.«

»Meine Augen?« erwiderte Paganel und rieb sie heftig.

»Jawohl, Ihre Augen, um in der Dunkelheit unseren Duncan erkennen zu können. Kommen Sie, schnell!«

»Zum Teufel die Nachtsichtigkeit!« sprach Paganel zu sich selbst, und war doch erfreut, Glenarvan nützen zu können.

Er erhob sich also, schüttelte die erstarrten Glieder, brummend, wie Menschen, welche eben erwachen, und folgte seinem Freunde nach dem Ufer.

Glenarvan bat ihn, den dunklen Horizont des Meeres zu durchspähen. Einige Minuten widmete Paganel gewissenhaft dieser Betrachtung.

»Nun, merken Sie nichts?« fragte Glenarvan.

»Nichts! Selbst eine Katze könnte nicht zwei Schritte weit sehen.«

»Suchen Sie nach einem roten oder einem grünen Lichte, d. h. nach einem Backbord- oder einem Steuerbordlichte.«

»Ich sehe weder ein grünes, noch ein rotes Licht!« antwortete Paganel, dessen Augen unwillkürlich zufielen.

Eine halbe Stunde lang folgte er maschinenmäßig seinem ungeduldigen Freunde, wobei er den Kopf auf die Brust sinken ließ und ihn dann plötzlich wieder erhob. Bei seinen unsicheren Schritten wankte er wie ein Betrunkener. Glenarvan sah Paganel an; derselbe schlief im Gehen.

Da ergriff ihn Glenarvan beim Arme und führte ihn, ohne ihn zu wecken, wieder nach seiner Aushöhlung zurück, wo er ihn bequem wieder einscharrte.

Mit der Morgenröte wurden alle durch den Ausruf: »Der Duncan! Der Duncan!« auf die Füße gebracht.

»Hurra! Hurra!« antworteten Glenarvan seine Begleiter, und eilten dem Ufer zu.

Wirklich hielt sich die Jacht, die Untersegel eingezogen, fünf Meilen in offener See unter schwachem Dampfe. Ihr Rauch verschwand in dem Morgennebel. Das Meer ging hoch, und ein Fahrzeug von diesem Tonnengehalte konnte sich dem Fuße der Sandbänke nicht ohne Gefahr nähern.

Glenarvan beobachtete mit Hilfe des Fernrohrs die Bewegungen des Duncan. John Mangles konnte seine Passagiere nicht bemerkt haben, denn er segelte immer links hin.

In diesem Augenblicke aber feuerte Thalcave seinen Karabiner, den er sehr stark geladen hatte, in der Richtung nach der Jacht ab.

Man horchte. Man sah nach. Dreimal krachte der Karabiner des Indianers und weckte das Echo in den Dünen.

Endlich stieg an der Seite der Jacht ein weißer Rauch auf.

»Sie haben uns gesehen!« rief Glenarvan. »Das ist die Kanone des Duncan!«

Und eine Sekunde später vernahm man einen dumpfen Knall, der an dem Ufer verlief. Sofort änderte auch der Duncan seine Segelstellung, verstärkte das Kesselfeuer und versuchte so nahe als möglich an die Küste zu kommen.

Bald sah man mit Hilfe des Fernglases, wie ein Boot von Bord aus abfuhr.

»Lady Helena wird nicht kommen können«, sagte Tom Austin, »die See ist zu ungestüm.«

»John Mangles auch nicht«, setzte MacNabbs hinzu, »er

kann sein Fahrzeug nicht verlassen.«

»Meine Schwester! Meine Schwester!« sagte Robert, der seine Arme nach der Jacht ausstreckte, welche heftig schwankte.

»O, wie dauert es doch lange, an Bord zu kommen!« rief Glenarvan.

»Geduld, Edward! In zwei Stunden werden Sie dort sein!« antwortete der Major.

In zwei Stunden! In der Tat, das Boot mit sechs Rudern brauchte nicht weniger Zeit für den Hin- und Rückweg.

Da ging Glenarvan zu Thalcave, der mit gekreuzten Armen, Thaouka dicht neben ihm, dastand und ruhig auf die bewegte Wellenfläche blickte.

Glenarvan nahm ihn bei der Hand und wies auf die Jacht:

»Komm mit!« sagte er.

Der Indianer schüttelte sanft den Kopf.

»Komm mit, Freund«, wiederholte Glenarvan.

»Nein«, erwiderte sanft Thalcave. »Hier ist Thaouka und dort – die Pampas!« setzte er hinzu, indem er mit leidenschaftlicher Gebärde die Arme nach der ungeheuren Ebene ausbreitete.

Glenarvan verstand wohl, daß der Indianer niemals die Prärie verlassen wollte, wo die Gebeine seiner Väter bleichten. Er kannte die fromme Anhänglichkeit dieser Kinder der Wüste an ihr Heimatland. Er drückte also Thalcave die Hand und bestand nicht auf seinem Wunsche; auch nicht, als der Indianer, auf seine Weise lächelnd, den Lohn für seine Dienste ausschlug, indem er sagte:

»Aus Freundschaft.«

Glenarvan war ergriffen und konnte ihm nicht antworten. Er wollte dem braven Indianer wenigstens ein Andenken hinterlassen, das ihn an seine Freunde in Europa erinnern sollte. Aber was hatte er dafür? Seine Waffen, seine Pferde, alles hatte er bei der unglücklichen Überschwemmung verloren. Seine Freunde waren nicht reicher als er.

Er wußte gar nicht, wie er die Uneigennützigkeit des wakkeren Führers belohnen sollte, als ihm noch ein Gedanke kam. Aus seiner Brieftasche zog er ein kostbares Medaillon hervor, daß ein prächtiges Bild, ein Werk von Lawrence's Meisterhand, umschloß. Das bot er dem Indianer.

»Meine Frau«, sagte er.

Mit gerührtem Blicke betrachtete Thalcave das Bildnis, und sprach die einfachen Worte:

»Gut und schön!«

Dann drängten sich Robert, Paganel, der Major, Tom Austin und die beiden Matrosen heran, um dem Patagonier mit gerührten Worten Lebewohl zu sagen. Die wackeren Leute waren wahrhaft ergriffen, den unerschrockenen und ergebenen Freund zu verlassen. Alle drückte sie Thalcave an seine breite Brust. Paganel nötigte ihm eine Karte von Südamerika mit den beiden Ozeanen auf, die der Indianer oft neben ihm mit großem Interesse betrachtet hatte. Es war diese das Kostbarste, was der Gelehrte besaß. Robert hatte nur seine Liebkosungen zu bieten; diese bot er seinem Retter, und Thaouka wurde dabei nicht vergessen.

In diesem Augenblicke näherte sich das Boot des Duncan; es glitt in einen engen, zwischen den Sandbänken ausgehöhlten Kanal und stieß bald am Ufer auf den Sand.

»Meine Frau?« fragte Glenarvan.

»Meine Schwester?« rief Robert.

»Lady Helena und Miß Grant erwarten Sie an Bord«, entgegnete der Führer des Bootes. »Aber fahren wir bald ab, Ew. Herrlichkeit, wir haben keine Minute zu verlieren, denn schon macht sich der Eintritt der Ebbe bemerkbar.«

Zum letzten Male umarmte man den Indianer. Thalcave begleitete seine Freunde bis zum Boote, das wieder flottgemacht wurde. Im Augenblicke, als Robert einsteigen wollte, schloß ihn der Indianer in seine Arme und sah ihm voll Zärtlichkeit ins Gesicht.

»Und nun geh«, sagte er dann, »du bist ein Mann!«

»Leb' wohl, Freund, leb' wohl!« sagte noch einmal Glenarvan.

»Werden wir uns nie wiedersehen?« rief Paganel.

»Quien sabe?«*, antwortete Thalcave, seine Arme gen Himmel erhebend.

*Wer weiß es?

Das waren die letzten Worte des Indianers, die sich im Wehen des Windes verloren.

Man fuhr ins offene Meer. Das Boot entfernte sich, von der sinkenden Flut fortgezogen. Lange noch sah man das unbewegliche Bild Thalcaves durch die schäumenden Wogen, dann wurde seine große Gestalt kleiner und er verschwand aus den Augen der einstigen Freunde.

Eine Stunde später schwang sich Robert zuerst an Bord des Duncan und warf sich Mary Grant an den Hals, während die Mannschaft der Jacht die Luft mit freudigem Hurrarufen erfüllte.

So ward diese Reise durch Südamerika auf streng eingehaltener gerader Linie beendet. Weder Berge, noch Flüsse hatten die Reisenden von ihrem unabänderlichen Wege abgedrängt, und wenn sie auch nicht gegen den bösen Willen von Menschen zu kämpfen hatten, so stellten doch die Elemente, die ihnen so oft in voller Wut entgegentraten, ihre edelmütige Unerschrockenheit auf manche harte Probe.

COLLECTION JULES VERNE

1. Von der Erde zum Mond
Direkte Fahrt in 97 Stunden 20 Minuten
2. Reise um den Mond
3. Reise um die Erde in 80 Tagen
4. Reise zum Mittelpunkt der Erde
5. Fünf Wochen im Ballon
6./7. Zwanzigtausend Meilen unter dem Meer
8. Abenteuer von drei Russen und drei Engländern in Süd-Afrika
9./10. Abenteuer des Kapitän Hatteras
11./12./13. Die Kinder des Kapitän Grant
14./15./16. Die geheimnisvolle Insel
17./18. Das Land der Pelze
19. Eine schwimmende Stadt
Die Blockadebrecher
20. Eine Idee des Doktor Ox
Meister Zacharius
Ein Drama in den Lüften
Eine Überwinterung im Eis
Eine Mont-Blanc-Besteigung
21. Der Chancellor
Tagebuch des Passagier J. R. Kazallon
22./23. Der Kurier des Zaren
Michael Strogoff
24. Schwarz Indien
25./26. Reise durch die Sonnenwelt
27./28. Ein Kapitän von 15 Jahren
29./30./31. Die Entdeckung der Erde
32. Die fünfhundert Millionen der Begum
33. Die Leiden eines Chinesen in China
34./35. Die großen Seefahrer des 18. Jahrhunderts
36./37. Das Dampfhaus

38./39.	Der Triumph des 19. Jahrhunderts
40./41.	Die Jangada
42.	Die Schule der Robinsons
43.	Der grüne Strahl
44./45.	Keraban der Starrkopf
46.	Der Südstern oder das Land der Diamanten
47.	Der Archipel in Flammen
48./49./50.	Mathias Sandorf
51.	Robur der Sieger
52.	Ein Lotterie-Los
53./54.	Nord gegen Süd
55./56.	Zwei Jahre Ferien
57.	Kein Durcheinander
58./59.	Die Familie ohne Namen
60./61	Mistreß Branican
62.	Das Karpatenschloß
63.	Claudius Bombarnac *Notizbuch eines Reporters*
64./65.	Der Findling
66./67.	Meister Antisers wunderbare Abenteuer
68./69.	Die Propeller-Insel
70.	Vor der Flagge des Vaterlandes
71.	Clovis Dardentor
72./73.	Die Eissphinx
74./75.	Der stolze Orinoco
76./77.	Das Testament eines Exzentrischen
78./79.	Das zweite Vaterland
80.	Das Dorf in den Lüften
81.	Die Historien von Jean-Marie Cabidoulin
82./83.	Die Gebrüder Kip
84./85.	Reisestipendien
86.	Ein Drama in Livland
87.	Der Herr der Welt
88.	Der Einbruch des Meeres
89.	Der Leuchtturm am Ende der Welt
90./91.	Der Goldvulkan
92./93.	Reisebüro Thompson & Co.
94.	Die Jagd nach dem Meteor
95.	Der Pilot von der Donau
96./97.	Die Schiffbrüchigen der Jonathan
98.	Wilhelm Storitz' Geheimnis
99./100.	Cäsar Cascabel